ELYSSA

ELYSSA
ERIC SENABRE
ROMANS
DIDIER
JEUNESSE

À Harold, Olivier, Antoine et Jean-François, aka « les Grunts »,
ma légion romaine personnelle.

À M. Fromon, pour ses cours sur les guerres puniques,
à Mme Ordono – bien sûr –, pour m'avoir fait comprendre
que la vie est moins drôle sans latin.

Et à Melinda M. Snodgrass, dont les récits m'ont montré que,
même dans des situations impossibles,
un personnage pouvait toujours s'en tirer avec décence et dignité.

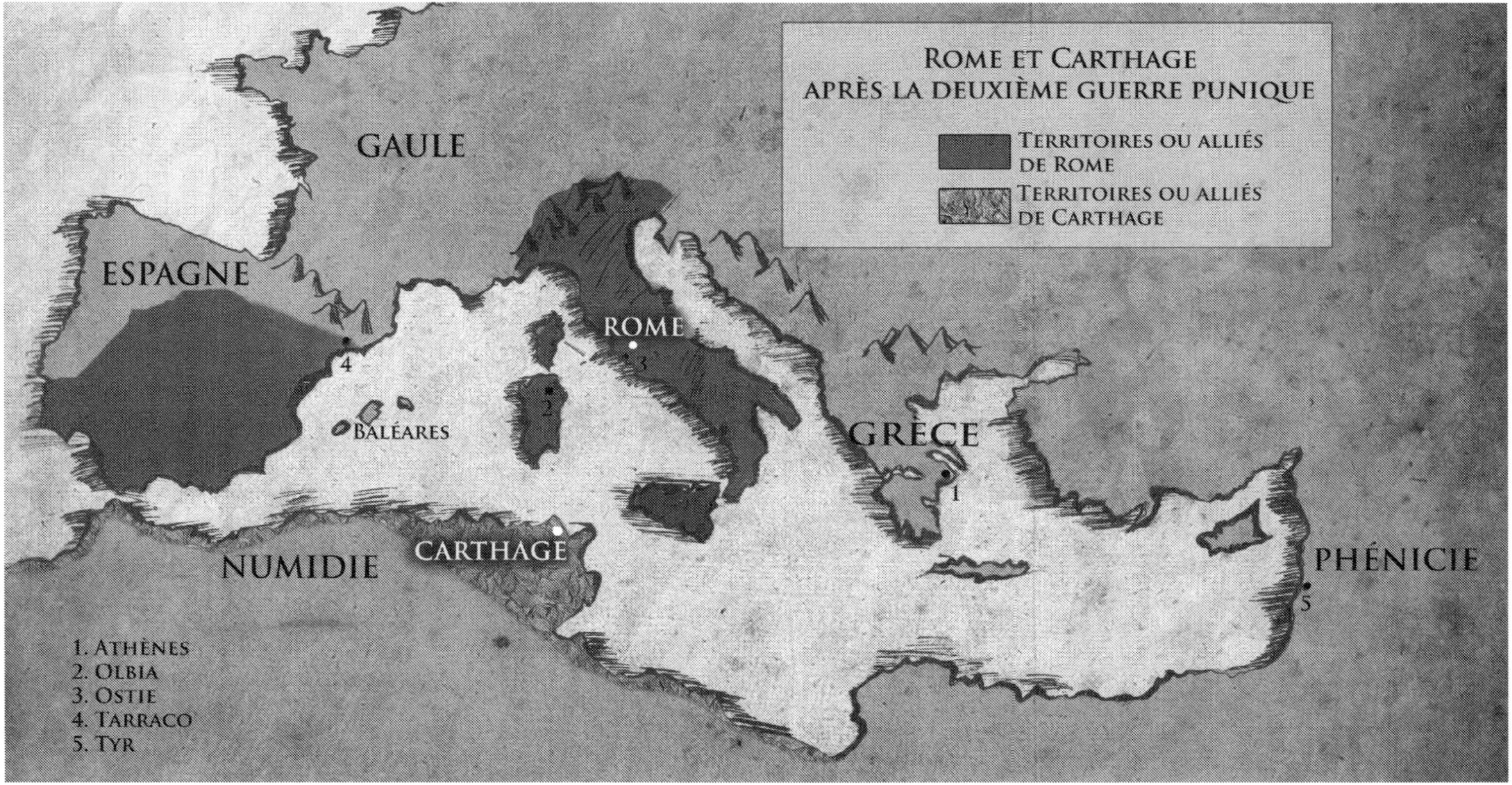
Rome et Carthage
après la deuxième guerre punique
Territoires ou alliés de Rome
Territoires ou alliés de Carthage
GAULE
ESPAGNE
ROME
GRÈCE
PHÉNICIE
NUMIDIE
CARTHAGE
BALÉARES
1. Athènes
2. Olbia
3. Ostie
4. Tarraco
5. Tyr

Avant-propos

Au IIIe siècle avant J.-C., Rome s'impose comme la puissance montante du monde méditerranéen. Mais en Afrique du Nord, la prospère cité de Carthage, bâtie à l'origine par les Phéniciens (surnommés « Puniques » par les Grecs et les Romains), menace sa suprématie. Deux guerres auront lieu entre les rivales, de 264 à 241 avant J.-C., puis de 218 à 201 avant J.-C. Malgré de nombreux revers, Rome est victorieuse chaque fois. Et une fois leur armée démantelée, les Carthaginois doivent alors se plier aux volontés du vainqueur.

Les décennies s'écoulent, dans un climat relativement apaisé. Mais cinquante ans après la fin de la deuxième « guerre punique », la vitalité retrouvée de Carthage fait craindre aux Romains une nouvelle contre-attaque. Se peut-il que ces craintes aient été fondées ? Que Carthage, avant tout une cité de marchands, ait en réalité ourdi une revanche militaire ?

I

L'ombre de Carthage

Je m'appelle Ganymède, et me voilà parvenu au soir de mon existence. Que de choses il me reste à écrire, pourtant, avant que la nuit ne soit là ! On devrait avoir deux vies : l'une pour agir, l'autre pour raconter la première. J'ai vu des mondes s'écrouler, des tyrans écraser leurs ennemis, j'ai voyagé dans tout le monde connu et contemplé autant de merveilles que d'horreurs. Mais l'histoire que je veux transmettre aujourd'hui est celle d'une femme ; c'est la tienne, ô Elyssa de Carthage. Voilà longtemps, désormais, que nous avons chacun pris notre route, et toute mon existence n'a plus été qu'un écho du temps où je t'ai connue. Je ne peux pas te dresser de statue, et je ne sais pas écrire de poèmes. Tout ce que je peux faire, c'est me souvenir de toi, et coucher sur ces pages le récit fidèle de tes aventures.

*

J'ai beau me sentir aujourd'hui pleinement romain, je suis né grec. Encore tout jeune homme, j'avais été vendu comme esclave à la puissante famille des Claudius, afin que j'enseigne la langue et les lettres de mon pays à leur fils Marcellus. Il était alors âgé de cinq ans ; je fus d'abord son jouet, puis son précepteur, avant de devenir son secrétaire et son confident. Le destin de bien des Grecs érudits échoués à Rome, en somme.

Marcellus dut prendre très jeune la succession de son père. Intelligent et avisé, il montrait des prédispositions certaines pour les affaires publiques. Très vite, on lui confia la charge de questeur, puis d'édile – ce qui, à Rome, correspond au rôle fort convoité d'administrateur urbain.

La richesse de Marcellus lui valut d'être régulièrement courtisé par les sénateurs, mais il savait flairer et esquiver les propositions douteuses. C'était, par ailleurs, un ambassadeur idéal pour Rome : bel homme, engageant, ferme, et redoutablement perspicace. C'est ainsi qu'en marge de son rôle d'édile il fut souvent sollicité – officieusement, bien sûr – pour représenter certains intérêts à l'étranger.

Durant ses absences, de plus en plus nombreuses, je régnais sur le domaine. Les autres esclaves reconnaissaient en moi la voix de leur maître, et je m'appliquais à administrer ce petit monde au mieux, arbitrant les conflits et distribuant les tâches.

Marcellus fit un jour l'acquisition de trois jeunes esclaves carthaginois. Les deux garçons succombèrent quelques mois plus tard à une fièvre qui fit bien d'autres victimes parmi nous. Mais la fillette, elle, révéla une ténacité hors du commun. Ce n'est probablement pas sa constitution qui la sauva, mais une volonté de fer, pareille à nulle autre. Je la vis se dresser contre la mort, tomber, se relever, et finalement triompher. Cette enfant exceptionnelle se nommait Elyssa.

Elyssa n'était pas querelleuse, mais de nature sauvage et peu encline à la discipline. Souvent, des pugilats éclataient entre elle et un autre esclave – femme ou homme, enfant ou adulte – qui lui aurait manqué de respect.

Décelant chez elle une grande intelligence, je décidai de la prendre sous mon aile et d'adoucir son impétuosité par l'étude. Je fus étonné de constater qu'elle savait déjà déchiffrer et écrire sa langue maternelle ; c'est sans aucune difficulté que je lui enseignai alors le latin, puis le grec, qu'elle sut très vite parler décemment. Année après année, l'éducation porta ses fruits ; le tempérament profond d'Elyssa n'avait sans doute pas changé, mais au moins avait-elle appris à tempérer sa fougue.

À ses quatorze ans, on devinait en Elyssa la femme superbe qu'elle ne tarderait plus à devenir. Marcellus succomba au charme de cette esclave belle et intelligente. Il l'affranchit, puis l'épousa malgré l'avis de ses proches. Les noces de Carthage et de Rome ! Le souvenir des campagnes d'Hannibal était encore frais dans les mémoires, et une telle union ne pouvait que faire grincer des dents. Mais Marcellus s'en moquait et, comme toujours, mit tout le monde au pas. Je devins donc l'esclave de la fillette que j'avais élevée ; inutile de préciser que la situation n'était confortable ni pour moi ni pour elle.

Quand il se maria à Elyssa, Marcellus avait le double de son âge. À ma grande surprise, celui que je connaissais si dur et inflexible dans l'exercice de ses fonctions se révéla aimant et attentionné. Bientôt, on ne pouvait plus douter qu'Elyssa, elle aussi, était très éprise de Marcellus. Un bonheur aussi manifeste faisait plaisir à voir, quelles qu'aient pu être mes réticences initiales.

Un an après leur mariage, Elyssa attendait un enfant. Hélas, Marcellus n'eut pas le loisir de rester au chevet de sa jeune épouse. Caton, le politicien le plus roué, le plus influent et le plus sournois de Rome, envoya mon maître en mission diplomatique à Carthage plusieurs mois avant la naissance de l'enfant. Marcellus le savait bien : ce n'était pas la paix que Caton recherchait, mais le prétexte pour débuter une nouvelle guerre. Et bien sûr, l'assurance d'une victoire. Mon maître fit voile vers Carthage la mort dans l'âme ; et ce fut moi, et non lui, qui assista à l'accouchement. Il y eut malheureusement de terribles complications, et le nouveau-né ne survécut que quelques heures. Elyssa sombra dans un état de faiblesse préoccupant. Et comme dans le passé, elle lutta et repoussa la mort.

Quand Marcellus revint parmi nous, cela faisait plus d'un mois qu'Elyssa n'avait pas quitté sa chambre, mangeant du bout des lèvres les plats qui lui étaient apportés, et attendant d'être seule pour sangloter. Il était déjà prodigieux qu'elle ait survécu et soit sur pied aussi vite ; il ne fallait pas demander à la Fortune d'effacer en plus sa tristesse.

À l'instant où je lui annonçai la nouvelle, je pus voir la vie se remettre à couler en elle, et une force nouvelle la soulever. Les joues empourprées, fraîche malgré le malheur, Elyssa sauta hors de son lit et passa une main dans ses cheveux, qu'elle avait refusé de faire coiffer depuis son deuil.

« Ganymède, je suis tellement heureuse ! s'écria-t-elle. Va chercher Livia immédiatement ! Mon mari ne doit pas me voir ainsi. Dépêche-toi ! Oh, et je ne porte que cette toge horrible, quelle honte ! Je n'ai plus douze ans, tout de même... Dis à Livia de venir avec ma plus belle robe ! »

Constatant que je n'avais pas bougé, elle se figea tout net et me demanda :

« Ganymède ? Qu'attends-tu ? Quelque chose ne va pas ?

– Maîtresse, dis-je, le maître désire te voir immédiatement.

– Immédiatement ? Mais n'ai-je pas le temps de...

– Ses ordres ont été on ne peut plus clairs, maîtresse. Il désire s'entretenir avec toi dès que possible, en ma seule présence. Livia est partie au marché, et les autres esclaves sont occupés à l'extérieur.

– Ganymède ! Marcellus n'est pas blessé ? Va-t-il bien ?

– Il se porte comme un charme, mais il a l'air très soucieux. Je crois que tu ne devrais pas le faire plus attendre. »

Elyssa essaya d'en lire davantage dans mon regard, puis se détourna. Elle attacha ses cheveux en un haut chignon qu'elle maintint à l'aide d'une épingle en os, puis me suivit jusqu'à l'atrium. Marcellus l'y attendait en tournant en rond, plongé dans ses pensées. Quand il remarqua la présence d'Elyssa, il courut à elle avec la fougue d'un adolescent, et la serra contre lui après l'avoir embrassée. La jeune femme ne touchait plus le sol ; ce qu'elle paraissait minuscule et frêle, entre ces bras puissants ! Ils demeurèrent un long moment enlacés l'un à l'autre. Puis Marcellus reposa doucement son épouse et s'écarta.

Je connaissais mon maître depuis bien trop longtemps : je savais qu'il allait annoncer quelque chose de grave.

Son regard s'attarda sur le ventre d'Elyssa. Elle rougit et le cacha de ses mains.

« Je suis heureux de te voir saine et sauve, ma chère épouse. »

Elyssa baissa la tête.

« C'était un garçon, Marcellus. Je suis désolée.

– Nous n'avons jamais oublié de faire nos offrandes à Cérès. Si la volonté de la déesse est telle, qu'y pouvons-nous ? Tu n'as rien à te reprocher.

– J'aurais tant aimé te donner un fils. »

Il lui attrapa tendrement le bout des doigts.

« Tu me donneras ce fils un jour. Mais n'en parlons plus : pour l'heure, tu es vivante, et j'entends bien que tu le restes. »

Sans me regarder, Marcellus me fit signe d'approcher. Je me postai un pas derrière Elyssa, et attendis. Mon maître s'était raidi, les mains derrière le dos.

« Elyssa, Ganymède... Je viens de faire envoyer une invitation à Caton. J'entends le recevoir dès ce soir, avec tout le respect qui lui est dû. Je dois m'entretenir avec lui d'un sujet de la plus haute importance. Et dès son départ, je veux que vous vous prépariez à quitter les lieux à votre tour. »

Le puissant Caton n'avait encore jamais mis un pied dans notre villa ; et si Marcellus le faisait venir après un si long voyage, dans la précipitation, la raison devait en être grave.

Mais ce n'était pas cela qui troublait le plus Elyssa ; les lèvres pâles, elle recula d'un pas et demanda :

« Que nous *quittions* la maison ? Mais, Marcellus, je ne comprends pas ! T'ai-je contrarié ?

– Il ne s'agit pas de cela. Je veux que vous partiez d'ici pour votre propre sécurité. À l'instant où je vous parle, elle n'est plus assurée. »

Marcellus se tourna vers moi.

« Ganymède, tu prendras soin de mon épouse comme tu l'as toujours fait. Tu la conduiras dans le nord, à Arretium. »

J'acquiesçai sans mot dire, mais Elyssa, soudain très agitée, manifesta son trouble :

« Marcellus, vas-tu au moins m'expliquer ? Je ne veux pas être séparée de toi une fois encore !

– Je ne peux rien te dire. Ces choses-là ne te regardent pas, et tu le sais.

– Elles me regardent dès lors qu'elles m'éloignent de ma maison ! »

Marcellus serra les mains de son épouse au creux des siennes.

« Ma tendre Elyssa, au cours de mon séjour à Carthage, il m'a été donné d'apprendre des choses terrifiantes. Des choses qui glaceraient le cœur du plus vaillant combattant. C'est de cela que je dois m'entretenir avec Caton. Mais ces chiens de Carthaginois ont des yeux jusqu'au cœur de Rome. »

Elyssa leva le menton et dégagea ses mains d'un geste vif.

« C'est à une chienne de Carthaginoise que tu parles. L'oublierais-tu ? »

Marcellus eut un geste d'embarras.

« Je te prie de m'excuser, je ne voulais pas vous insulter, ni toi ni tes ancêtres. Mais il n'empêche : tu dois partir en lieux sûrs dès demain matin. »

Elyssa, tremblante d'émotion, courba la nuque.

« Bien. Il en sera fait selon ta volonté. Je vais préparer quelques affaires.

– Livia le fera pour toi. Je vais maintenant te demander de te retirer, j'ai beaucoup à faire d'ici la venue de Caton. Ganymède ! Reconduis Elyssa. Mais j'aurai à te voir un peu plus tard. »

J'invitai la jeune femme à me suivre, quand Marcellus ajouta :

« Elyssa, pardonne la fermeté de mes paroles. Je t'aime, et te demande de me faire confiance. La situation est plus grave que tu ne le crois. »

Sans relever la tête, elle dit :

« Je te fais confiance, et je t'aime aussi. »

Elle me dépassa d'un pas pressé, et je l'entendis courir jusqu'à sa chambre. Elle y demeura en attendant le retour des esclaves, les yeux humides et les poings serrés.

II

Roma servanda est

Le cou, les cheveux et les oreilles ornés de joailleries, Elyssa m'attendait dans le péristyle, le regard perdu au milieu des nuages. Livia lui avait noirci les paupières, et teint les lèvres et les pommettes à l'aide d'un mélange de soufre et de coquillages qui faisait sa fierté. La tristesse de ma maîtresse avait disparu sous le fard.

« Comment me trouves-tu, Ganymède ?

– Vénus elle-même serait jalouse de toi.

– J'espère qu'elle ne t'entendra pas !

– Elle m'a sûrement déjà entendu.

– Et nous ne sommes pas morts ? Quelle chance nous avons. En tous les cas, j'espère que cela sera suffisant.

– De quoi parles-tu ?

– Peut-être qu'en me voyant sous mon plus beau jour mon mari acceptera de me garder à ses côtés. Je n'arrive pas à croire qu'après tous ces mois il veuille encore que nous soyons séparés.

– Il tient beaucoup à toi, maîtresse.

– Quelle curieuse manière il a de me le montrer...

– Il semble craindre pour ta vie. Il place ta sécurité avant toute chose.

– Mais ne sommes-nous pas supposés traverser les épreuves ensemble ? N'est-ce pas cela, le mariage ? »

Je ne répondis rien, et Elyssa interpréta mon silence comme un acquiescement. À tort. Elle se rapprocha de moi, et à voix basse me demanda :

« Je voulais te demander quelque chose avant l'arrivée de Caton.

– Je t'écoute.

– Crois-tu que... nos deux cités vont encore se faire la guerre ? Que t'a dit Marcellus ?

– Je ne sais rien de plus que toi. »

Ce n'était pas l'exacte vérité, et Elyssa le savait.

« Ne me mens pas, Ganymède, rien ne t'échappe. Qu'un gouverneur éternue à Capoue, et tu es au courant avant qu'il ne se soit mouché.

– Peut-être ai-je entendu parler de certaines choses, mais je ne peux rien te dire. Et Marcellus a raison : tu ne devrais plus parler de Carthage comme de *ta* cité. Compte tenu de l'ambiance au sénat, cela pourrait te nuire, et à ton mari aussi.

– Tu me donnes un ordre ?

– Moi ? Je ne suis qu'un esclave. »

Elyssa eut un geste embarrassé.

« Je te prie de m'excuser, je n'avais pas l'intention de te rabaisser.

– Je le sais bien. »

Elle crut bon de se justifier encore :

« Et puis, tu sais à quel point je déteste que tu m'appelles "maîtresse". Quand nous ne sommes que tous les deux, est-ce bien nécessaire ?

– Si je ne le fais pas quand nous sommes tous les deux, j'oublierai un jour de le faire devant les autres esclaves, et ça ne doit pas arriver. Tu as un rang à tenir. »

Elle acquiesça d'un signe de tête.

« Quant à ce dont nous discutions juste avant, ajoutai-je, ce n'était qu'un conseil. Que tu es libre de ne pas suivre, bien évidemment. »

Elle poussa un long soupir, qui alla se mêler au bruissement des buissons.

« Ah, Ganymède... Je vais t'écouter, une fois de plus ! »

Je me félicitai intérieurement de cette victoire temporaire ; pas plus que Marcellus, je n'avais envie de mêler Elyssa aux intrigues politiques de la cité.

« Nous devrions rejoindre Marcellus, déclarai-je. Il est déjà tard, et Caton ne va certainement pas tarder.

– Comme tu voudras. L'as-tu déjà rencontré ?

– Caton ? Oui, à quelques occasions.

– Est-il aussi désagréable qu'on le dit ?

– Je préfère t'en laisser juge.

– Je verrai donc. Ah, que l'air est doux, j'aurais préféré dîner ici.

– Caton est très âgé, et se méfie, justement, des courants d'air.

– Je crois que je le déteste déjà. Bien, assez parlé, je te suis. »

Nous gagnâmes le triclinium[1], où les lits de banquet avaient déjà été garnis de coussins brodés. Marcellus s'y trouvait en grande discussion avec Valeria, la cuisinière, et Tiron, l'esclave d'ordinaire chargé des travaux de force. En nous voyant arriver, il les chassa et s'approcha en souriant.

« Mon Elyssa adorée, tu es magnifique. Vénus elle-m...

– Inutile ! Est-ce là donc la seule flatterie que vous connaissiez, tous les deux ? »

Marcellus me jeta un coup d'œil malicieux et éclata de rire.

« Ganymède m'a tout appris, que veux-tu ! »

Elyssa regarda autour d'elle, puis, étonnée, demanda :

« Où sont passés tous les esclaves ?

– Caton déteste les démonstrations de luxe. Alors, ce soir, nous allons essayer de paraître un peu plus pauvres que nous le sommes. Mais ne t'inquiète pas, ils ne sont pas loin. »

Elyssa haussa les épaules.

1. Salle de réception d'une villa (*domus*) romaine. Toutefois, le mot désigne à l'origine le lit de banquet à trois places (en forme de U) utilisé par les Romains. Il y en a toujours trois dans une salle de réception.

« Quelle hypocrisie !

– Cette hypocrisie porte un autre nom : la politique. Tu sais, Elyssa, je... »

Marcellus fut interrompu par trois coups secs et vigoureux, qui nous parvinrent depuis le vestibule. Quelques instants plus tard, Tiron nous amenait nos deux invités. Caton, ancien consul de Rome, vainqueur d'Hasdrubal Barca, gardien de la morale, se tenait devant nous. C'était la première fois que je le voyais d'aussi près ; et si j'avais croisé dans la rue ce vieillard dégarni, aux joues creuses, vêtu de la toge la plus ordinaire, je n'aurais certainement pas reconnu en lui le héros des Thermopyles. Pourtant, bien vite, on décelait dans ses yeux de chouette une profonde dureté, et cette autorité naturelle qu'ont les grands hommes – bons ou mauvais. Malgré son âge avancé, ses bras étaient encore fermes et noueux, sa démarche vigoureuse. À ses côtés, tout à l'inverse, son épouse Salonia n'offrait que douceur et beauté. À peine plus âgée qu'Elyssa, sobrement apprêtée, elle nous souriait une main posée sur le cœur. Un unique esclave aux traits délicats les accompagnait.

Marcellus alla à la rencontre de ses invités.

« Caton, quel bonheur de te voir ailleurs qu'entre les murs du sénat ! Salonia, je suis heureux de faire enfin ta connaissance. Tout ce que l'on a pu dire est vrai, tu... »

Elyssa s'avança et, tout en prenant les mains de Salonia, déclara en riant :

« Si tu parles une fois encore de Vénus, mon cher mari, tu vas m'entendre ! »

Caton ricana.

« Ma foi, Marcellus, c'est une épouse de caractère que tu as là ! Tant pis pour toi. »

Marcellus et Caton prirent place chacun sur un pan du même lit, de façon à pouvoir parler en tête à tête ; Elyssa et

Salonia élurent domicile sur une autre banquette. Je restai en retrait. Tiron et l'esclave de Caton – qui répondait au nom de Célyme – se tinrent prêts à assurer le service.

Quand le premier plat fut déposé devant Caton et Marcellus, celui-ci demanda :

« J'espère que tu aimes les huîtres, Caton ? Celles-ci, m'a-t-on dit, sont de toute première qualité.

– Je les aime, mais j'espère que tu ne nous as pas réservé l'un de ces repas interminables qui vont nous mener au bout de la nuit. Je te rappelle pourquoi je suis ici. Et ce n'est certainement pas pour le plaisir.

– N'aie crainte, nous ne tarderons pas. »

Marcellus constata qu'Elyssa et Salonia étaient déjà en grande conversation. Il ajouta :

« Nos épouses ont l'air de s'apprécier. »

Caton eut un geste d'agacement.

« La mienne m'a valu de me brouiller avec mon fils. Il est mort fâché. Quant à la tienne...

– Oui ? »

Caton s'approcha de Marcellus et dit à voix basse :

« Tu sais que je te fais confiance, mais tout de même... Je pourrais m'offusquer de voir une ennemie partager mon repas.

– Ce n'est pas une ennemie, Caton. Elyssa n'avait pas sept ans quand elle a été arrachée à Carthage.

– Sept ans ? C'est un âge suffisamment avancé pour nous en vouloir jusqu'à la fin des temps ! Ne sois pas étonné si un jour elle essaie de t'égorger dans ton sommeil. »

Les traits de Marcellus se durcirent.

« Je préférerais que nous cessions cette conversation.

– Comme tu voudras, mais je t'aurai prévenu. »

Elyssa interrompit sa discussion avec Salonia pour demander en toute innocence :

« Vous parliez de moi ?

– Je disais à Caton à quel point tu es merveilleuse, oui ! » répliqua Marcellus.

Caton eut une moue résignée et goba une huître sans manière. Il me désigna ensuite avec la coquille vide.

« Et lui ? Ton Ganymède ?

– Quoi donc ?

– Peut-on lui faire confiance ? Il écoute tout ce que nous disons, n'est-ce pas ?

– Je lui confierais ma vie, tu le sais bien.

– Vraiment... Tu entends, Ganymède ? Quelle importance tu as ! »

Je m'inclinai.

« J'entends, noble Caton, j'entends. Et chaque jour je m'efforce d'être digne de cette confiance. »

Caton applaudit.

« Écoutez-le ! Ces Grecs, ils parlent avec les lèvres, quand nous, Romains, nous parlons avec notre cœur. Dis-moi, Ganymède, tu n'es pas philosophe, au moins ?

– Pas plus que n'importe qui, noble Caton.

– Et prudent avec ça. Bien. Admettons. »

Valeria vint poser à table une oie farcie, qu'elle découpa avec adresse. Après cela, devant l'impatience de Caton, on passa à une *secunda mensa* composée de quelques fruits et gâteaux, sans toucher au ragoût qui avait mijoté tout l'après-midi. Puis Marcellus proposa à Caton de le suivre au péristyle, et m'ordonna de les accompagner avec une lampe à huile. Avant cela, il fit porter une épaisse couverture au vieillard, qui s'en couvrit les épaules. Elyssa et Salonia restèrent allongées, à bavarder et rire. Mais probablement attendaient-elles d'être seules, elles aussi, pour parler à cœur ouvert de sujets plus intimes.

Une fois que nous fûmes tous trois sous les étoiles, Caton appuya un doigt sur la poitrine de Marcellus et s'enquit :

« Bien. Nous y voilà donc. La vraie raison de cette charmante soirée. Je t'écoute ! Même si je désapprouve la présence de ton esclave à nos côtés.

– Ganymède est d'une intelligence rare, Caton, je te l'ai dit.

– Oui, et c'est bien cela qui me pose problème. Allez, explique-toi enfin. Que se passe-t-il à Carthage ? »

Marcellus croisa les mains derrière son dos.

« Tu avais raison à propos de Carthage, Caton. Depuis le début.

– Tu m'as dérangé pour me dire ça ? L'oie était excellente, mais j'aurais préféré être dans mon lit, à cette heure.

– Tu avais raison, mais tu ne savais pas pourquoi. »

Je ne pouvais voir distinctement le visage de Caton. Mais je devinai que Marcellus avait désormais toute son attention.

« C'est un fait, Carthage prospère. La cité est florissante, le commerce va bon train. Mais en apparence, rien ne semble menacer Rome.

– Ah, Marcellus ! A-t-on à se plaindre de l'ours qui hiberne ?

– Non, en effet. Et il s'agit bien de cela. Si ce n'est qu'à l'abri des regards l'ours s'est *déjà* réveillé.

– Que racontes-tu ?

– Dans le plus grand secret, les Carthaginois ont mis au point une arme qui nous dépasse complètement. La plus aguerrie de nos légions pourrait se trouver anéantie en un clignement d'yeux. »

Le vieillard trépigna de rage.

« Quoi ? Es-tu devenu fou ? Comment n... »

Marcellus ne le laissa pas poursuivre.

« J'avais sur place un espion du nom d'Himilcon. Très efficace, je dois dire.

– Je méprise la corruption et ces ruses d... d'étrangers. Ce n'est pas ainsi que Rome combat.

– Crois-tu que Carthage s'en prive ?

– Certes, non, mais nous sommes au-dessus de ces barbares. »

Marcellus fit quelques pas et reprit :

« Il y a des moments où il faut savoir utiliser les armes de son ennemi. Et Himilcon a mené l'enquête pour mon compte, ce qui n'a pas été simple, crois-moi. À force de persévérance, et en s'efforçant de rester le plus discret possible, Himilcon a trouvé quelque chose. Une preuve concrète du danger qui nous menace, qu'il m'a remise.

– Quelle est-elle ?

– J'y viens. Mais il faut d'abord que je te dise qu'Himilcon n'était pas homme à accuser sur de simples suppositions. Or, la dernière fois que nous nous sommes vus, il était sur le point de découvrir qui se cachait derrière ce complot.

– Tu parles au passé. Pourquoi donc ?

– Il a été trouvé poignardé dans son lit le lendemain matin. Il faut croire qu'il n'a pas été aussi discret qu'il l'imaginait. En tous les cas, il n'aura certainement pas été difficile à ceux qui l'ont tué de remonter jusqu'à moi. Et je suis convaincu qu'ils ont des espions ici, à Rome. Je suis en danger, et ma famille aussi.

– Des Romains… complices ? Foutaises ! On ne corrompt pas un bon Romain ! »

Je ne pus réfréner un sourire : il était bien curieux qu'à son âge Caton n'ait pas encore réalisé qu'il y avait aussi beaucoup de mauvais Romains. Marcellus poursuivit :

« Himilcon a eu le temps de laisser un message à mon intention. Un message qu'il a écrit de son propre sang, à même ses draps.

– Un message. Et quel était-il ?

– Il était on ne peut plus succinct. Les lettres M, B et L.

– Écrites dans notre alphabet ?

– Oui : M, B et L en lettres romaines. Je suppose que pour les Carthaginois le message aura été d'autant moins compréhensible.

– Bon. As-tu une idée de ce que cela signifie, ou de qui cela incrimine ?

– Pas la moindre, Caton. Mais il va nous falloir le découvrir très vite. »

Caton demeura pensif, puis demanda :

« Que t'a remis ton... espion, alors ? Ah, que ce mot me répugne.

– Ceci. Ganymède, tiens-toi à l'écart, je te prie. »

Marcellus tira une bourse d'un pli de sa toge, et en versa le contenu dans sa main. Je me tenais trop loin pour distinguer de quoi il s'agissait, et Caton, l'obscurité aidant, ne semblait pas plus avancé.

« Je ne comprends pas, maugréa-t-il. Qu'est-ce donc ? Je ne vois rien, il fait trop sombre.

– Ceci, c'est ce qui va causer notre perte. Il se trouve qu... »

Il y eut alors un bruit cinglant, qui nous fit sursauter tous les trois. On aurait dit la chute d'un objet en métal sur le sol. Je me retournai, lampe à la main ; derrière moi, il y avait Tiron, accroupi, une main derrière le dos.

« Eh bien ? demandai-je. Que fais-tu là et quel était ce bruit ?

– Maître, noble Caton, veuillez m'excuser. J'étais venu prévenir Ganymède que la maîtresse le réclame. »

Dans le noir, je voyais luire les yeux de rapace de Caton. Marcellus, d'une voix ferme, ordonna :

« Dis à ma femme que ce n'est pas le moment. J'ai besoin de Ganymède ici. Allez, file !

– Elle a dit n'en avoir que pour une minute. »

Tiron avait prononcé ces paroles trop vite ; je lus dans ces quelques syllabes beaucoup d'excitation, ainsi qu'un grand trouble. Il se releva et fit un pas vers nous.

« Tiron, tu ne m'as pas répondu. As-tu fait tomber quelque chose ? insistai-je.

– Pas du tout. »

Je plissai les yeux.

« Tu trembles, Tiron, je peux le voir d'où je suis. »

Tiron ne bougea pas et demeura silencieux. Je m'approchai de lui.

« Tiron, que tiens-tu derrière ton dos ?

– R... Rien. »

Il s'écarta de moi, me dépassa, et fit un pas de plus vers Caton et Marcellus. Je le retins par l'épaule.

« Tiron, est-ce le fouet que tu cherches ? Recule ! »

Alors, Tiron me repoussa de toutes ses forces, et je m'écroulai à terre. La lampe que je tenais se brisa, et les flammes vinrent lécher les buissons secs, qui s'embrasèrent aussitôt. Je vis Tiron se jeter sur Marcellus, et la lame d'un couteau étincela dans sa main. Caton saisit le bras de l'esclave, mais il n'était plus de taille à lutter contre un adversaire aussi jeune ; Tiron se dégagea et asséna un violent coup de coude au vieillard.

Les flammes gagnaient en hauteur et en intensité, et je criai à l'aide tout en volant au secours de mon maître. Je ceinturai Tiron. Marcellus lui envoya son poing au visage, et j'entendis l'os du nez se briser. Tiron poussa un cri de douleur, et d'un mouvement du bassin me propulsa contre Caton, qui n'avait toujours pas recouvré pleinement ses esprits.

Je ne vis pas le coup fatal. Je ne vis que son ombre qui, à la faveur des flammes, s'étirait de manière grotesque sur les tuiles du toit. L'ombre de la main armée, l'ombre de mon maître qui s'affaisse, l'ombre du poignard tombant au sol. Tiron contempla son œuvre en tremblant d'horreur, puis recula, hébété, ne sachant par où s'enfuir.

J'entendis quelqu'un courir vers nous, pieds nus : c'était Célyme, l'esclave de Caton, qui avait surgi dague au poing.

Tiron et lui échangèrent un regard. Célyme comprit tout ce qui venait de se passer en un instant, et se jeta sur Tiron. Ce dernier ne put même pas esquiver le premier coup, porté à la jugulaire avec l'habileté d'un vrai soldat. Ah, rusé Caton ! Qui aurait soupçonné que son éphèbe au visage d'Apollon était un si redoutable garde du corps ?

Célyme alla secourir son maître, et moi le mien. Mais pour Marcellus, il était trop tard ; frappé au cœur, il crachait des bouillons de sang. Je passai un bras derrière son cou et posai sa tête sur mes cuisses.

« Ganymède... fit-il dans un hoquet.

– Tu ne devrais pas parler.

– Mon testament...

– Je sais où il est. N'aie crainte.

– Protège... Elyss...

– Je le ferai, mais économise tes forces, et peut-être te verra-t-elle vivant encore une fois. »

Elyssa, justement, accourait déjà vers nous, suivie de Salonia. Derrière elles, nos esclaves formaient une chaîne afin d'apporter l'eau de l'impluvium jusqu'aux flammes.

Ma maîtresse s'agenouilla en frémissant près de moi et, voyant la toge ensanglantée de son mari, cacha son visage entre ses doigts.

« Marcellus, mon amour... que s'est-il passé ? Que... Tiron ? Mais je ne comprends pas !

– Fais-lui tes adieux maintenant que tu le peux, dis-je. Dans une minute, cela ne sera plus possible. »

Je serrai sa main, tremblante et glacée, en guise de réconfort. Je distinguai mal son visage, mais même à travers les ténèbres je pouvais lire le désespoir dans ses yeux. Elle caressa le front de son mari et se pencha vers lui.

« Marcellus, ne me laisse pas, je t'en supplie. »

D'une voix de plus en plus indistincte, Marcellus murmura :

« Elyssa… Ma douce… Il faut… sauver Rome…

– Que dis-tu ?

– Il faut sauver… Rome. »

Tels furent les derniers mots de Marcellus. Son visage se figea, et un ultime soubresaut cambra son échine.

Elyssa, sans un mot, posa sa tête sur la poitrine de son mari et l'entoura de ses bras.

Caton, encore chancelant, s'approcha d'elle et lui dit :

« Je suis désolé, Elyssa. Ton Marcellus était un grand Romain. Tu auras droit à tout mon soutien. »

Puis, à mon oreille, il chuchota :

« Quant à nous, il va falloir que nous parlions. »

III

Cendres et promesses

La mort : voilà bien un sujet avec lequel les Romains ne transigent pas. Celui qui, toute son existence, aura vécu dans la misère, couvre sa famille de prestige le temps d'une procession et d'un bûcher. Le cortège, si solennel dans mon pays, est à Rome pareil à une parade, avec danseurs, mimes et musiciens. Marcellus n'avait jamais recherché les honneurs trop ostentatoires ; il ne cultivait pas l'austérité comme un Caton, mais considérait qu'il n'était guère prudent d'étaler pouvoir et argent. Ses funérailles, pourtant, furent grandioses.

Elyssa, durant tout le parcours, s'était tenue juste derrière le char des ancêtres, la tête haute et le visage fermé. Impassible, elle dut supporter les sarcasmes des comédiens déchaînés qui, conformément à l'étrange coutume romaine, brocardaient mon ancien maître dans l'hilarité. Quand le corps de Marcellus fut déposé sur l'*ustrinum*, entre deux beaux cyprès, Elyssa vint ouvrir les yeux de son mari pour lui donner un dernier baiser. Après avoir refermé ses paupières, elle retourna dans le cortège, à quelques rangs de moi.

Caton ne m'avait pas adressé un seul regard durant toute la cérémonie. Mais dès le vin jeté sur les charbons ardents, alors que de lointains parents de mon maître se hâtaient de recueillir cendres et ossements calcinés, le vieillard vint me trouver. Une main sur mon épaule, il dit :

« Eh bien, Ganymède... Te voilà libre, à ce que j'ai entendu ?

– En effet, Caton.

– Tu n'as pas l'air de t'en réjouir particulièrement ?

– J'ignore si ta question est un piège ou un simple manque de savoir-vivre. De quoi pourrais-je me réjouir en un jour pareil ? Marcellus m'a affranchi dans son testament, oui, mais il me traitait quasiment en égal de son vivant. Attends-tu de moi que je chante, que je danse ?

– Tout doux, Grec, tout doux. Comprends ma méfiance : tu n'es pas seulement affranchi... tu es désormais un homme riche. Marcellus a fait de toi son héritier, n'est-ce pas ? »

Je m'impatientai.

« Où veux-tu en venir, ô noble Caton ? »

Il frotta ses longs doigts.

« Tu avoueras, Ganymède, que tu avais tout intérêt à ce que ton maître disparaisse.

– Qui sait si mon intérêt ne se trouve pas ailleurs que dans la richesse, Caton ? »

La loi romaine n'accordait aux veuves qu'une bien maigre portion de l'héritage, et en soi ma situation n'avait rien d'inhabituel ; Caton ne cherchait qu'à me mettre à l'épreuve. Il s'éclaircit la gorge et annonça :

« De toutes les manières, je n'ai guère d'autre choix que de te faire confiance. Écartons-nous un peu de cette foule imbécile, et écoute-moi attentivement. »

Alors que la cérémonie de purification se poursuivait, nous trouvâmes refuge dans l'ombre d'un prunier. Caton baissa la voix.

« As-tu compris ce que ton maître cherchait à me montrer ?

– Pas plus que toi.

– Il faisait noir, et je l'ai vu verser quelque chose dans sa main. Après cela, Tiron l'a frappé.

– Tu imagines bien que j'ai fait ce qu'il fallait pour que le sol soit passé au peigne fin, Caton. Mais nous n'avons rien retrouvé. »

Caton eut l'air pensif.

« Ce n'était pas un objet, j'en suis sûr. C'était autre chose.

– J'ai pensé qu'il pouvait s'agir de petites pierres précieuses, très finement taillées. Il n'aurait pas été facile de les retrouver, et nous aurions pu les écraser dans l'agitation.

– Mais c'est pourtant vrai, que tu sais réfléchir ! » fit le vieillard d'un ton roublard.

C'était là tout autant un compliment qu'un sarcasme, et je n'en tins pas compte.

« Tu me flattes, mais le mystère reste néanmoins entier. Ce que tenait Marcellus dans sa main s'est volatilisé. »

Il haussa les épaules, et poursuivit :

« Nous éclaircirons cela en son temps. Pour l'heure, il y a quelque chose que tu peux faire pour moi.

– Caton, hier encore, je n'étais qu'un simple esclave. J'ai peur de ne pouvoir t'aider.

– Oh si, tu le peux ! Car tu as un talent que je n'ai pas.

– Lequel ?

– Tu sais t'attirer la confiance d'autrui. Et surtout, tu as déjà celle d'Elyssa. »

Je croisai les mains dans mon dos, et demandai, soupçonneux :

« Que lui veux-tu ?

– Il faut que nous découvrions ce que trame Carthage. Et ce n'est pas en bavardant comme de vieilles femmes, ici, à Rome, que nous y parviendrons. Les missions diplomatiques ont échoué. Marcellus avait raison, je suis bien obligé de l'admettre : nous devons combattre Carthage avec ses propres armes. Infiltrer ses rangs. L'étouffer de l'intérieur. »

Je fronçai les sourcils.

« Caton… Tu veux envoyer Elyssa à Carthage comme *espionne* ? C'est bien cela que tu as en tête ?

– Très précisément, oui. Elle est d'origine carthaginoise, et n'éveillera pas les soupçons. Sa beauté et sa jeunesse seront d'autres atouts. »

Je réfléchis, puis demandai :

« Pourquoi Elyssa ? Il y a d'autres Carthaginois que nous pourrions rallier à notre cause. Des hommes, et plus aguerris. »

Caton ricana.

« Jamais tu ne pourras me faire croire qu'un ancien esclave, arraché à sa famille, puisse avoir le moindre sentiment de devoir envers Rome. Le risque de le voir se retourner contre nous est bien trop grand. Mais pour Elyssa, c'est autre chose : elle a un mari à venger. Et si j'en crois mon instinct, son désir de se venger des assassins de Marcellus deviendra plus grand encore que son désir de trahir Rome.

– Toi, Caton, tu confierais le sort de Rome à une jeune femme ?

– Je confierais le sort de Rome à une chèvre si je pensais qu'il y avait une chance, une infime chance de victoire. »

La cérémonie était terminée ; mon cœur se serra quand je vis, au loin, que tout ce qu'il restait de mon ancien maître tenait dans une urne, qui passait de main en main. Je fermai les yeux un instant, puis revins à Caton.

« J'ai pratiquement élevé Elyssa, rétorquai-je. Tu me demandes de l'envoyer à la mort. Et puis... À supposer que j'accepte de t'aider... qui y croirait, à Carthage ? Elyssa a vécu davantage à Rome que dans sa cité. Elle ne peut pas soudainement apparaître et se fondre dans la foule. »

Caton appuya un doigt sur ma poitrine ; il était si noueux, si sec, que j'eus peur de le faire céder comme une brindille rien qu'en respirant.

« Crois-tu que je n'ai pas déjà pensé à tout cela, Grec ? Un riche marchand phénicien du nom de Juba est décédé il y a quelque temps à Tyr. Et figure-toi que ce Juba avait lui aussi une très jeune femme d'origine carthaginoise. Elyssa prétendra être celle-ci. Il n'y aurait rien d'étonnant à ce que, son mari mort, elle décide de s'établir là où elle est née.

– Mais ce Juba est connu à Carthage, n'est-ce pas ? Les relations commerciales entre Tyr et Carthage n'ont jamais cessé.

– Peu importe : il était malade depuis longtemps et ne se déplaçait plus. Il n'y a aucune raison pour qu'Elyssa soit découverte.

– Tu me pardonneras de te contredire, mais j'en vois pour ma part de nombreuses. »

Le prunier portait déjà des fruits ; Caton en cueillit un et mordit dedans.

« Cette prune est juteuse et sucrée à souhait, fit-il. Tu devrais en goûter une, Ganymède ! »

Tout en la savourant, il ajouta :

« J'espère que tu comprends bien que tu n'as guère le choix.

– Ne te donne pas la peine de me donner le détail de ce que je risque à refuser. Ta réputation te précède. J'exposerai la situation à Elyssa ; mais si elle refuse de t'aider, sache que je ferai tout ce qui est en mon pouvoir pour t'empêcher de lui nuire. »

Le vieillard à la peau tannée serra le poing ; que de hargne et de détermination coulaient encore dans ses veines ! Plus jeune, à cet instant, sans doute m'aurait-il frappé, peut-être même tué. Mais un froissement d'étoffe vint étouffer notre dispute dans l'œuf. L'ombre d'Elyssa s'arracha à celle des branches immobiles, et elle parut devant nous, fragile, pâle, et les yeux rougis.

« Il ne sera pas nécessaire de menacer Ganymède, Caton, dit-elle. J'accepte ce que tu demandes.

– Tiens, tiens, ricana Caton, tu nous épiais donc ?

– Cela te déplaît ? Peut-être ai-je mal entendu, mais il m'a semblé que c'est ce que tu attendais de moi. »

Elle ajouta :

« Pour tout dire, je cherchais Ganymède. Quand je l'ai aperçu en grande discussion avec toi, il m'a semblé dans mon intérêt d'en savoir plus. »

Caton s'approcha d'Elyssa et passa une main sur sa joue, sans provoquer en elle la moindre réaction. Et puis, tout à coup, comme un vieux chat qui griffe encore, il lui attrapa le menton d'un geste vif.

« Mon enfant, tu n'as pas devant toi un vieillard gâteux, mais le grand Marcus Porcius Caton. Ni toi ni ton Grec n'êtes en position de force. Aussi, je te conseille de ne pas te moquer de moi ni de prendre mes paroles à la légère. »

Les grands yeux dorés d'Elyssa affrontèrent le regard de Caton. Combien de fois, durant son enfance, elle m'avait ainsi tenu tête ! Mais si j'avais pu, dans le passé, lui céder du terrain en de pareilles circonstances, Caton, pour sa part, demeura de marbre. De guerre lasse, elle annonça alors :

« Je ne me moque nullement de toi. Ce que j'ai dit demeure : j'irai à Carthage, et j'en reviendrai avec l'information que tu désires. »

Caton lâcha Elyssa et recula d'un pas.

« Bien... Je ne te poserai plus qu'une question, Elyssa, mais la réponse est cruciale : pourquoi ? Pourquoi acceptes-tu ? Est-ce simplement parce que tu as peur de moi ? »

Elle redressa la nuque.

« Non, Caton. J'accepte parce que tant que durera ma mission, c'est toi qui auras peur de moi. »

Il garda le silence pendant un long moment ; puis, l'air grave, il annonça :

« Ne veillez pas trop tard, ce soir. Demain, nous aurons beaucoup à faire. »

Il s'en alla sans un dernier regard, tordu comme un arbre pétrifié. La chaleur fit trembler sa silhouette, et l'engloutit bientôt au loin. Je me retrouvai seul avec Elyssa.

« Tu es en colère contre moi ? demanda-t-elle après un silence.

– Peu importe mon avis. Tu es libre. Et je ne pense pas que tu écouterais mes conseils.

– Ganymède, tu sais que j'ai menti, n'est-ce pas ?

– À quel sujet ?

– Caton a raison. J'ai peur de lui. Et je veux venger Marcellus. Je déteste ce vieillard, mais il faut reconnaître qu'il est perspicace. »

Je ne répondis rien. Les épaules rentrées, les mains jointes contre son ventre, Elyssa attendait de moi un signe d'approbation. Comme il ne vint pas, elle poursuivit :

« Pourquoi déteste-t-il autant Carthage, Ganymède ? Quoi qu'ait découvert Marcellus, Caton n'était au courant de rien avant son retour. Sa haine est tellement profonde...

– Caton n'est pas qu'un Romain, c'est *le* Romain par excellence. Il aime les victoires claires et nettes. Or, Rome a gagné la dernière guerre contre Carthage après avoir frôlé la débâcle. De très près. C'est une insulte que Caton n'est pas près de pardonner ! Et puis, il y a peut-être aussi chez lui des motivations moins... glorieuses.

– Quelles seraient-elles ?

– Caton est aussi un homme d'affaires. Et ses affaires, justement, ne s'en porteraient que mieux si Carthage venait à disparaître.

– Mais... je pensais qu'il détestait les richesses ?

– Il déteste montrer qu'il en possède, Elyssa. C'est très différent. Enfin... quoi qu'il en soit, Marcellus a bel et bien vu quelque chose là-bas. Et si cela se confirme, l'opinion retiendra que le grand et incorruptible Caton avait raison depuis le début, et n'agissait que dans l'intérêt de Rome. Peu importe. »

Elyssa regarda au loin, là où le cortège se tenait encore quelques minutes auparavant.

« Il faut que je les rejoigne, dit-elle.

– Oui. Cours-y. »

Elle recula d'un pas, hésitante, et me lança :

« Tant de choses changeront pour toi quand nous rentrerons chez nous. Tu seras le nouveau maître des lieux.

– Oui, mais pas pour longtemps.

– Comment cela ?

– J'ignore les détails du plan de Caton, mais tu ne pourras pas voyager seule. Pas sans protection.

– Il me fournira des esclaves, j'imagine ?

– Aucun en qui tu puisses avoir confiance, après ce qui est arrivé à ton mari. Je viendrai avec toi, Elyssa. Comme esclave. »

Je vis la joie farder ses joues, atténuer les cernes sous ses yeux. Mais bientôt la culpabilité reprit le dessus et elle s'écria :

« Tu ne peux pas renoncer à la propriété ! Et encore moins à ta liberté. Je le refuse.

– Épargne-moi cette discussion, qui ne changera rien à ma décision. Va-t'en : nous reparlerons de tout cela ce soir. Et comme l'a dit Caton, je crains que la journée de demain ne soit très longue. »

Elle voulut protester, mais ma fermeté l'avait désarçonnée. Alors, elle me tourna le dos et je restai seul sous les feuilles, pensant à tout ce que j'avais gagné – et à tout ce que j'allais perdre.

IV

Quintus

On ne cesse pas d'être un esclave parce que quelques mots frappés d'un sceau ont été inscrits sur une feuille. Quand, pendant plusieurs dizaines d'années, la société a vu en vous non pas un homme mais une chose, il est impossible de se réveiller un beau matin sans ressentir encore le poids de chaînes invisibles. Certes, Marcellus s'était toujours efforcé de me traiter comme un égal ; mais dès que je quittais les murs de la propriété, chaque regard, chaque geste me ramenaient à ma condition d'être de deuxième classe. Et même libre, je n'étais pas près de l'oublier.

Au lendemain des funérailles de Marcellus, donc, je me levai comme à l'accoutumée aux premiers rougeoiements du soleil, avant même les esclaves. J'eus tôt fait de réaliser que je n'avais personne d'autre à servir que moi-même, et cette pensée, loin de me réjouir, m'attrista profondément. À chaque pas, je m'attendais à entendre la voix de mon ancien maître, à le voir apparaître au détour d'un couloir, ou assis sur le banc qu'il affectionnait tant. La douceur de la liberté ne pouvait – encore – combler le vide que je ressentais.

J'allai jusqu'à l'impluvium, et me passai de l'eau sur les bras et le visage. Auparavant, les clients de Marcellus auraient déjà été amassés devant la porte, à attendre le lever de mon ancien maître pour qu'il leur prodigue quelque don en nature. Mais je soupçonnais Caton de les avoir éloignés par un moyen détourné – ou peut-être même récupérés à son compte –, car depuis la disparition de Marcellus aucun ne s'était montré.

Pourtant, on vint bien frapper à la porte, très tôt, ce jour-là. Par habitude, j'allai ouvrir moi-même. C'était une imprudence de ma part, car le meurtre d'un affranchi soudainement enrichi, à l'aube, n'aurait pas ému grand monde.

L'homme qui m'apparut sous le feu du matin était un peu moins grand que moi ; il avait cependant de si larges épaules, un cou si fort que je me sentis aussi chétif qu'un nouveau-né. Sa peau présentait une couleur et une texture de boue séchée, prête à se crevasser, typique de ceux qui ont vécu toute leur vie à l'extérieur. Ses cheveux presque rasés, la cicatrice à sa joue droite et à son épaule, le maintien martial de son buste : cet homme avait été légionnaire. Il y avait dans son regard un mélange de bienveillance et de dureté, et tout en lui exhalait l'autorité. Un ancien centurion ? Peut-être. Mon regard se porta d'instinct à sa ceinture, là où aurait pu se trouver une arme. Je n'en vis pas. Je remarquai cependant qu'il portait, dans son dos, un long sac en peau de mouton ; et si celui-ci contenait des armes, mon visiteur n'avait pas l'intention de s'en servir dans l'immédiat.

« Tu es Ganymède ? me demanda-t-il après m'avoir, à son tour, détaillé des pieds à la tête.

– Oui. Que me veux-tu ?

– Fais-moi entrer, et je te le dirai. Je viens de la part de notre ami.

– Un instant : voilà qui est un peu facile ! De quel ami parles-tu ?

– Ganymède, je parlais par politesse, mais si je veux entrer, j'entrerai. Ne m'oblige pas à te forcer la main. »

Je soupirai, puis m'écartai. Il me remercia d'un signe de tête, fit quelques pas, puis me demanda de fermer la porte. Deux esclaves de la maison nous avaient rejoints ; l'inconnu leur indiqua de s'en aller en agitant la main. Il dégageait une autorité telle qu'ils obéirent sans demander leur reste.

« Ganymède, fit-il enfin, c'est Caton qui m'envoie. Tu n'auras plus à traiter avec lui directement. Dans l'affaire qui nous concerne, je serai son intermédiaire. C'est à moi que tu devras rendre des comptes. Il ne faut plus que tu cherches à le voir ou à lui parler.

– Quelle méfiance ! Tant de précautions me laissent à penser que "l'affaire qui nous concerne", comme tu dis... ne concerne plus officiellement le sénat ?

– Tu as bien compris. Le sénat n'a rien à voir avec cette mission, et ne doit surtout pas être mis au courant.

– Dommage de se priver d'un tel appui.

– Caton a bien d'autres appuis. Tout cela te pose-t-il un problème ? »

Il n'y avait qu'une réponse possible.

« Aucun. C'est entendu. »

Il observa les lieux, et posa son sac à terre.

« Je suis Quintus, reprit-il. Du moins, c'est comme ça que tu devras m'appeler.

– Juste Quintus ? Voilà qui est succinct. »

Il ne releva pas.

« Ne cherche jamais à me trouver, c'est moi qui te trouverai. Si tu as besoin de quelque chose, je le saurai : patiente.

– Bien, voilà qui a le mérite d'être clair. »

Il mit un genou à terre et défit la cordelette qui maintenait son sac fermé ; il en sortit deux glaives en bois et un poignard à la pointe émoussée. En se relevant, il demanda :

« Où est la femme ?

– Ici. »

Elyssa avait, décidément, un don pour apparaître sans se faire entendre. Pieds nus, les cheveux en désordre, elle avança jusqu'à nous d'un pas décidé. Mais avant qu'elle ait pu poser la moindre question, notre invité tendit un doigt vers elle et dit :

« La mission qui t'a été confiée est extrêmement dangereuse, bien loin de la vie de princesse que tu as l'air de mener ici. »

Piquée au vif, Elyssa rétorqua :

« Je n'ai pas toujours eu cette vie, l'ignorais-tu ? »

Quintus fit comme s'il n'avait rien entendu.

« Pendant les prochains jours, je vais t'enseigner quelques rudiments de combat, et t'apprendre comment transmettre discrètement certaines informations. Bien sûr, tu n'es qu'une femme...

– Eh bien ?

– Je ne m'attends pas à ce que tu excelles, mais je veux au moins que tu puisses te tirer d'un mauvais pas une fois à Carthage. »

D'abord perplexe, j'intervins :

« Tu parles de combat... Es-tu sûr que cela soit une priorité... Quintus ? Nous ne savons pas encore à quoi va ressembler cette mission ! Il faudrait peut-être que nous commencions par...

– Nous parlerons du plan ensemble, mais cela ne change rien à ce que j'ai dit : elle doit savoir se défendre, et aussi communiquer avec nous. Elyssa, m'as-tu entendu ?

– Oui, fit-elle, abasourdie.

– As-tu mangé, ce matin ?

– Non, pourquoi cette question ?

– C'est parfait, alors. Ganymède, qu'aucun de tes esclaves n'approche du péristyle pendant les prochaines heures.

– Un instant, Quintus, repris-je. Notre "ami" ne le sait pas, mais j'ai pris la décision d'accompagner Elyssa. Je compte me faire passer pour son esclave. Après tout, l'esclave grec est une denrée très prisée à Carthage aussi. »

Quintus fronça les sourcils.

« Tu as hérité d'une grande fortune. Qui gérera tes intérêts en ton absence ?

– J'imagine que la personne qui t'emploie n'aurait rien contre.

– C'est possible, mais il faudra que j'en discute avec lui : ce n'est pas le genre d'homme qui aime à se voir imposer quoi que ce soit. Bien, nous verrons cela. En attendant, prenez chacun un glaive. Suivez-moi. »

Elyssa lui emboîta le pas, détaillant avec embarras l'arme qu'elle tenait à la main. Quand nous fûmes dans le jardin, encerclés par les colonnes de marbre, Quintus se retourna vers elle et, sans plus de ménagement, lui ordonna :

« Attaque-moi.

– Tu... veux que je te frappe ? dit-elle, hésitante, tout en jetant un coup d'œil en biais vers son glaive en bois.

– Je te l'ordonne, oui. Allez ! »

Elyssa était plus grande que la majorité des femmes romaines. Moins plantureuse, aussi, mais la finesse de sa silhouette n'aurait pu être confondue avec de la fragilité. Elle observa Quintus, un peu inquiète. Ses doigts se crispèrent autour de la poignée, si fort que je vis ses phalanges blanchir. Elle s'élança alors, glaive levé. Quand elle abattit son bras en direction de Quintus, celui-ci fit pivoter son buste pour éviter le coup. Il frappa Elyssa du plat de la main et, emportée par son élan, elle vint s'affaler dans un bosquet.

« Quintus, espèce de brute ! criai-je. Cette femme est encore convalescente ! Comment oses-tu ? »

Quintus tendit la main dans ma direction en signe d'apaisement.

« Je sais ce que je fais, Grec. Je te garantis qu'elle n'a rien. N'est-ce pas ? »

Elyssa, en effet, se relevait déjà. Elle avait lâché le glaive et frottait ses membres. Mais son visage, résigné, ne trahissait ni peur ni douleur.

« N'attaque jamais avec le tranchant de la lame, fit Quintus avec calme. Ni avec un glaive ni avec un poignard. Attaque avec la *pointe*. »

Elyssa, contre toute attente, eut quelque chose à y objecter :

« Quand j'étais enfant, il me semble au contraire avoir vu...

– Un soldat bien entraîné est capable de couper un bras ou une tête avec le tranchant, mais tu es loin d'avoir la même force : tu n'occasionnerais qu'une blessure superficielle, qui n'arrêtera pas un adversaire décidé... Si tu transperces, tu pourras facilement créer une hémorragie importante, ou toucher un organe. »

Il s'approcha d'elle et saisit son bras pour le remettre dans la position d'attaque précédente.

« Tu m'as attaqué comme ceci. Comprends-tu à quel point cette attaque expose tout ton corps, et combien elle est évidente pour un adversaire ? Parfois, se tenir convenablement peut suffire à décourager un ennemi.

– Excuse-moi, le coupa Elyssa, mais crois-tu vraiment que je vais devoir me battre avec un glaive ? Je dois recueillir des informations, pas tuer qui que ce soit.

– Je te l'ai dit : tu auras peut-être à te défendre. L'escrime est un excellent entraînement, dont les bénéfices te seront profitables en bien d'autres situations. Et bien sûr, je te montrerai aussi comment te trancher la gorge facilement, au cas où tu serais prise. »

Il se tourna vers moi.

« Cela vaudra probablement aussi pour toi.

– J'ai hâte d'en savoir plus... » dis-je d'un ton las.

Quintus alla ramasser le glaive d'Elyssa, le lui remit en main, puis demanda à avoir le mien. Il se campa devant elle, pointe en avant, le bras armé légèrement décollé de son flanc. Son bras gauche, poing fermé, formait un arc de cercle ; les jambes fléchies, pieds ancrés dans le sol, il se tenait dans une posture entre face et profil.

« Essaie de te placer comme moi ! commanda-t-il. Non ! Ta lame doit être le prolongement de ton avant-bras, sinon tu vas te briser le poignet en frappant. Voilà, c'est bien mieux. Ne te penche pas, surtout ! Rentre les épaules, mais garde le dos droit. Ne serre pas trop la poignée, car cela entraverait le naturel de ton geste. Mais ne sois pas non plus relâchée, sinon ton arme va t'échapper ! Trouve un équilibre. »

Elyssa imita la position de Quintus en silence. Puis elle s'élança vers lui. Juste avant le contact, Quintus détourna la lame d'Elyssa vers le sol, du plat de son glaive, et profita de l'élan de la jeune fille pour la faire trébucher. Cette fois, cependant, elle parvint à contrôler sa chute et fut rapidement debout.

« C'est mieux, fit le soldat. Bien mieux. Mais beaucoup de débutants ignorent que la cible n'est pas l'adversaire... mais un point invisible *derrière* l'adversaire. Ne me vise pas moi : vise quelque chose qui est plus loin que moi. Compris ? »

Elle acquiesça, et sans attendre entama un nouvel assaut. Quintus en fut surpris, mais pas déstabilisé pour autant ; il détourna une fois encore l'attaque comme s'il chassait une mouche. Elyssa, pas découragée, fondit à nouveau vers le soldat ; leurs échanges se firent de plus en plus rapprochés et violents. D'abord timide, Elyssa se mit à frapper avec rage. Elle expulsait là toute la colère et la tristesse de ces derniers mois, comme un fauve que l'on libère de sa cage. Ce spectacle me fit frissonner, tant il me donnait l'impression qu'Elyssa ne craignait plus rien ; et quand on cesse de tout craindre, c'est qu'on ne tient plus à la vie.

Quand, épuisée, elle lâcha son glaive pour reprendre son souffle, le dos courbé, Quintus posa une main sur son épaule et se contenta de dire :

« C'est bien. Tu n'as pas appris à te battre, mais tu as compris ce que c'est. Repose-toi un moment. Maintenant, à ton tour, Ganymède. Montre-moi que tu es à la hauteur de tes ancêtres ! »

Je soupirai ; ces manœuvres ne m'étaient pas complètement inconnues, mais je n'avais aucune envie de m'y prêter à mon âge, après des années d'inactivité physique. Quintus sut lire en moi, et en souriant ajouta :

« Nous allons voir des techniques moins éprouvantes. Prends le poignard... »

Quintus jugea que l'heure était venue pour lui de se retirer quand le soleil fut à son apogée. Elyssa et moi ruisselions de sueur devant notre maître d'armes, haletants et vidés de toute vigueur.

« Demain, je reviendrai, mais c'est tout autre chose que je vous enseignerai. D'ici là, prenez du repos et restez vigilants. Malgré toutes nos précautions, rien ne garantit votre sûreté. Je m'en vais, à présent. *Valete !* »

Il n'attendit pas même que j'appelle un esclave pour le raccompagner, et s'éloigna de son implacable foulée de légionnaire.

Je me tournai vers Elyssa.

« Comment te sens-tu ?

– Bien, Ganymède, merci. En réalité, je vais même mieux qu'en me levant.

– C'est bien ce que je craignais.

– Que veux-tu dire ?

– L'activité physique et la violence ne guérissent pas les troubles de l'âme ; elles se contentent de les dissimuler. Ne t'y trompe pas. »

Elle frotta son bras, où était apparu un bleu. Puis, tout en fixant l'endroit où, quelques jours plus tôt, Marcellus s'était écroulé, elle répondit :

« Je n'aspire pas à davantage. »

Elle passa les heures suivantes allongée sur un banc dans le jardin.

Même l'orage qui éclata un peu plus tard dans la journée ne l'en chassa pas.

V

Préparatifs

Les jours suivants se succédèrent dans la même fébrilité. D'abord indifférente, Elyssa sembla ensuite guetter avec toujours plus d'impatience la venue de Quintus, tôt le matin. Bien sûr, Quintus était à sa manière un bel homme, que la maîtrise du combat et du commandement rendait sans doute plus séduisant encore, et Elyssa une jeune fille au cœur brisé. Mais il aurait fallu bien mal la connaître pour percevoir dans son attitude autre chose qu'une détermination sans faille ! Ce n'était pas la hâte de voir Quintus qui la faisait lever de si bonne heure : c'était la soif d'en découdre.

Quintus ne nous apprit pas uniquement comment nous défendre ; notre voyage pour Carthage relevait, avant toute chose, du renseignement. Aussi aborda-t-il très vite le sujet des échanges et de la correspondance. Les Carthaginois étaient méfiants, et tout message envoyé vers Rome pouvait être intercepté par les autorités locales. La méthode préconisée par Caton à travers son émissaire était à la fois simple et contraignante : opérer une substitution de mots et de noms. « Fleur » à la place d'« arme », « voyage » pour « mission », etc. Avec une ironie qui m'étonna de sa part, Caton s'était lui-même désigné comme « le hibou » ; Elyssa et moi étions respectivement « le paon » et « la carpe ». Nous ne pouvions pousser le brouillage plus loin, car un message codé aurait, en soi, constitué la preuve d'une manigance. Il ne fallait susciter aucun soupçon.

La mission elle-même se précisait dans ses grandes lignes, mais reposait toujours sur un postulat que je ne pouvais m'empêcher de trouver dangereux. Certes, en jouant le rôle d'une jeune veuve, arrachée très tôt à sa famille par un mari puissant, Elyssa ne s'éloignait guère de sa propre histoire. Mais les occasions de se trahir, pour autant, risquaient d'être nombreuses. Un matin, de but en blanc, Quintus saisit Elyssa par les coudes et lui demanda tout en la secouant :

« Comment s'appelait ton mari ?

– M... Marcellus. »

La mâchoire du soldat se crispa, et des veines saillirent autour de ses tempes.

« Non ! gronda-t-il. Ton mari s'appelait Juba ! À partir de maintenant, tu dois être dans ton rôle et ne plus en sortir, comprends-tu ? Si nous avions été à Carthage, aujourd'hui, et que tu avais prononcé le nom de "Marcellus", tu serais morte. »

Elle baissa les yeux.

« Je suis désolée.

– Ne sois pas désolée, sois plutôt à ce que tu fais. Tout cela n'est pas une plaisanterie : tu dois être prête le moment venu. Reprenons. Que sais-tu de Juba ?

– C'était un riche marchand de la ville de Tyr, qui a eu plusieurs femmes. L'avant-dernière est morte en couches, et l'enfant ne lui a pas survécu longtemps. Trois ans avant sa mort, Juba a épousé une jeune fille de mon âge. Il n'avait pas quitté Tyr depuis une dizaine d'années, pour des raisons de santé. Juba aimait le luxe ostentatoire, mais détestait le vin. Il parlait couramment le latin et le grec en plus du phénicien.

– Bien, annonça Quintus d'un ton plus neutre. Et toi ?

– Moi ?

– Quelles langues parles-tu ? Vous ne pourrez plus vous parler publiquement en latin, une fois sur place. Sauras-tu parler à Ganymède en grec ?

– Oui, répondit-elle sans hésiter. Il me l'a enseigné quand j'étais enfant. Je ne sais pas l'écrire, mais je peux tenir une conversation sans aucun problème. De toutes les manières, Ganymède comprend aussi le punique.

– Le comprendre est une chose. Mais toi, le parles-tu encore suffisamment bien pour tromper nos ennemis ? Pourras-tu déguiser ton éducation romaine ? »

Cette fois, elle prit le temps de réfléchir.

« Oui, Quintus.

– Tu as hésité.

– Je ne peux garantir un accent impeccable, mais dans la mesure où je suis supposée ne plus habiter à Carthage depuis longtemps... »

Quintus soupira.

« Espérons que cela suffira. Mais j'ai encore bien des choses à vérifier avec toi. »

Elyssa répondit sans trébucher aux questions de Quintus. Après quoi, nous en vînmes à la question cruciale : le voyage proprement dit.

« Vous êtes supposés venir de Tyr, aux confins de la Méditerranée, commença Quintus. Il est donc impensable que vous accostiez à Carthage dans autre chose qu'un *gaulos* phénicien.

– Je suis d'accord avec toi, dis-je, mais disposons-nous d'un tel navire ? »

Quintus, avec sa raideur habituelle, répondit :

« Bien évidemment, et il mouille actuellement à Olbia[1]. Cependant, je ne souhaite pas le faire venir jusqu'à Ostie.

– Et pourquoi donc ?

– Ostie est le port de Rome, et nous avons eu la preuve que des espions y sont à l'œuvre. Si vous partez d'Ostie à bord de ce navire, que l'on vous voit monter dedans, je suis à peu près certain que les Carthaginois sauront qui vous êtes avant même votre arrivée. »

1. Olbia, ancienne colonie grecque, se situe au nord-est de la Sardaigne.

Je réfléchis, puis dis :

« J'admets que cela n'est guère prudent. Mais que suggères-tu ?

– Vous partirez à bord d'un navire de commerce romain tout ce qu'il y a d'ordinaire, qui n'attirera pas l'attention sur lui. Pendant ce temps, le *gaulos* carthaginois quittera Olbia et fera cap, comme vous, vers le large des îles Baléares. C'est là que vous monterez à son bord, à l'abri de tous les regards. Le navire romain poursuivra ensuite sa route jusqu'en Hispanie, et fera un rapport discret à l'une de nos garnisons sur place. En ce qui vous concerne, l'illusion sera complète : personne ne pourra soupçonner que votre *gaulos* ne vient pas de Phénicie. »

Je hochai la tête.

« Il n'est guère facile de se retrouver en pleine mer, Quintus. Crois-tu que...

– Nous avons d'excellents navigateurs, n'aie aucune crainte. En réalité, ce qui m'inquiète, c'est que malgré les efforts de Rome ces mers ne sont toujours pas complètement sûres. J'espère que vous ne ferez pas de mauvaises rencontres ; les marins, sur l'un et l'autre navire, ne sont pas des guerriers. Ils auraient du mal à assurer votre protection. »

Je ruminai quelques instants cette éventualité. Elyssa, les traits tirés, se leva, puis demanda :

« Puisque tout est réglé, Quintus, puis-je me retirer ? J'imagine que vous deux n'avez plus besoin de moi pour le moment, et je suis très fatiguée.

– Tu pourras le faire d'ici un moment. J'ai encore quelque chose à te dire. Écoute-moi très attentivement. »

Il s'approcha d'elle et susurra à son oreille des paroles que je ne pus entendre. Elyssa l'écouta avec attention. Je fus piqué au vif d'être tenu à l'écart de ces confidences, mais j'imaginais que Quintus avait ses raisons. L'affaire était sans aucun doute sérieuse, car Elyssa fronçait les sourcils en écoutant, signe chez elle d'une grande concentration. Quand Quintus eut fini, elle lui dit :

« Bien. Je n'oublierai pas, et je te remercie. »

La silhouette d'Elyssa s'effaça dans les ombres de la villa, et nous demeurâmes seuls. Quintus s'épongea le front d'un revers de l'avant-bras.

« La pauvre enfant... Puisse-t-elle tenir bon... » fit-il entre ses dents.

J'avais les mêmes réserves que lui, mais choisis néanmoins de le rassurer :

« N'aie crainte, Quintus, tout se passera bien. Cette jeune fille est plus solide qu'elle n'en a l'air. J'en sais quelque chose.

– La flamme brûle fort, oui. Mais attention à ce qu'elle ne se consume pas trop vite. »

Il demeura un moment silencieux, puis ajouta :

« La place d'une femme est à la maison, pas sur le front. Pourquoi pas des femmes citoyennes, ou même au sénat, au train où vont les choses !

– Je ne vois pas cela arriver avant longtemps, Quintus.

– Puisse Mars t'entendre... »

Il rassembla ses affaires et prit congé sans prononcer une parole de plus.

L'heure approchait...

Je me rendis dans le jardin, pour profiter de la tiédeur du jour. Ah, ce que l'air est pur, quand on n'est plus esclave ! J'en savourais chaque bouffée. Encore quelques jours à respirer en homme libre, à boire, manger en homme libre, et surtout à dormir en homme libre. Après quoi, il allait me falloir retourner – provisoirement, en tous les cas – à ma condition précédente. Je supportais l'idée beaucoup moins bien que je ne l'avais imaginé. Je surpris un vol d'oiseaux. J'essayai de les dénombrer, à l'affût d'un présage. Je n'y parvins pas : était-ce cela, le présage ?

VI

Carbo

Nous partîmes à l'aube d'un jour gris, vêtus simplement, n'emmenant presque rien avec nous. Nous avions à notre disposition ce que les Romains appellent un *carpentum*, à savoir un char tracté par deux chevaux. Quintus nous escortait sur un bel étalon alezan, et, malgré les étoffes grossières dont il s'était vêtu, son allure et sa manière de monter trahissaient le militaire. Mais le voyage jusqu'à Ostie était court, et les risques limités. Nous y arrivâmes donc sans encombre.

C'était la deuxième fois qu'il m'était donné de traverser cette ville portuaire ; la première fois, j'étais bien jeune et j'avais des fers aux chevilles. Et même si mes souvenirs commençaient à s'effriter, je ne pus m'empêcher de remarquer à quel point Ostie s'était développée. C'est comme si toute une partie de Rome avait été déracinée puis replantée à l'embouchure du Tibre.

Le port se trouvait à l'extrémité de la ville – bâtie toute en longueur –, dans un renfoncement qui ne devait pas rendre les manœuvres aisées. Je me tournai vers Elyssa alors que Quintus m'ordonnait de ralentir.

« Nous y voilà, Elyssa. Comment te sens-tu ? »

Elle leva les yeux vers le ciel.

« Je ne sais pas, Ganymède. Je suis sans doute folle d'avoir accepté tout cela, je ne m'en rends compte qu'à présent.

– Folle, soit. Mais décidée ?

– Plus que jamais.

– Alors, allons-y, je crois que nous sommes attendus. »

J'aidai Elyssa à descendre, et nous découvrîmes alors l'embarcation qui devait nous mener jusqu'aux îles Baléares. C'était un bateau de commerce romain de belle taille, à la coque ventrue, sans doute dévolu au transport de céréales ; sur son mât unique flottait déjà une voile carrée, et des rameurs s'affairaient sur le pont en vue des manœuvres de sortie.

Quintus, désormais pied à terre, vint vers nous.

« L'équipage n'est pas au courant de l'objet exact de votre mission, bien entendu. Il sait juste qu'il doit vous conduire jusqu'à un navire phénicien au large des Baléares, et que vous devez être traités avec égards. Pour le reste... »

Il regarda Elyssa, avant de reprendre :

« Pour le reste, je ne garantis rien. Restez sur vos gardes : ce sont des marins, qui viennent des quatre coins de la Méditerranée. La discipline n'est pas leur fort. J'ai déjà eu l'occasion de leur expliquer ce qui les attendait si jamais il vous arrivait malheur.

– C'est-à-dire ? s'enquit Elyssa.

– La crucifixion tout le long de la *via* Ostiensis.

– Voilà qui a le mérite d'être explicite », fis-je.

Quintus tira une bourse de sa ceinture et la remit à Elyssa.

« À partir de maintenant, votre mission commence : c'est toi la maîtresse, et lui l'esclave. Elyssa, je te confie cette bourse, qui te permettra de voir venir. Le navire phénicien que vous allez rejoindre contient bien d'autres richesses : du vin en jarres, des objets précieux, des épices, une garde-robe somptueuse, et assez d'argent pour vivre en princes pendant une année. Une fois à Carthage, personne ne pourra douter que tu es, en effet, une riche veuve. Toutefois, nous avons donné pour instruction de cacher soigneusement tous ces biens sous un faux plancher, dans la cale : on n'est jamais trop prudent. Sur place, ne gaspillez rien, mais faites au mieux. »

Quintus était un homme d'action, pas de discours. Mais malgré la froideur de ses paroles, je savais qu'il était en proie à une grande inquiétude. Finalement, il déclara :

« Adieu. Que les dieux soient avec vous. Et, Elyssa, rappelle-toi bien ce que je t'ai dit, l'autre jour. »

Il nous salua discrètement et nous indiqua l'appontement. Elyssa passa devant moi, tête haute, sous le regard intrigué des marins. Le capitaine du vaisseau sortit de sa cabine et vint à notre rencontre. C'était un homme sec et à demi chauve, dont la barbe ne parvenait pas à dissimuler entièrement une profonde entaille.

« Je m'appelle Flavonius, dit-il. Je ferai en sorte que votre voyage soit le plus confortable possible. Toutefois, ce navire n'est pas conçu pour le transport de passagers, et il faudra que vous fassiez avec. Je vous ai fait aménager deux tentes sur le pont, vous n'y serez pas trop mal, je pense.

– Sois-en remercié, Flavonius, répondit Elyssa. Combien de temps durera le voyage ?

– C'est difficile à dire. En direction des Baléares, les vents et les courants jouent contre nous. Ne comptez pas sur moins de six jours, en tous les cas. Et puis, il se peut toujours que…

– Oui ? s'inquiéta Elyssa.

– Oh, rien. Le secteur où nous allons est plutôt calme, depuis quelques années. Mais on ne sait jamais : en mer, on peut toujours faire de mauvaises rencontres. Et malgré les efforts de Rome, ma foi… tout danger n'est pas totalement écarté de ces eaux. »

Elyssa se contenta de cette explication.

« Bien. Ganymède, veux-tu… »

Elle s'arrêta tout net, la main tendue vers les affaires qu'elle s'apprêtait à m'ordonner de porter jusqu'à sa tente, comme elle l'aurait fait avec n'importe quel esclave. Il n'avait pas été simple pour elle, quand Marcellus l'avait épousée, de s'adresser à moi en tant que maîtresse : j'avais alors tout fait pour atténuer sa gêne. Aujourd'hui, la situation se présentait à nouveau, à ceci près que, cette fois, j'étais un homme libre. Ou presque :

feindre d'être esclave, c'est l'être toujours un peu. Constatant qu'Elyssa hésitait sur la conduite à tenir à mon égard, je m'inclinai, et me hâtai de porter notre paquetage un peu plus loin, sous les toiles sommairement tendues que je distinguais à l'arrière du bateau. Quand j'allai la rejoindre, son visage affichait encore une grande gêne. Je passai près d'elle et, discrètement, serrai son bras. Elle sut alors qu'elle devait se résigner à son rôle de maîtresse, tant que j'assumerais mon rôle d'esclave.

Doucement, le navire amorça sa sortie ; les rameurs souffraient en silence, esquivant les embarcations qui allaient et venaient dans la baie. Bientôt, nous fûmes en mer. Les rames disparurent, la voile se gonfla, et nous entamâmes la première étape de notre périple, sous un ciel morne et orageux.

Pendant les premières heures, les marins goguenards guettèrent chez Elyssa et moi-même les premières manifestations du mal de mer. Cet équipage peu raffiné aurait certainement trouvé distrayant de nous voir devenir verdâtres et nous tordre par-dessus la rambarde ; un peu de piment dans leur quotidien monotone, en somme. Certains pariaient sur notre résistance, les autres se contentaient d'observer sans même chercher à être discrets. Mais malgré le roulis important, qui nous fit perdre l'équilibre plus d'une fois, nous ne leur fîmes pas le plaisir d'être malades. L'équipage finit par se lasser, et les activités reprirent petit à petit leur cours ordinaire sur le navire.

Elyssa et moi pouvions difficilement tenir les mêmes conversations qu'à l'accoutumée ; nous devions, autant que possible, conforter notre public dans l'illusion de nos rôles respectifs. Profitant d'un moment de tranquillité, cependant, Elyssa s'arracha à la contemplation des vagues et me dit :

« Je n'arrive toujours pas à accepter, Ganymède. C'est trop dur. »

J'aurais tant voulu la prendre dans mes bras. Je dus me contenter de ces mots :

« Elyssa, ce qui est dur, ce n'est pas d'accepter la mort de Marcellus ; c'est d'accepter que tu es assez jeune pour que ta vie puisse recommencer, plus tard. Tu n'as que seize ans. Et tout le temps que tu veux. »

Elle me jeta un regard perdu.

« Ah, le temps... C'est donc le remède à tout, mon bon Ganymède ?

– Non. C'est l'oubli qui est le remède à tout. Le temps, lui, ne fait qu'y contribuer. Comme il peut. »

Elle sourit.

« Ce que j'envie ta sagesse.

– J'échangerais volontiers ma sagesse contre ta jeunesse. Mais changeons de sujet, je crois que quelqu'un arrive. »

Trois marins se tenaient en effet à cinq pas de nous ; l'un d'entre eux était plus avancé, et nous observait avec un large sourire. Tout en os, le cheveu filasse, le teint cendré ; rien dans son attitude n'était a priori menaçant, mais je me méfiai de ce rassemblement.

« Eh bien, comment se passe le voyage ? lança-t-il, moqueur.

– Le mieux du monde, répondis-je avec calme.

– Je t'ai pas parlé, esclave. Je parle à la fille. Alors, ma jolie... ça te plaît, la mer ? »

Elyssa haussa les épaules et détourna le regard.

« Oh, oh ! continua le marin. Tu ne veux pas me répondre ? Mais faut pas avoir peur : il paraît qu'on ne doit pas te faire de mal. Pas vrai, les gars ? »

Les deux autres marins se convulsèrent en ricanements et hoquets. Le chef du groupe s'approcha à un pied d'Elyssa et posa un doigt sous son menton.

« Tu es très jolie... et tu n'es pas romaine, pas vrai ? Pourquoi tu veux pas m' parler ? »

Il m'était compliqué, dans ces circonstances, d'intervenir physiquement. Elyssa, elle, refusait toujours de croiser le regard du marin. J'essayai de le raisonner, en tâchant de faire porter ma voix au mieux :

« Tu ne voudrais pas que je me plaigne à ton capitaine ? Tu sais ce qui t'attend, je pense ? Laisse ma maîtresse tranquille. »

Le marin me dévisagea. Il y avait sur ses traits une expression de stupidité si profonde qu'elle en devenait presque touchante. Je le devinais en train de peser le pour et le contre, d'évaluer ce qu'il encourait si l'envie lui prenait de me jeter par-dessus bord. J'attendais, sur le qui-vive, de savoir de quel côté la balance allait pencher.

Par chance, le capitaine avait dû m'entendre et comprendre ce qui se tramait ; il nous rejoignit et repoussa sans ménagement son marin. Le ricanement des deux autres redoubla.

« N'ai-je pas été clair, un peu plus tôt, Carbo ?

– Mais, capitaine… protesta l'intéressé.

– Ne proteste pas. Touche encore une fois notre passagère, et je fais clouer tes mains sur la porte de ma cabine. Allez, file ! Et vous deux aussi, allez ! Je ne veux plus vous voir près d'eux. »

Carbo cracha à terre, l'œil fou, et tourna les talons. Ses deux acolytes l'imitèrent.

« Je suis désolé, fit le capitaine.

– On nous avait mis en garde, répliquai-je. Désolé de constater que ce n'était pas par prudence excessive. »

Le capitaine observa Elyssa, qui était restée muette.

« Tout va bien ?

– Très bien, merci, Flavonius, fit-elle avec empressement, tout en baissant les yeux.

– Ce ne sont pas de méchantes personnes, vous savez. Et ce sont aussi de très bons marins.

– Il arrive souvent que stupidité et méchanceté se confondent », fis-je observer.

Flavonius fit comme s'il n'avait rien entendu.

« Faites ce que je vous dis et le voyage se passera bien. C'est tout. À plus tard. »

Il en fut ainsi pendant deux journées et deux nuits. Il nous fallut affronter des courants contraires, et une mer parfois courroucée. La nourriture à bord était chiche, les divertissements inexistants. J'avais de fait tout loisir pour réfléchir à ce mystère qui me torturait depuis la mort de Marcellus : qu'avait-il cherché à montrer à Caton ? Quelle était cette chose que nous avions été incapables de retrouver ? Je repensais à la scène encore et encore, mais la solution m'échappait.

La troisième nuit, je décidai de m'en remettre aux astres, gardiens de bien des énigmes. Mais alors que je désespérais un peu plus encore, une main appuya sur ma bouche, tandis que mon bras était maintenu, plié, dans mon dos. Je me débattis, mais l'étreinte était trop forte. On me tira dans cette posture sur la moitié du pont, après quoi je fus jeté sans ménagement dans la cale. Un sac de grain amortit ma chute. J'étais bien trop surpris pour appeler à l'aide, et tâchai simplement de me repérer. La lumière vacillante d'une torche me permit de distinguer, en plus des sacs de céréales et d'épices, de nombreuses amphores alignées le long du flanc du bateau. Alors que ma vision s'ajustait à la pénombre, je découvris Elyssa, bâillonnée, gisant au sol dans une flaque d'eau noire. Une lame vint se poser sur mon cou.

« Ne bouge pas, ne crie pas, ou je te saigne comme un bœuf, fit une voix derrière moi. Avance... »

Avec un immense soulagement, je vis la poitrine d'Elyssa se soulever ; ces brutes ne l'avaient donc pas tuée.

Je n'eus toutefois guère le loisir de m'en réjouir, car Carbo parut à son tour, accompagné d'un des marins qui nous avaient provoqués. Le troisième larron, toujours derrière moi, continuait à me menacer.

Carbo redressa Elyssa par les épaules, la secoua, puis l'assit sur un sac. Elle toussota, blanche comme un linge, et écarquilla les yeux en me voyant en si mauvaise compagnie. Carbo se frotta les mains et annonça :

« Nous voilà tous les cinq, enfin, pour continuer notre conversation de l'autre jour. Les autres marins dorment, le capitaine est trop loin pour nous entendre. Il n'y a que nous.

– Je ne sais pas ce que tu as en tête, dis-je, mais je crains que cela ne soit une mauvaise idée. Je parle pour nous, mais aussi pour toi.

– Si je vous laisse remonter, il ne m'arrivera rien, c'est ça ? Dis-le-moi ! Je veux t'entendre le dire !

– Inutile de le dire, puisque tu le sais déjà.

– Tu as la langue bien pendue, pour un esclave. Je pourrais te la couper... Mais d'ailleurs, es-tu seulement un esclave ? Tu as un comportement très curieux.

– Peu importe ce que tu crois. Tu sais ce qui t'attend si tu nous fais du mal.

– Si je vous tue tous les deux et que je laisse vos corps dans la cale, peut-être... Mais si je vous passe par-dessus bord, tout le monde pensera que vous avez commis une imprudence. Vous ne seriez pas les premiers passagers à trop vous pencher...

– Si nous disparaissons, cela ne changera rien à ton châtiment ; seulement, au lieu d'être les trois seuls à être crucifiés dès votre retour, tout l'équipage le sera. Y compris le capitaine. »

Carbo fronça les sourcils.

« On n'est pas obligé d'en arriver là. Mais ça n'empêche que la fille n'a pas été très gentille avec moi, l'autre jour. Pas vrai ? Regarde-moi ! »

Elyssa cherchait encore à éviter le regard de Carbo, mais il l'agrippa par les cheveux et approcha son visage du sien.

« Et maintenant, ma belle ? Si j'enlève ce bâillon... tu voudras bien m'embrasser ? »

Je me dressai en criant :

« Misérable porc ! Comment oses-tu ne serait-ce que la toucher ?! »

Celui qui me menaçait de sa lame me poussa avec vigueur, et je m'écroulai de nouveau au milieu des sacs. Mes adversaires étaient des hommes robustes qui, depuis leur jeune âge, portaient des fardeaux et tiraient sur des cordages ; moi, je n'étais qu'un scribe privé d'exercice physique. Chercher à lutter aurait été vain, et malheureusement mes paroles aussi ne semblaient plus avoir le moindre effet.

« Tu vas m'embrasser, alors ? » demanda de nouveau Carbo d'une voix qui se voulait mielleuse.

Elyssa me jeta un regard oblique, à la fois implorant et empli de colère. Carbo défit son bâillon et, avec un sourire carnassier, attendit que sa victime lui obéisse.

Je m'apprêtais à fermer les yeux pour ne point avoir à assister à ce spectacle dégoûtant, quand, tout à coup, Carbo émit un bruit sifflant. La bouche entrouverte, les yeux prêts à jaillir de ses orbites, il se tenait le cou en hoquetant. Elyssa l'avait frappé à la gorge comme Quintus le lui avait appris – du moins, je ne voyais pas d'autre explication.

Les deux autres marins, hébétés, ne savaient que faire. Elyssa, tremblante de rage, dominait à présent Carbo, qui suffoquait à ses genoux tout en rassemblant ses forces. De nouveau, elle regarda dans ma direction ; puis elle recula de deux pas, dos à la coque.

L'un des sacs sur lesquels j'avais chu était ouvert. Il contenait une épice finement moulue, à l'odeur puissante. Je plongeai la main à l'intérieur, en piochai une pleine poignée, et la lançai au visage du marin qui était le plus proche de moi. L'épice lui brûla les yeux, et je profitai de son aveuglement pour me relever et m'interposer entre Elyssa et Carbo. Hélas, son comparse fut bientôt sur moi. Je le frappai, aussi fort que je pus, mais mes coups n'étaient que des caresses pour lui. Elyssa, de son côté, tournait la tête en tous sens comme un animal acculé. Finalement, elle se saisit de la plus petite amphore à sa portée et, la tenant à deux mains, elle l'écrasa de toutes ses forces sur la tête de Carbo. Le corps du marin fut traversé d'un soubresaut, puis ne bougea plus.

Ma lutte cessa, je n'existais plus pour mon adversaire. Il n'y avait plus pour lui que le spectacle de la délicate Elyssa reprenant son souffle au-dessus d'une bête terrassée. Les deux marins auraient pu se jeter sur elle, la mettre en pièces, et m'achever à mon tour. Mais pour ces âmes grossières, Elyssa était devenue l'égale de la déesse Artémis. Elle revint vers moi en chancelant, et les marins s'écartèrent, médusés. Je la serrai contre moi et nous remontâmes sur le pont dans le silence, sans que qui que ce soit lève la main sur nous.

Toute la nuit, je veillai sous ma tente en attendant les représailles : il n'y en eut aucune. Et au petit matin, la fatigue eut raison de moi.

Elyssa refusa de parler de ce qui s'était passé. La honte comme la peur étaient encore bien trop présentes. Quand Carbo, le front tuméfié, nous croisa un peu plus tard dans la journée, j'eus peur d'une nouvelle confrontation : l'humiliation dont il avait été l'objet n'avait sans doute rien fait pour l'adoucir. Toutefois, plutôt que de nous défier, il chercha à nous éviter. Avait-il honte d'avoir été bafoué par une femme, ou y avait-il dans son attitude un début de repentance ?

« Il y a bien longtemps que je ne m'étais pas sentie aussi vulnérable, me confia Elyssa. C'est terrifiant. Avec Marcellus, avant même qu'il m'épouse, j'avais le sentiment que rien ne pouvait m'atteindre. Je me sens au bord d'un gouffre, aujourd'hui.

– De fait, tu l'es ; mais je crois qu'il t'a poussé des ailes, aussi... Ne t'en fais pas trop. Pour l'heure, je pense que ce Carbo ne tentera plus rien contre toi.

– Les dieux t'en soient témoins... »

Elle se tourna vers la mer sans dire un mot de plus.

VII

Piraterie

Le voyage se poursuivit quelques jours encore, sans que nul homme ne vienne plus le troubler. Je ne savais de l'art de la navigation que ce que j'en avais lu, et manquai d'expérience. Toutefois, mes estimations – qui m'avaient permis de surmonter la monotonie des dernières heures – furent confirmées par le capitaine : nous ne devions plus être bien loin de notre point d'arrivée. J'en informai Elyssa, dont l'humeur, à défaut d'être enjouée, avait fini par se faire moins morose. Elle en eut l'air soulagé.

Une masse noire se détacha à l'horizon, immobile. Il s'agissait sans aucun doute du navire phénicien que nous deviens aborder. J'allai trouver le capitaine dans sa cabine.

« Je crois que notre voyage prend fin, dis-je.

– Cela m'en a tout l'air. Il nous restera à informer la base romaine de Tarraco, en Hispanie, que tout s'est bien passé pour vous. Oh, Ganymède, au fait...

– Oui ?

– Je sais qu'il s'est passé quelque chose avec Carbo. Je te remercie de ne pas nous en tenir rigueur. C'est notre vie à tous qui est en jeu, et cet imbécile mériterait d'être puni.

– Carbo aura appris quelque chose, durant ce voyage. Tenons-nous-en là. »

Nous quittâmes ensemble la cabine alors qu'au loin la forme se précisait. Je m'accoudai aux côtés d'Elyssa, curieuse elle aussi des manœuvres à venir.

Le navire phénicien continuait à grossir, dévoilant une silhouette élégante. À cette distance, nous aurions déjà dû voir son équipage s'agiter. Pourtant, aucun mouvement n'était visible sur le pont. Je crus d'abord avoir mal vu, mais bientôt le doute ne fut plus possible : il n'y avait, pour autant qu'il était possible d'en juger, personne à bord. Elyssa s'en aperçut également, et s'empressa de me demander :

« Ganymède... je ne vois personne. Est-ce normal ?

– J'en doute fort. Quelque chose ne va pas. Reste donc ici, je vais en informer le capitaine. »

Je m'exécutai, et trouvai ce dernier aussi perplexe que moi.

« Flavonius, demandai-je, sais-tu ce qui se passe ?

– Non, je n'en ai pas la moindre idée. L'équipage est peut-être en cale, mais... Non, il y a quelque chose d'étrange. »

J'hésitai, puis déclarai :

« Il faut que nous rebroussions chemin.

– As-tu perdu la raison ? Je te rappelle que c'est pour toi et ta maîtresse que nous sommes ici.

– Et moi, je crois qu'il est dangereux d'approcher davantage.

– Je sais ce que tu crains, mais mes hommes sont prêts à faire face.

– Permets-moi d'en douter. Et quoi que tu en penses, je te prie de faire ce que je te demande. »

Flavonius ne répondit rien, et se dirigea vers un groupe de marins. Il n'était pas aisé de changer de cap aussi près de notre destination, et l'annonce du capitaine fit flotter un vent de panique sur le pont. Mais alors que notre équipage courait en tous sens, on observa enfin un signe de vie à bord du navire phénicien. Les longs avirons de manœuvre, à l'arrière, s'enfoncèrent dans l'eau avec force. En quelques clignements d'yeux, le bâtiment nous avait fait face et fonçait dans notre direction. Nous n'allions pas pouvoir l'éviter.

Elyssa m'avait rejoint, mais je ne lui laissai pas dire un mot :

« Retournons à la cale, Elyssa. Il ne faut surtout pas que l'on te trouve.

– De qui parlons-nous, au juste, Ganymède ?

– Je pense que des pirates ont accosté le *gaulos* phénicien avant nous, et qu'ils s'y tiennent cachés en embuscade. Viens !

– Mais...

– N'insiste pas, Elyssa : il y aura forcément un homme, dans l'équipage du *gaulos*, qui aura voulu sauver sa vie en parlant de nous. Sans quoi, ils seraient déjà repartis. »

Je tirai Elyssa par le bras en direction de la cale, mais il était déjà trop tard. Le pont du *gaulos* avait été recouvert de grandes bâches ; à notre grande stupeur, ces bâches s'agitèrent, se soulevèrent, et il en jaillit une meute d'hommes presque entièrement nus, dont les petits boucliers ronds étincelaient sous la lumière du soleil. Une pluie de pierres s'abattit sur notre navire ; je me rappelai alors que les pirates en activité dans ces mers maniaient la fronde depuis leur plus jeune âge. Un projectile m'atteignit à l'épaule, mais il avait été lancé de trop loin pour me blesser. La prochaine salve, en revanche, risquait de nous assommer, ou pire. Je serrai Elyssa contre moi et, plus vigoureusement cette fois, la forçai à me suivre à l'abri. Nous sautâmes dans la cale, en plein sur les sacs de grain. Il n'y avait guère de recoin où nous dissimuler, d'autant qu'une poignée de marins nous avaient précédés, abandonnant leur poste. Parmi eux, je reconnus Carbo. D'abord sur la défensive, il choisit de faire comme si nous n'étions pas là.

Nos cœurs battaient fort. Au-dessus de nos têtes, nous entendîmes une nouvelle averse de pierres s'abattre sur le pont. On courait, on criait... plus de doute : l'abordage avait commencé. Le bruit des corps qui s'écroulaient sur le pont résonnait dans la cale d'une horrible manière. Il n'y avait plus qu'à attendre la suite.

Elyssa, la mâchoire crispée, ne semblait pas décidée à se laisser prendre facilement. Je lisais dans son regard cette fureur que j'avais appris à atténuer chez elle, sans jamais la faire disparaître tout à fait. Je la savais prête à se battre, et j'étais incapable de l'en empêcher.

Pour ma part, je peinais à estimer combien de pirates pouvaient bien se trouver sur le pont. Vingt ? Trente ? Une centaine ? Plus ? Mais je n'eus pas le loisir d'aller plus loin dans mes conjectures : le moment tant redouté de la confrontation était arrivé. Deux pirates avaient sauté dans la cale en poussant d'ignobles cris de goret. Hirsutes, puants, ils avaient la moue dédaigneuse des vainqueurs. Leurs corps nus ne portaient aucune trace de coups : la lutte avec les marins n'avait pas dû être bien féroce. En découvrant Elyssa, ils poussèrent un cri grossier et leurs yeux brillèrent de convoitise.

C'est à cet instant que l'impensable se produisit.

En poussant un cri de bête, Carbo jaillit de sa cachette et se jeta sur les deux pirates, avec une violence telle qu'ils tombèrent à la renverse. Il arracha sa javeline à l'un d'eux, se redressa, et les menaça, pointe en avant. Les deux pirates furent bientôt sur pied, fous de colère.

« Carbo, que fais-tu ? lui criai-je.

– Je défends ma cargaison, ne crois pas autre chose.

– Pose ton arme, c'est ce que tu as de mieux à faire !

– Jamais ! »

Le pirate encore armé fonça vers Carbo, pointe en avant, mais le marin parvint à détourner le coup. Il s'ensuivit alors un combat enragé, durant lequel ils utilisèrent leur arme comme de grands bâtons dont ils s'assénaient des coups de taille.

Voyant que la lutte s'éternisait, le pirate à qui Carbo avait dérobé sa javeline défit l'une des frondes à son front, la chargea d'une pierre, et visa le crâne du marin. Le coup était si bien porté que Carbo tomba à genoux, laissant échapper son arme, qui glissa à deux pieds de nous. Les yeux à demi révulsés, il tourna la tête dans notre direction et murmura :

« Je crois que je ne vais pas... »

La javeline adverse lui transperça la poitrine. Le pirate la retira sans manifester la moindre émotion, puis en essuya la pointe ensanglantée contre un sac.

Elyssa ferma les yeux. Je décidai de me lever, bras tendus en signe d'impuissance.

« S'il vous plaît ! Ne prenez pas la vie de ma maîtresse ! » implorai-je.

Ils me regardèrent d'un air amusé, et je poursuivis :

« Vous commettriez une grave erreur en lui ôtant la vie. »

L'un des deux pirates ne semblait pas comprendre le latin. L'autre m'interrogea :

« Et qui est donc ta maîtresse ? »

Je réfléchis aussi vite que je pus. Les pirates n'avaient aucune raison de nous garder en vie, à moins d'espérer une rançon. La version officielle demeurait donc notre meilleur atout. Du moins, à court terme.

« Elle a pour nom Elyssa, veuve du grand Juba de Tyr.

– Ah, c'est donc elle ! ricana l'homme. Parfait, ces lâches ne nous avaient donc pas menti. Une jolie fille qui vaut une petite fortune ! Quant à toi, l'esclave, je ne sais pas qui voudrait t'acheter. Tu es déjà vieux, on ne va pas gagner grand-chose en te revendant. Mieux vaut se passer de toi. »

Devant l'imminence de la mort, toute ma sagesse me fuyait, les paroles des philosophes me semblaient creuses et vaines. Le pirate qui ne parlait pas latin eut un geste d'impatience. L'autre leva alors la pointe de son arme vers ma poitrine ; ma vie ne tenait plus qu'au bon vouloir de cette brute.

À notre surprise à tous, Elyssa se jeta sur les restes d'une amphore brisée, se saisit d'un tesson acéré et le tourna contre sa propre gorge.

« Si vous tuez mon esclave, je me tue aussi, lança-t-elle. Et vous y perdrez beaucoup. »

Les deux pirates se regardèrent, tergiversèrent en gesticulant, puis le meneur haussa les épaules.

« Une bouche de plus à nourrir... Bah, il n'a pas l'air de manger beaucoup. »

*

Une scène de désolation nous attendait sur le pont. Beaucoup de marins avaient péri en voulant se défendre, bien sûr, mais les pirates, avant toute chose, avaient le profit à l'esprit : ainsi, autant que possible, ils avaient accepté la reddition de notre équipage, afin de vendre les prisonniers comme esclaves dans quelque port mal famé. Qui aurait pu blâmer ces marins de préférer la servitude à la mort ? La tête baissée, ils subissaient l'humiliation des fers ; comme je comprenais leur douleur !

Elyssa et moi fûmes menés sur le *gaulos* phénicien. C'était là, en soi, la seule bonne nouvelle du jour : il s'agissait, après tout, de notre objectif initial. Elyssa, les yeux baissés, tâchait d'en apercevoir le moins possible.

« Je vais m'évanouir, Ganymède. C'est atroce. Tout ce sang...

– Tiens bon, nous y sommes presque. Continue à ne pas regarder.

– Mais que va-t-il nous arriver, maintenant ? me demanda-t-elle d'une voix blanche.

– Je l'ignore. Nous allons sans doute demeurer sur le *gaulos*, en attendant d'être débarqués dans l'un des camps pirates. C'est que notre navire est en soi un joli butin.

– J'enrage d'être aussi impuissante...

– Hélas ! Il faut nous résigner, pour le moment.

– Il n'est pas question que je me résigne à quoi que ce soit, Ganymède. »

Elle se tut, et je préférai ne rien répondre.

Les prisonniers faits parmi les deux équipages ainsi qu'une partie des pirates repartirent à bord du navire romain qui nous avait amenés jusqu'ici ; sans doute ces barbares avaient-ils déjà une idée précise du lieu où ils vendraient leur marchandise humaine. Environ la moitié des pirates demeura sur le *gaulos*, formant ainsi notre nouvel équipage.

On ne peut dire que nous fûmes maltraités. Les manières des pirates étaient vulgaires et leur hygiène déplaisante, mais personne ne chercha à nous brutaliser. C'est que nous représentions pour eux un placement, un investissement, et il n'était pas question de faire baisser notre valeur. Je m'inquiétais, bien sûr, pour Elyssa, mais aucun membre de l'équipage n'eut de geste déplacé. En fait, les pirates étaient tellement convaincus de notre innocuité qu'ils ne nous attachèrent pas, et nous laissèrent plus ou moins déambuler en paix sur le navire. Certains endroits nous étaient interdits, bien sûr, et jamais on ne nous aurait laissés approcher de quoi que ce soit qui puisse être utilisé comme une arme. Néanmoins, il semblait acquis qu'il n'y avait rien à craindre d'une jeune fille de seize ans et d'un esclave à l'aspect si peu martial.

Je compris, pour avoir surpris quelques conversations, que nous nous dirigions vers l'île de Nura, dans les Baléares. Là, nous serions séquestrés jusqu'à l'obtention de la rançon. Une rançon qui, évidemment, n'avait pas la moindre chance d'être versée : tôt ou tard, les pirates comprendraient que nous étions des imposteurs, et nous mettraient à mort. Il importait donc que nous puissions nous échapper de ce guêpier avant de toucher terre. Par chance, les richesses cachées sous le faux plancher de la cale avaient échappé à la vigilance des pirates ; là se trouvait sans doute notre issue.

Une nuit, je crus qu'un orage aurait raison de nous. Alors que les éclairs fendaient le ciel, Elyssa me confia :

« Peut-être est-ce le moment de nous enfuir.

– De nous enfuir ? Tu veux dire : de nous noyer ? Poséidon lui-même ne s'y risquerait pas.

– C'est la mort assurée si nous ne tentons rien, ne penses-tu pas ?

– Sans doute. Mais si nous tentons quoi que ce soit aussi.

– Quel choix, gémit-elle. Je ne vois pas comment trouver le sommeil dans ces circonstances, et je suis épuisée. »

Je réfléchis.

« J'ai cru voir que nous transportions du pavot blanc. Je peux en piler le calice avec les moyens du bord, et te préparer une décoction qui t'aidera à dormir. Je le faisais souvent quand Marcellus était soucieux. »

À peine avais-je prononcé ces mots que je me frappai le front.

« Elyssa ! Nous tenons peut-être notre salut ! »

Elle m'observa avec circonspection.

« Vraiment, Ganymède ? Et par quel prodige ?

– Quintus nous a bien dit qu'il y avait des jarres de vin à bord ?

– Je crois m'en souvenir, oui. Et alors ?

– Elles doivent être, comme tout le reste, sous le faux plancher. Aide-moi ! »

Nous nous affairâmes à quatre pattes, tâtant le sol à la recherche d'une trappe ou de tout autre système semblable. Finalement, Elyssa poussa un cri de victoire ; elle avait décelé une jointure plus importante que les autres entre deux planches. Nous comprîmes que plusieurs lattes avaient été posées les unes contre les autres plutôt que clouées. Tout en vérifiant régulièrement que personne ne descendait pour nous surprendre – il fallait remercier l'orage pour cette tranquillité provisoire –, nous pûmes très vite dégager une ouverture suffisante. Sous le plancher, il y avait tous ces trésors que Caton et ses associés anonymes avaient mis à notre disposition pour parfaire notre supercherie. Il y avait là de l'or, des pierres précieuses, des soieries… et, comme je l'espérais, les fameuses jarres de vin.

« Es-tu satisfait, Ganymède ? Tu veux que nous nous saoulions pour oublier notre malheur ?

– Non. Si nous… »

Elle eut un sourire en coin.

« Ne te fatigue pas, j'ai compris ce que tu veux faire. Je crois, en tous les cas.

– Bien. En ce cas, il faudrait qu… »

Il y avait du mouvement au-dessus de nous. Avec l'énergie de la panique, nous remîmes les planches à leur place alors que l'échelle d'accès, déjà, se mettait à grincer. Nous étions en nage quand un pirate apparut et posa devant nous une carafe d'eau douce et un bol contenant une nourriture spongieuse. Il ruisselait de la tête aux pieds.

« N'ayez pas peur, nous dit-il, l'orage sera bientôt fini. Mangez ! Il faut que vous restiez en forme. »

Je le remerciai, mais Elyssa le considéra avec mépris.

« Une fois à terre, poursuivit-il, il faudra nous donner le nom de la personne qui paiera la rançon. D'après ce que nous ont dit les lâches qui grouillaient sur ce bateau, nous pourrions exiger au moins vingt talents de vous. »

Je réfléchis, puis déclarai :

« Compte même sur trente : ma maîtresse est puissante. Mais, bien sûr… tout reviendra en grande partie à ton chef ?

– Qu'essaies-tu de dire, Grec ?

– Approche-toi, je ne voudrais pas que l'on nous entende. »

Il se pencha vers moi, intrigué, et je murmurai :

« Il n'est pas juste que tu doives te contenter de miettes. Et tu peux avoir bien plus que ta part. »

Ses yeux brillèrent.

« Parle, Grec, mais dépêche-toi : on a besoin de moi, là-haut.

– Il y a sur ce bateau un véritable trésor que vous n'avez su découvrir. Cherche attentivement, et il est à toi. Rien qu'à toi. En échange, tu pourrais faire en sorte que nous partions à bord d'un canot. Qu'en dis-tu ? »

Le pirate se redressa, recula, et à sa mine je sus que son cerveau épais tâchait de peser le pour et le contre. Et puis, il éclata de rire en me montrant du doigt.

« Tu es rusé, Grec ! Ton peuple est fourbe, mais nous autres avons notre honneur. Merci pour ces indications : dès que l'orage sera terminé, nous trouverons ce trésor dont tu as parlé. Peut-être bien que je te libérerai, alors. En te jetant à la mer ! »

Il rejoignit le pont, toujours en proie à l'hilarité. Ses aboiements résonnèrent encore un moment dans la cale.

Elyssa accrocha alors ma toge, les yeux enfiévrés.

« Ganymède ! Tout cela va trop vite. Crois-tu que nous aurons le temps ?

– Il faut tenter le tout pour le tout avant la fin de la tempête. Où se trouve le sac de pavot blanc ? Ah, ici, parfait. »

Je plongeai la main à l'intérieur du sac, et y puisai des fleurs blanches que j'étalai devant nous.

« Il va falloir les écraser pour en faire une poudre, maintenant. Mais avec quoi ?

– Le talon de nos semelles, peut-être ?

– Cela sera mieux que rien. Essayons. »

Dans une telle précipitation, nous ne pouvions obtenir un résultat digne d'un herboriste, et le fruit de notre travail était bien grossier. Peut-être, toutefois, allait-il être suffisant.

« Bien. À présent, Elyssa, il faut ajouter tout cela au vin.

– Même si nous y parvenons, j'ai peur qu'ils ne trouvent un goût étrange à ce vin.

– Je soupçonne ces pirates de ne pas être des plus raffinés. Je ne m'inquiète pas pour ça. Dépêchons-nous ! »

Il nous fallut encore un moment pour retirer les planches, verser notre préparation dans les jarres de vin, puis tout remettre en place.

Quand tout fut fini, Elyssa se laissa tomber sur sa couche de fortune, abattue par la fatigue et l'angoisse.

M'étais-je montré digne d'Ulysse ? Le moment de le découvrir approchait.

VIII

À la pointe du glaive

La tempête avait fait deux morts parmi les pirates. Par chance, l'homme à qui j'avais confié notre secret n'en faisait pas partie. Aussi, sitôt le calme revenu et le ciel étoilé enfin dégagé, les pirates se mirent comme je l'attendais à retourner le bateau en tous sens. Ils arrachaient des planches en grognant, brisaient les ferrures, en proie à une espèce de furie joyeuse. Les lampes à huile n'offraient qu'un maigre substitut à la lumière du jour, et la demi-obscurité rendait leur investigation plus difficile.

Et puis, finalement, un cri de joie retentit : le trésor leur tendait les bras. Les pirates se ruèrent sur cette découverte comme les mouches sur du miel, éventrant les coffres et se jetant des pièces d'argent à la figure.

« Espérons... murmura Elyssa.

– On ne peut rien faire d'autre », fis-je entre mes dents.

L'infâme grognement de contentement qui nous parvint me laissa à penser que mon but était atteint : les jarres de vin venaient à leur tour d'être découvertes. Les pirates s'en emparèrent en éructant de joie, puis remontèrent sur le pont. Celui par qui tout était arrivé revint nous voir, une expression de grande satisfaction accrochée au visage.

« Merci encore ! Nous n'aurions peut-être jamais trouvé tout ça sans vous. Au matin, nous verrons quoi faire de vous. Ce n'est peut-être plus la peine de risquer des représailles, maintenant ! »

Nous restâmes seuls.

« Et à présent, Ganymède ?

– Attendons. Pas trop longtemps, j'espère. »

Peu de temps après, des chants s'élevèrent depuis le pont. Toute la tension accumulée par les pirates au cours des derniers jours s'était muée en une allégresse tapageuse. On pouvait entendre les jarres de vin vides rouler ou se briser. Et plus le vin coulait, plus les pirates chantaient et criaient de manière assourdissante. Il y eut quelques rixes, aussi, sans doute sans gravité.

Je perdis le compte du temps et guettai l'instant où toute cette agitation amorcerait son déclin. Ma patience finit par être récompensée : les voix cessèrent enfin de former un même chœur d'ivrognes pour se manifester individuellement, éraillées et engourdies. Puis ce furent les premiers ronflements.

« Elyssa, le moment est venu. Viens et sois prudente, nous aurons peu de temps. »

Elle me suivit sur le pont. Là, nous fûmes accueillis par le spectacle pitoyable des pirates ivres morts et drogués par la poudre de pavot, baignant dans la vinasse, affichant les postures les plus diverses et les plus indignes. Même le pilote était avachi à l'arrière du navire. Ceux qui pouvaient encore remarquer notre présence n'étaient pas en mesure d'y opposer quoi que ce soit.

« Ton stratagème semble avoir fonctionné, Ganymède.

– Je me doutais qu'après toute cette excitation les pirates allaient se jeter sur le vin sans même chercher à le diluer[1]. Et le pavot a hâté leur sommeil. Toutefois, méfiance : ce sont de rudes gaillards, et ils pourraient récupérer très vite. »

Je levai les yeux : les étoiles seraient peut-être notre salut.

« Et maintenant, que comptes-tu faire, Ganymède ?

– Changer de cap, si nous le pouvons. Tu vas m'aider.

1. Dans l'Antiquité, l'usage était de couper le vin par divers moyens (eau, miel) pour en réduire le taux d'alcool.

– Pourquoi ne pas profiter de leur sommeil pour nous enfuir ? Il suffirait de mettre une chaloupe à la mer.

– Nous sommes trop loin de la moindre côte, nous n'y arriverons jamais.

– Soit. Alors ?

– L'idée est de nous diriger vers des eaux plus clémentes, où nous aurons plus de chances de croiser un navire allié.

– Et si nous en croisons un, que ferons-nous ? »

J'observai une pause.

« Je n'en sais rien, mais il sera toujours temps de trouver quelque chose. Aide-moi, maintenant : il va falloir agir sur la voilure, et je n'y arriverai pas seul. »

À dire vrai, aidé ou pas, je doutais fort d'y arriver ; mais je gardai mes doutes pour moi. D'ordinaire, c'était une bonne dizaine de marins qui manipulait la grand-voile. Aussi, quand bien même Elyssa fit-elle preuve d'une vigueur étonnante, tirer à deux sur les cordages se transforma en une épreuve digne d'Héraclès. Nos paumes saignaient, nos muscles s'étaient contractés à s'en rompre, et nous devions faire face à l'angoisse permanente de voir l'un des pirates recouvrer ses sens plus vite que les autres. Les astres, parfois dissimulés par un voile laiteux, ne me fournissaient que de médiocres indications d'orientation. Mais je ne visais pas un point précis – j'en aurais été incapable. Désormais, en l'absence de barreur, tout mon plan reposait sur la chance, et sur elle seule.

Quand je m'estimai satisfait – autant que je pouvais l'être, en tous les cas –, j'invitai Elyssa à regagner la cale, où nous étions plutôt bien installés. Avant l'assaut des pirates, l'endroit avait été aménagé pour accueillir confortablement Elyssa, et à peine avions-nous touché les épais coussins que le sommeil nous trouva.

*

Ce furent les cris de colère des pirates qui nous réveillèrent. Le soleil du matin venait de leur révéler la vérité : nous ne faisions plus cap vers Nura, mais vers la région de Tarraco, sur la côte intérieure hispanique, désormais une solide enclave militaire de Rome. C'est ici que Flavonius aurait dû faire son rapport si nous n'avions pas subi l'assaut.

La panique était totale sur le pont du bateau. Le cap avait déjà été rectifié, tant bien que mal ; or, au point où nous en étions, il s'agissait, pratiquement, de faire demi-tour pour plonger vers Nura, ce qui n'avait rien d'aisé.

Mais alors que le navire amorçait sa boucle, je devinai, au loin, ce qui allait peut-être devenir notre salut. Ce n'était encore qu'un point, que les pirates, trop affairés, remarquèrent trop tard. Quand il comprit enfin de quoi il s'agissait, leur chef se mit à vociférer des ordres. Elyssa et moi, nous n'existions plus, nous aurions pu sauter à l'eau que personne ne nous en aurait empêchés.

« Ganymède, fit Elyssa, est-ce bien ce que je crois ?

– Oui, Elyssa. C'est un navire de guerre romain. Les dieux sont avec nous.

– Je ne sais pas. Le navire est loin de nous, et à bord ils n'ont aucune raison de savoir que notre *gaulos* grouille de pirates. Ils risquent de passer leur route sans rien soupçonner.

– Je sais bien, Elyssa. Comptons sur la chance.

– La chance ? Je n'ai jamais eu de raison de lui faire confiance. »

Elyssa observa la masse impressionnante de la trirème qui filait au loin.

« Ganymède, allume-moi un flambeau ou une lanterne ! s'exclama-t-elle tout soudain. Il y a de quoi faire dans la cale.

– Mais pourquoi ?

– Pour une fois, c'est à moi d'être mystérieuse. Je t'en supplie, fais ce que je te demande ! »

En temps normal, les pirates ne nous auraient pas laissés approcher du feu, malgré la liberté de mouvements dont nous jouissions. Mais à l'approche du bateau romain, les dernières précautions s'étaient évanouies. De retour dans la cale, j'allumai une lanterne en bronze, protégée par une paroi de corne, puis revins auprès d'Elyssa aussi discrètement que possible.

« Et maintenant ? Qu'as-tu en tête, Elyssa ?

– Ceci. »

Elle tendit le doigt en direction du mât.

« Oui ? Eh bien ?

– Je vais y grimper et mettre le feu à la voile.

– Grimper ?

– N'oublie pas comme j'aimais monter jusqu'au toit de la villa, quand j'étais petite.

– Mais tu ne l'es plus, et il ne t'a pas échappé que si nous sommes aussi libres, en ce moment, c'est parce que *tous* les pirates, justement, grouillent autour de ce mât dans l'espoir de reprendre leur route.

– Tu pourrais...

– ... détourner leur attention ? Tu n'y penses pas.

– Donne-moi la lanterne, et suis-moi.

– Elyssa, je... »

Avant que j'aie pu faire quoi que ce soit, Elyssa courut à pas légers en direction du mât. Hélas, sa course alerta le chef des pirates ; il l'attrapa à la gorge en plein élan, la soulevant presque du sol, et grinça :

« Que faites-vous ici, avec cette lanterne à la main ? Retournez immédiatement à la cale !

– L... Les Romains vont nous tuer ? demanda-t-elle en tâchant de reprendre son souffle.

– Certainement pas, et si jamais ils viennent jusqu'ici, ils vont comprendre leur malheur. De toutes les manières, nous serons bientôt loin d'eux.

– Me… Me voilà rassurée, alors. »

À ces mots, elle abattit la lampe sur le visage du pirate, dont le hurlement figea tout l'équipage sur place. La lanterne retomba au sol dans une mare d'huile, qui s'enflamma presque aussitôt. Elyssa profita de ce court instant de répit pour saisir le poignard que le pirate portait à la ceinture, et me le lança. J'eus déjà du mal à le rattraper ; m'en servir était encore une tout autre histoire. Fort de l'enseignement de Quintus, toutefois, je sus quoi faire. Je profitai de la surprise et des flammes pour me poster derrière le pirate encore étourdi, et posai le tranchant de la lame sur son cou. Devant moi, les pirates reprenaient la mesure de la situation et menaçaient d'avancer. Je leur signifiai que tout geste à mon encontre signerait la mort de leur chef. Elyssa, pendant ce temps, avait déchiré un large morceau de sa robe. Elle le roula en torche, en enflamma l'extrémité, puis maintint le tout entre ses dents. Elle bondit ensuite sur le mât, dont elle débuta l'ascension.

Je sentis la main de ma victime attraper mon poignet, si fort que j'eus peur d'avoir les os réduits en poudre. Il se dégagea de ma lame et me projeta au sol avec une telle violence que ma tête sonna comme une cruche contre le bois du pont. Je jugeai plus prudent de feindre l'évanouissement.

Les yeux fermés, j'entendis tous les pirates se ruer vers le mât. Quand je jugeai la situation plus propice, j'entrouvris les paupières et constatai, entre mes cils, qu'ils formaient désormais une grappe humaine. Merveilleuse Elyssa ! Elle était parvenue jusqu'en haut du mât et, bravant le vent, la faiblesse et l'acharnement des pirates, elle avait mis son plan à exécution. Des flammes dévoraient la voile, crachant une fumée grise jusqu'aux nuages. Hélas, Elyssa n'avait plus aucune chance d'échapper à la fureur des pirates, et bientôt une main risquait de saisir sa cheville.

Elle grimpa sur la vergue et chercha à progresser, à quatre pattes, vers l'extérieur de la voile, se rattrapant aux cordages quand elle perdait l'équilibre. Son poursuivant le plus proche s'arrêta, se saisit de sa fronde, et entreprit de la viser. Un projectile frappa Elyssa à l'épaule, mais elle persévéra. Toutefois, l'idée avait fait son chemin parmi les pirates. Ceux qui étaient encore accrochés autour du mât redescendirent sur le pont, et firent pleuvoir une grêle de pierres dans sa direction. Quant à moi, je roulai sous une toile abritant des marchandises, ne laissant qu'une mince ouverture pour suivre la scène. Une piètre cachette, mais les pirates avaient pour l'heure plus urgent à faire que de me chercher.

La gorge serrée, saisi d'angoisse, j'observai Elyssa progresser sans un cri, sans un gémissement.

Une fois parvenue à l'extrémité de la vergue, comprenant qu'elle n'échapperait plus aux pirates, elle se jeta dans le vide.

Le bruit de son corps frappant la surface de l'eau figea tout le monde. Je sentis une douleur indicible s'emparer de moi, comme si on m'arrachait le cœur. Tout soudain, rien de ce qui pouvait m'arriver n'était plus important. J'attendis, résigné, que les pirates me découvrent et me transpercent de leurs javelines.

Mais Elyssa n'avait pas fait tout cela en vain ; alertée par la fumée, la trirème romaine fonçait désormais vers nous. Les pirates tâchaient tant bien que mal d'étouffer la progression des flammes, et la perspective d'un assaut imminent ajoutait à leur panique. Ils savaient que leurs efforts étaient peine perdue : près de deux cents rameurs suaient maintenant sang et eau pour nous rattraper.

Les pirates s'armèrent. Petit bouclier rond, fronde pour certains, javeline ou épée pour d'autres. Ils avaient beau, pour la plupart, parler une langue qui m'était inconnue, il n'était pas difficile de lire dans leurs échanges l'expression d'une grande terreur. Et pour l'oublier, ils se saoulaient eux-mêmes de leurs menaces, de leurs gestes de défi.

Les Romains ne semblaient pas vouloir nous éperonner – sans quoi, nous aurions déjà été envoyés par le fond. La trirème manœuvra pour se placer parallèlement à nous. À cette vue, les pirates se mirent à vociférer, frappant leurs armes sur leurs boucliers, haranguant les Romains et leur promettant – sans doute – la mort s'ils approchaient davantage. Invisible à quelques coudées d'eux, je me trouvais paralysé par cette montée de violence ; ce n'étaient plus des hommes qui s'agitaient sur le pont, en face de moi, mais des animaux. Je n'aurais pas été surpris qu'ils s'entredéchirent avant même le début des hostilités. Je me fis encore plus petit sous ma toile, rétrécissant encore l'ouverture par laquelle je scrutais la scène.

Sur la trirème, c'était un silence sinistre qu'on leur opposait. Immobiles, en rangs parfaitement tenus, bouclier au bras et javelot au poing, les soldats romains n'émettaient pas un son, ne bougeaient pas un muscle. C'était une centaine de statues impassibles qui s'alignaient sur le pont. Ce silence pesant fit courir un souffle glacé parmi les pirates : le tumulte ne cessa pas, mais il s'atténua. Avant même que les Romains n'aient esquissé la moindre avancée, mes geôliers reculèrent imperceptiblement.

Finalement, le chef des pirates se décida à attaquer, en poussant un cri si strident que je m'en bouchai les oreilles. Je vis les frondes se dresser et se mettre à tournoyer dans un même sifflement, comme si un gigantesque nid de serpents avait pris la place des pirates. Alors, les pierres traversèrent les airs, filant au-dessus de l'infime bras de mer qui séparait les deux vaisseaux. Mais à la grande surprise des pirates, une immense toile se déroula alors au-dessus des troupes romaines. La grêle de projectiles s'y étouffa piteusement, ne causant pas le moindre dégât parmi les soldats.

Cette contre-attaque porta un rude coup au moral des pirates. J'en vis même quelques-uns se quereller violemment. Leur arme de prédilection devenue inefficace, leurs chances de victoire, déjà minces, devenaient ridicules.

Désormais, les deux navires étaient tout proches. Les pirates se préparaient à l'abordage romain de leur mieux ; les vétérans affichaient un air grave, mais les plus jeunes ne parvenaient pas à dissimuler leur nervosité. L'un d'entre eux tremblait si fort qu'il lâcha sa javeline et se mit à vomir sur le pont. On l'aida à se relever sans ménagement, on lui remit son arme à la main, et on lui ordonna de ne plus bouger.

Sur l'autre navire, les premières lignes romaines se mirent en position d'attaque, dans un cliquetis de métal qui tinta jusqu'à mon abri. Les soldats exécutaient leurs gestes dans une coordination parfaite : on eût dit que c'était une seule bête immense, toute caparaçonnée, qui se mouvait.

J'avais assisté à bien trop de manœuvres en compagnie de mon ancien maître pour ne pas comprendre ce qui allait se passer : comme de coutume, les Romains s'apprêtaient à lancer leurs javelots sur nous. Seule la cale m'aurait offert une véritable protection ; recroquevillé sous ma toile, je risquais fort d'être une victime indirecte de cette entrée en matière. Je n'avais plus qu'à espérer.

Un instant plus tard, le ciel fut criblé de traits noirs, pareils à des aigles meurtriers qui piquèrent du bec sur notre pont.

Les boucliers des pirates, petits et légers, ne leur fournissaient qu'une bien maigre protection. Je n'avais sans doute jamais vu autant de vies s'évanouir aussi vite : en un soupir, un tiers des pirates avait cessé d'exister. Certains, encore debout, tâchaient de retirer de leur corps le javelot qui les traversait.

Je voyais leurs mains ensanglantées glisser en vain sur le long manche, je pouvais lire l'expression d'horreur sur leur visage quand ils réalisaient que la vie allait les quitter. L'un d'eux avait été frappé si violemment que son corps fut cloué au pont du bateau, à un pas de moi. Ses yeux se tournèrent vers ma cachette et me trouvèrent. Cet homme, comme ses semblables, m'avait enlevé, traité comme une monnaie d'échange, et avait assassiné mon équipage. Pourtant, je ne pus me résoudre à le laisser partir dans la haine ou l'indifférence ; il eut de moi un sourire de pitié, et ses paupières se refermèrent pour toujours.

Les légionnaires romains, imperturbables, allèrent chercher une lourde passerelle en bois munie de griffes, qu'ils lancèrent entre les deux navires. Les crochets mordirent notre pont, et aussitôt c'est Rome qui déferla sur notre navire.

Les pirates avaient resserré leurs rangs pour barrer le chemin aux légionnaires. Mais ceux-ci foncèrent vers eux, boucliers en avant, avec une telle violence que j'entendis des os se briser. Alors, les pirates envisagèrent un encerclement pour contenir la troupe romaine et l'attaquer de flanc. Quelques légionnaires, emportés dans leur élan, perdirent l'équilibre. Ils n'eurent pas le temps de se relever : les armes, comme l'eau, finissent toujours par se frayer un chemin – même à travers la plus épaisse cuirasse. Frappés à la nuque, aux bras, aux jambes, ces premiers soldats moururent sans gloire. Cependant, les Romains ne se laissèrent pas décourager par cette entrée en matière. Ils formèrent un mur – et pas n'importe lequel : un mur qui *rendait* les coups ! – et obligèrent les pirates à reculer et à se regrouper face à eux.

Les deux groupes, désormais campés sur leurs positions, se jaugèrent un moment. Et puis, les pirates se lancèrent dans un nouvel assaut.

Leur chef les galvanisait en redoublant d'agressivité, tant physique que verbale. Mais, faute de discipline, ils attaquaient de manière désordonnée, en une masse compacte et sauvage. Les Romains, de leur côté, adoptèrent rapidement leur tactique habituelle ; ils formèrent deux premières lignes solides, laissant avec la troisième et les suivantes une distance de quelques rangs ; ainsi, l'arrière-troupe avait la possibilité de se ménager avant l'action et de mieux observer l'ennemi. Dès qu'un légionnaire tombait ou faiblissait à l'avant, un autre, en pleine forme, venait prendre sa place. Les pirates, épuisés par leur propre rage, devaient ainsi faire face à une vigueur toujours renouvelée.

Les Romains progressèrent peu à peu, taillant, tranchant, transperçant tout ce qui s'opposait à eux. Tout à coup, cependant, les pirates amorcèrent une percée à travers les deux premières lignes romaines. Un hurlement de victoire retentit dans leurs rangs. Je frémis en imaginant ce qu'il adviendrait de moi si la légion était repoussée ; je ne serais plus qu'un jouet de chair et d'os, qu'on démantèlerait par cruauté. Toutefois, les pirates n'eurent pas l'occasion de se réjouir longtemps, car cette percée faisait partie de la stratégie romaine. Estimant que le nombre de leurs adversaires était désormais suffisamment bas, et leur endurance émoussée, les légionnaires avaient laissé les pirates pénétrer leurs lignes pour mieux les encercler. Les pirates se retrouvèrent pris dans un étau, qui les broyait petit à petit. Les corps s'effondraient un à un entre les jambes des Romains : à nouveau, je pouvais espérer survivre à cette traversée.

Parmi les pirates qui se trouvaient encore à l'extérieur de ce piège, certains préférèrent la noyade à la morsure du métal et se jetèrent à l'eau. D'autres, désespérés, se précipitaient sur les légionnaires qui leur tournaient le dos pour tâcher de les égorger. Mais cette attitude ne fut guère payante : pour un soldat qui tombait, deux pirates étaient mis en pièces.

Ce concert de coups, de cris et de gémissements avait atteint une intensité qui m'était insupportable. Je fermai les yeux, me bouchai les oreilles, comme si me priver de mes sens pouvait, par magie, me transporter loin de ce carnage. Mais même sans voir ou entendre, je sentais le pont trembler, et l'odeur de mort remplacer celle de l'air marin. Je voulais que tout se termine au plus vite, que les pirates se rendent plutôt que de continuer à courir inutilement vers la mort. Mais avaient-ils seulement ce choix ? Tout devint bien trop confus, et je perdis la notion du moment présent.

Quand je trouvai de nouveau le courage de revenir à la réalité, tout était fini. Il y eut bien quelques manifestations de joie, mais les légionnaires que je voyais devant moi, entourés de corps inertes, affichaient avant tout cette mine terriblement ordinaire de l'homme satisfait par un travail bien fait.

Vae victis ! Malheur aux vaincus...

Mon sort n'était pas réglé pour autant. Alors que les soldats essuyaient et rangeaient leurs armes, je décidai de me montrer enfin. S'ils m'avaient confondu avec un pirate survivant, j'aurais moi aussi tâté du glaive ; aussi m'adressai-je à eux dans le latin le plus précieux possible, afin de leur faire comprendre qu'ils avaient l'un des leurs en face d'eux. D'abord indécis, les légionnaires firent chercher leur centurion, un homme courtaud au nez d'aigle.

« Qui es-tu ? me demanda-t-il. Que fais-tu parmi ces pirates ?

– Je m'appelle Ganymède. Ma... maîtresse et moi avons été enlevés. Ce navire est le nôtre. »

Il ôta son casque et s'essuya le front.

« Ganymède... Ta maîtresse est-elle celle que l'on nomme Elyssa ?

– Oui. Comment le sais-tu ? »

Il prit un air secret, et à voix basse me confia :

« Des gens puissants veillent sur vous, à Rome. Et puis, nous attendions de vos nouvelles à Tarraco. Ne voyant pas arriver Flavonius, nous avons soupçonné une attaque. »

Il regarda autour de nous, puis ajouta :

« Au fait... où est donc ta maîtresse ? »

Je lui racontai avec concision les derniers événements, ce qui eut l'air de l'émouvoir sincèrement. C'est toutefois sans ménagement qu'il m'annonça :

« Il n'y a aucune chance pour que ta maîtresse ait survécu. Quand bien même elle saurait nager, les vagues, la fatigue ou les squales ont certainement eu raison d'elle depuis longtemps. Je suis vraiment désolé. »

Je ne sus quoi répondre. J'étais meurtri de chagrin.

« Nous allons tâcher de remettre ta voile en état, reprit le centurion. Et je dois avoir parmi mes rameurs de quoi te constituer un petit équipage. »

Je n'avais plus la force ni l'envie de planifier quoi que ce soit ; tout me semblait vain, à commencer par ma propre existence. Malgré tout, je tâchai de faire un effort pour m'arracher à ce brouillard de tristesse qui commençait à m'engloutir.

« Je te prie de m'excuser, finis-je par dire. Un équipage, disais-tu ?

– Oui, si tu le désires. »

J'hésitai.

« Je t'en sais gré, mais... J'imagine que je ferais aussi bien de rentrer à Rome, à présent.

– Tu n'as pas tort, oui. Tu peux nous accompagner jusqu'à Tarraco, si tu le désires. Et de là, tu regagneras Rome en toute sécurité.

– Si cela te semble sage... Tu me pardonneras, mais je ne suis plus en état de prendre la moindre décision. Je m'en remets à toi. »

Je le remerciai encore et m'écartai. Je me réfugiai dans le bleu de la mer, à la recherche d'un signe, d'une étoffe, de quoi que ce soit qui aurait pu faire renaître l'espoir. Je n'y vis que les tristes reliefs de la bataille.

Le visage entre mes mains, je tâchai de repousser le sanglot qui montait en moi. Je tombai à genoux, épuisé, au milieu de ces légionnaires qui s'affairaient à passer les corps des pirates par-dessus bord, avec le même détachement que s'il s'était agi de marchandise avariée.

Et puis, quelqu'un s'écria, à l'arrière du bateau :

« Centurion ! Venez voir ça ! »

Il y eut un mouvement général en direction du cri et, encore tremblant, je décidai de m'y joindre. Un légionnaire montrait du doigt l'un des deux avirons arrière, à l'endroit où celui-ci plongeait dans l'eau.

Quelque chose y était attaché. Une forme humaine. Mon cœur se mit à battre plus fort. Je m'approchai encore, tenant à peine sur mes jambes. Tout tanguait autour de moi. Ce devait être Elyssa. Il le fallait. Il aurait été par trop insupportable que cet espoir soudain ne soit qu'une facétie des dieux.

Je scrutai le corps, mais ma vision était floue. Je fermai les paupières pour reprendre mes esprits, et me décidai à les rouvrir quand le vacarme sous mon crâne s'atténua.

Ce n'était pas une hallucination : cette silhouette immobile, les yeux clos, était bien celle d'Elyssa. Sachant qu'elle n'aurait pas la force de tenir longtemps ainsi, elle avait utilisé sa ceinture pour se sangler à l'aviron. Les larmes aux yeux, je louai son ingéniosité et sa pugnacité.

Les légionnaires tirèrent l'aviron à eux jusqu'à ce qu'ils puissent récupérer Elyssa, qu'ils allongèrent sur le pont avec ménagement. Haletant, je fendis la masse des légionnaires et me penchai sur elle.

Sa face était blanche comme la mort, sa peau glacée.

Ô clément Poséidon ! Elle respirait.

IX

Carthage !

Les soldats s'empressèrent d'aménager un espace confortable à Elyssa encore inconsciente, sous le pont, où elle fut installée avec une délicatesse dont je n'aurais pas cru capables ces hommes de guerre. Je m'assurai que son état était stable et rassurant, puis regagnai le pont, noyé dans le cliquetis des armures et l'écho des marches martiales.

Je n'ai jamais partagé avec le peuple romain sa fascination pour les choses militaires. Pourtant, je devais bien reconnaître aux soldats qui se pressaient autour de nous une efficacité certaine : en un rien de temps, la voile fut réparée, le pont nettoyé de la moindre trace de combat, et les cales remises en état. Nous étions prêts à repartir. Le retour inattendu d'Elyssa autorisait à nouveau tous les espoirs : elle et moi pouvions remettre le cap sur Carthage et reprendre notre mission. Je vérifiai auprès du centurion si son offre tenait toujours ; c'est sans difficulté qu'il accepta de se séparer de rameurs en nombre suffisant pour manœuvrer notre *gaulos*. Avec beaucoup de discernement, il prit soin de choisir ceux dont les origines ne risquaient pas de nous compromettre une fois à Carthage : un équipage entièrement romain aurait été plus que suspect.

Elyssa se remit de son séjour au creux des vagues plus vite que je ne m'y attendais. Les tirs de fronde lui avaient causé bien des marques au corps, mais par chance elle n'avait pas été atteinte à la tête. Je m'occupai d'elle du mieux que je pus, concoctant quelque remède à l'aide des nombreuses épices et plantes séchées qui se trouvaient à bord. La fièvre s'empara d'elle brièvement, et, dans son état, elle aurait pu lui être fatale. Mais je sus la chasser par mes décoctions et les linges frais que je lui appliquai régulièrement sur le front. Elyssa fut bientôt en état de me reconnaître, de me sourire, et même de me parler. « Je n'allais pas te laisser comme ça... » me murmura-t-elle avant de sombrer de nouveau dans le sommeil.

Dans les cales, les coffres dissimulés par les Romains abritaient, entre autres trésors, une impressionnante garde-robe. J'allai choisir de quoi remplacer les haillons d'Elyssa, afin qu'elle puisse débarquer à quai sous son meilleur jour.

Une fois que les soldats eurent pris congé de nous, je retournai auprès d'Elyssa. Encore faible, elle posa une main sur mon genou et me demanda :

« Ganymède... les soldats sont-ils partis ?

– Oui, nous voilà à nouveau livrés à nous-mêmes.

– Sommes-nous loin de Carthage ?

– Il faudra compter quelques jours. Je doute que nous rencontrions d'autres pirates en route : Rome n'a pas fait de quartier, et la nouvelle se répandra vite. Après le massacre qui vient d'avoir lieu, je pense que les pirates réfléchiront à deux fois avant de prendre la mer. »

Elle tâcha de se redresser sur sa couche et grimaça de douleur.

« Je devrais être sur pied d'ici notre arrivée. Je l'espère, en tous les cas.

– Tu le seras si tu ne t'agites pas trop en attendant. »

Elle acquiesça. Quant à moi, je remontai sur le pont et tuai le temps en essayant de déterminer notre position exacte.

Nos premiers pas à Carthage allaient être décisifs. Une imprudence, une inexactitude, et ce peuple clairvoyant ne manquerait pas de découvrir qui nous étions réellement. Il nous faudrait d'abord acquérir un lieu de résidence ; Caton nous avait fourni de quoi vivre dans le plus grand luxe, et nous n'avions pas à nous inquiéter de ce point de vue. Toutefois, ces détails matériels n'étaient rien en comparaison de la tâche qui nous attendait après. Par où commencer notre enquête ? Les seuls indices en notre possession étaient bien maigres. Nous savions que l'espion de Marcellus soupçonnait un complot de la part de puissants marchands, mais Carthage ne reposait, au fond, que sur le commerce et le négoce : autant chercher une aiguille dans une botte de foin. Il y avait cependant ces trois lettres, tracées par Himilcon avec son propre sang : M, B, L. Que pouvaient-elles bien signifier ? C'était là, sans doute, le premier mystère à résoudre.

Les forces d'Elyssa lui revinrent jour après jour. Au troisième, elle fut en mesure de se lever et même de se promener sur le pont. Plus d'une fois depuis notre départ, j'avais eu peur que ce retour aux sources, sur ses terres natales, n'entame sa détermination à venger Marcellus. Mais rien ne pouvait émousser la joie que j'éprouvais à la voir revenir ainsi à la vie. Tout le reste passait bien après...

*

Les cités hellènes[1] et romaines regorgeaient de merveilles architecturales, et le génie de nos deux peuples avait eu mille fois l'occasion de s'exprimer. Pourtant, rien ne me préparait à ma découverte du port de Carthage.

Depuis la mer, on ne voyait qu'une longue et haute muraille garnie de tours carrés, bâtie sur un remblai plongeant dans les eaux. Rien que l'érection de cette façade interminable et de son support avait dû demander un travail colossal. Notre navire longea l'enceinte, pour parvenir à l'entrée d'un canal

1. À cette époque, les Grecs se désignent plus volontiers sous le terme d'« Hellènes ». Le terme « Grec » (du latin *Graecus*) était surtout employé à l'extérieur, en particulier par les Romains.

qui bordait la ville. De part et d'autre de celui-ci s'alignaient les bateaux de commerce remplis à ras bord. Les quais, dans leur intégralité, étaient couverts et fermés ; on accédait à la galerie intérieure par des ouvertures percées à intervalles réguliers. Ainsi, ce port ne donnait pas la même impression de désordre que tous ceux que j'avais connus, avec leurs marchandises déchargées à même le quai et leur foule gesticulante. On déchargeait directement du navire à la galerie couverte, et je soupçonnai que celle-ci pouvait communiquer directement avec des entrepôts – j'en eus confirmation par la suite.

Au bout du canal, il y avait une ouverture suffisamment large pour laisser passer une galère ; elle aboutissait, pour ce que je pus en voir, à un immense bassin. Les Carthaginois n'étaient plus supposés posséder de navires de combat, mais je soupçonnais que la réalité était quelque peu différente. Toutefois, il n'était pas donné au visiteur d'en voir davantage : si les Carthaginois avaient reconstitué leur flotte, celle-ci était fort bien cachée. Combien Ostie me sembla rudimentaire en comparaison !

Nous débarquâmes dans une relative indifférence. Nous n'étions, après tout, qu'un navire de commerce parmi d'autres. C'était le moment pour moi de retourner à mon rôle d'esclave soumis, et pour Elyssa de se comporter comme une petite reine. Elle débarqua dans une robe pourpre rehaussée de fils d'argent, le front ceint d'un diadème dont les pierreries, traversées de rayons dorés, peignaient autour de son visage une auréole aux mille couleurs.

Partout, autour de nous, caisses, amphores, jarres et paniers se déversaient hors du ventre des autres navires amarrés. Il y avait du poisson, des fruits et des céréales, du bétail, mais également des étoffes, et une foule d'objets de toutes les tailles et tous les usages. On avait l'impression de contempler les trésors du monde entier ! À peine déchargée, la marchandise était emportée au loin. Rien ne s'entassait trop longtemps :

un homme au visage sévère y veillait, donnant ses ordres avec de grands gestes que tous semblaient comprendre.

« Et maintenant ? me demanda Elyssa en observant la foule de marins et de marchands.

– Maintenant... il va falloir mener une vie à la hauteur de nos ambitions, trouver à nous loger dans le faste. Désormais, tu dois faire plus que simplement exister : tu dois briller.

– Alors, cache tes yeux, je risque de t'éblouir ! »

Elle se dirigea vers le responsable, toujours gesticulant, qui l'accueillit d'un froncement de sourcils. Je la suivis à distance.

« Je n'ai pas le temps, annonça l'homme, en punique, avant même qu'Elyssa ait pu lui poser une question.

– Tu as du temps, mais tu ne le sais pas encore, répliqua-t-elle. Je suis Elyssa, la veuve de Juba de Tyr. Je reviens m'installer dans ma cité natale. »

L'homme n'interrompit pas ses gestes, mais en fut tout adouci.

« *Hâvé !* Je te prie de m'excuser, honorable Elyssa, c'est un honneur de te recevoir. Juba était très apprécié ici. J'ignorais toutefois que sa f...

– Eh bien, maintenant, tu le sais. Quel est ton nom ?

– Je suis Hiarbas, noble visiteuse. Je suis l'un des responsables de ce port.

– Dans ce cas, Hiarbas, j'imagine que tu connais du monde ?

– Je connais beaucoup de monde, en effet. En quoi puis-je t'aider ?

– Il y a, à bord du navire que tu vois là-bas, une fortune considérable. Je veux des hommes de confiance pour l'escorter jusqu'à ma nouvelle demeure. Je serai généreuse avec eux. »

Hiarbas sourit.

« Bien. Et où se trouve donc cette demeure ?

– Justement : c'est là où ton aide me sera précieuse. Je désire en acquérir une ou, en tous les cas, en disposer. Peux-tu m'aider ? Là encore, si tu me présentes aux bonnes personnes, je pense que tu n'auras pas à le regretter. »

Il réfléchit.

« Tu peux compter sur moi. Mais comme tu le vois, je suis occupé pour le moment. N'aie crainte : je vais faire mettre ton navire sous bonne garde, et toi et ton esclave pourrez vous reposer de votre voyage chez Artémidoros, peu après la sortie du port. Demande à n'importe qui ton chemin, et recommande-toi de moi.

– Bien, je m'en remets donc à toi.

– Je te souhaite de belles retrouvailles avec notre Carthage. »

Nous nous éloignâmes. À voix basse, je dis à Elyssa, en grec :

« Je te félicite : ton punique est encore meilleur que je l'espérais.

– Ganymède... Chaque soir depuis que je suis à Rome, je parle à mes parents. Parfois, sans ouvrir la bouche. Je répète ces phrases que j'entendais durant mes premières années, les chansons que me chantait ma mère... Si je n'avais plus ma langue, j'aurais l'impression d'être déjà un peu morte.

– J'ignorais tout cela. Et je te comprends.

– Tu me comprends ? Tout le monde parle grec, pourtant. Ta langue, toi, tu ne risques pas de l'oublier. »

Je coupai court à l'échange :

« En parlant de ça... Je ne sais pas qui est cet Artémidoros, mais je devine qu'il fait partie de tous ces Grecs qui se sont installés à Carthage. Bien, mettons-nous en chemin. »

Au loin, Hiarbas donnait ses instructions pour que l'on monte la garde devant notre navire. Nous partîmes en quête du mystérieux Artémidoros quand il fut clair que nos biens étaient sous bonne surveillance. Nous étions livrés à nous-mêmes, vulnérables et un peu perdus. Moi, en terre étrangère ; Elyssa, dans ses souvenirs.

X

Soupçons

Carthage était, à n'en pas douter, une cité exquise. À peine sortis du port, nous fûmes accueillis par des bâtiments en grès hauts de plusieurs étages ; ils délimitaient des rues animées au détour desquelles il y avait toujours quelque chose à observer : une cour animée, une échoppe curieuse... Je ne me sentais pas totalement dépaysé, cependant, car pour ce que je pouvais en découvrir, les Carthaginois avaient emprunté à Athènes de nombreux éléments architecturaux. Il y avait aussi de l'égyptien dans ces constructions, et ce mélange était tout à la fois chaleureux et enthousiasmant. Tout en avançant, je compris que chaque bâtiment possédait une terrasse aménagée en lieu et place de toit : de la rue, on entendait des rires, des chants, et on devait parfois même éviter les reliefs de repas lancés sans gêne. Les rues de Rome ne manquaient pas de vie, certes, mais il y avait en Carthage quelque chose de moins contraint. De moins majestueux et colossal aussi, sans doute.

Elyssa avançait comme une somnambule, les joues empourprées. Elle ne souriait pas, et pourtant j'avais l'impression de voir un poisson qu'on rejette à l'eau, tout frétillant après avoir manqué l'asphyxie.

« Reconnais-tu ces endroits ? lui demandai-je.

– Oui et non, me répondit-elle, rêveuse. Je ne me souviens plus des lieux précis, mais ces odeurs, ce bruit... le pourpre des pavés... Je ne pensais pas que je serais à nouveau au milieu de tout cela. C'est merveilleux, Ganymède. »

Une fois de plus, j'eus envie de la serrer contre moi, comme lorsqu'elle était tout enfant. Mais cela, et beaucoup d'autres choses, m'était à nouveau interdit.

« Je ne pense pas que nous trouverons Artémidoros sans demander notre chemin, fis-je. Mais à ce que j'ai compris, cet homme est connu de tout le monde. »

Elyssa s'arracha définitivement à sa rêverie.

« Bien, je vais me renseigner. »

Elle s'approcha d'un homme élégant qui avançait dans notre direction.

« *Hâvé !* En quoi puis-je t'aider ?

– *Hâvé*. Connais-tu un certain Artémidoros ? » demanda-t-elle.

L'homme, tout souriant, hocha la tête.

« Artémidoros ? Mais très certainement. Es-tu nouvelle à Carthage ? Tu sembles pourtant d'ici.

– Je suis née à Carthage. Pourquoi cette question ? »

Il prit un air contrit, dont je ne sus s'il fallait lui accorder le moindre crédit.

« J'espère ne pas t'avoir offensée. Ce sont les nouveaux venus qui se rendent chez Artémidoros, la plupart du temps. Enfin, ceux de ton rang, bien sûr. Mais je m'égare : tu trouveras Artémidoros à deux pas d'ici. Il possède l'une des plus belles maisons des environs, dans un style naturellement très... grec. »

Il fit quelques gestes de la main, sans se départir de son sourire mielleux. Après quoi, il prit congé, non sans avoir souhaité mille merveilles à Elyssa.

« Bien, nous sommes tout proches, m'informa Elyssa. Cet Artémidoros a vraiment l'air d'être quelqu'un d'important... ou, en tous les cas, d'incontournable.

– En effet. Mais j'espère que nous ne nous jetons pas dans un guet-apens. »

Notre itinéraire ne nous éloignait guère de l'impressionnante muraille qui bordait le littoral, régulièrement hérissée de tours de guet crénelées. Il était rigoureusement impossible d'approcher de Carthage par mer sans être repéré, et la surveillance ne semblait pas être prise à la légère. Le climat d'insouciance qui régnait dans les ruelles n'était probablement qu'un leurre : Carthage n'avait nullement baissé sa garde.

Bientôt, nous atteignîmes notre destination. La demeure d'Artémidoros nous attendait au coin d'une rue, qu'elle occupait d'ailleurs sur la quasi-totalité de sa longueur. C'était, comme on nous l'avait dit, une bâtisse quasi athénienne, même si çà et là le style local imposait sa marque. L'homme qui y habitait devait sans nul doute posséder une fortune considérable : la façade était impeccablement tenue, les colonnades somptueuses. Je m'approchai d'une lourde porte bardée de fer, et frappai.

Après quelques instants, une ouverture se fit jour à hauteur de visage, et une paire d'yeux se posa sur moi.

« Que veux-tu ? me demanda-t-on en grec.

– Je suis ici avec ma maîtresse, Elyssa de Tyr, veuve de Juba. Un certain Hiarbas, sur le port, nous a conseillé de venir voir Artémidoros. »

Il y eut un silence, puis la voix reprit derrière la porte :

« Elyssa de Tyr... Reste là. »

La trappe se referma. Je me retournai vers Elyssa, perplexe, et nous attendîmes patiemment la suite. La porte grinça enfin sur ses gonds, et un individu gras, vêtu à la mode punique, nous fit signe d'entrer. Il observa Elyssa des pieds à la tête, et eut un sourire énigmatique.

« Mon maître va bientôt vous recevoir. Il me fait dire que c'est un honneur de recevoir l'épouse de Juba de Tyr. Avancez, je vous prie ! »

Elyssa se pencha vers moi et chuchota :

« Si cette personne connaissait un peu trop bien Juba...

– J'en doute. Juba ne participait plus lui-même aux expéditions entre Tyr et Carthage.

– Je sais, mais en est-on sûr ?

– On n'est jamais sûr de rien. »

Elyssa adopta une mine résignée et se tut.

Après avoir marché un moment dans un long couloir, nous parvînmes à une cour de grande taille, toute pavée de rouge. Une esclave, penchée au-dessus d'un puits, peinait à remonter son seau d'eau ; une bonne odeur de pain chaud s'élevait d'un four en terre. La maison comportait plusieurs étages, auxquels on accédait depuis des escaliers qui nous faisaient face. On voyait des silhouettes aller et venir un peu partout, mais, malgré l'agitation, il régnait en ce lieu une douceur de vivre qui fut immédiatement palpable. On y déambulait comme dans un rêve tranquille.

Une esclave nous fit signe de traverser la cour, afin d'atteindre l'entrée opposée. Nous pénétrâmes alors dans une salle dont le luxe égalait tout ce que j'avais pu voir à Rome. Il y avait des objets en verre coloré de toutes les tailles et de toutes les formes, des masques, des colonnades chryséléphantines, des tentures en tissu précieux, des œufs d'autruche peints... Vautré sur un banc garni de coussins, un homme barbu, gros comme un bœuf, se faisait éventer par deux esclaves. Il nous salua de la main, comme si nous nous connaissions depuis longtemps, mais ne daigna pas bouger sa carcasse. Il ruisselait de sueur, et à ses pieds traînaient les reliefs de son repas – qui avait dû être plus que copieux.

« Ravi de t'accueillir dans ma demeure, Elyssa de Tyr ! lança-t-il, en latin, en lui désignant un autre banc. Je suis Artémidoros.

– Je ne t'ai pas compris », rétorqua Elyssa en grec.

Il tira le bout de sa langue, hilare.

« Je te prie de m'excuser ! Je traite avec tellement de pays, de cités, que je mélange les langues. Prends place ici, je t'en prie. »

Elyssa s'exécuta.

Le regard d'Artémidoros, contrairement à son apparence, n'avait rien de porcin ; je connaissais assez les hommes pour reconnaître en lui un être rusé. Je sus qu'il allait falloir redoubler de prudence en sa compagnie.

« Ainsi, tu es la veuve de Juba ? Voilà bien longtemps qu'il ne venait plus, mais... c'était un marchand respecté par ici.

– Et un bon mari, ajouta Elyssa.

– Je n'en doute pas, je n'en doute pas. Mais dis-moi... En quoi puis-je t'aider ?

– Je compte m'établir ici. J'ai à quai un bateau qui abrite une bonne partie de mes richesses, mais... me voilà désormais étrangère en ma propre cité. Je suis née à Carthage, le savais-tu ? »

Artémidoros se frotta les mains.

« Je l'ignorais, mais tu as frappé à la bonne porte ! Ce que tu cherches, c'est une demeure à la hauteur de ta naissance, n'est-ce pas ? Des esclaves en plus de celui que je vois ici... et peut-être voudrais-tu que je te parle de quelques affaires sûres, qui t'assureraient un surplus de revenus ?

– Pourquoi pas.

– Bien ! Je suis sûr de pouvoir t'aider en tout point. Mais pour l'heure, considère-toi comme mon invitée. Ma maison est grande, et je vais te faire aménager l'une des plus belles pièces, où tu pourras faire transporter une partie de tes possessions.

– Je te remercie, Artémidoros. »

Il eut un petit rire, pareil à un grognement. Il ajouta ensuite :

« Il y a, un peu plus haut dans la ville, un de mes amis qui s'apprête à s'établir en Grèce et qui cherche justement acquéreur pour sa propriété. Je suis certain qu'elle te conviendrait.

– Quand pourrai-je le rencontrer ?

– Dans deux jours. J'organise une petite réception, tu tombes à point nommé. Ainsi, tu pourras faire connaissance avec tous ceux qui comptent à Carthage.

– Tous, vraiment ? »

De nouveau, un grognement.

« C'est une manière de parler : je ne me mêle pas de politique, chère Elyssa. Seules les affaires m'intéressent ! Mais c'est aussi ton cas, n'est-ce pas ?

– Naturellement », répliqua Elyssa.

Artémidoros l'observa, les yeux brillants, puis ajouta :

« Mes esclaves vont te conduire à ta chambre. J'en ferai installer une à côté pour ton esclave. Je sens que tu aimes l'avoir tout près de toi. Veux-tu que je te fasse porter quelque chose à boire ? Du vin, par exemple ? Ton défunt mari adorait le bon vin, si je ne m'abuse. »

Je tressaillis, mais Elyssa, très calmement, répliqua :

« Je veux bien un peu de vin. Mais tu fais erreur : Juba, lui, n'en buvait jamais.

– Mais bien sûr. Je confondais avec quelqu'un d'autre. Pardonne-moi.

– Tu es tout excusé. »

Je ne pouvais reprocher à Artémidoros d'avoir tendu ce piège – Juba, comme nous l'avait appris Quintus, était connu pour sa sobriété – et n'en louai que davantage Elyssa pour sa présence d'esprit. Deux jeunes femmes souriantes, aux chevelures noires comme l'ébène, lui firent signe de les suivre. Je m'apprêtai à les imiter, quand Artémidoros me dit :

« Comment t'appelles-tu ?

– Ganymède.

– Ganymède… Ta maîtresse m'a l'air d'être très jeune, n'est-ce pas ?

– Elle l'est, oui.

– Je crois me souvenir de l'époque où Juba s'est marié. Mais c'était il y a… très longtemps. »

Je demeurai impassible, puis précisai :

« Sa précédente femme est morte en couches, hélas. C'est à elle que tu penses, j'imagine ? Elyssa et lui n'étaient mariés que depuis trois ans.

– Ah, voilà qui explique tout ! Tu peux rejoindre ta maîtresse. »

Je tournai le dos à la montagne de graisse.

Je crus l'entendre ricaner alors que je m'éloignais.

*

La chambre dévolue à Elyssa était digne d'une princesse d'Orient, et une ruche d'esclaves s'affairait autour d'elle. Nous avions récupéré une partie de notre chargement, tandis que le reste avait été placé sous bonne garde dans un entrepôt. Artémidoros, décidément, entendait se montrer le plus serviable possible. Je doutais que sa démarche soit désintéressée, mais pour l'heure nous n'avions qu'à en profiter.

Nous ne vîmes pas le temps s'écouler durant les deux journées suivantes. Elyssa voulait à tout prix se promener dans Carthage, ce qui me semblait être un point de départ logique pour notre enquête.

Nous nous immergeâmes donc dans l'ambiance chaleureuse de la ville, aux rues tellement animées. Carthage paraissait ne vivre que pour le commerce, et c'était là la grande différence avec Rome ; le Romain de base est un paysan, le Carthaginois, lui, un marchand. Rome et Athènes ont aussi leurs bateleurs, mais à Carthage tout cela revêtait un caractère plus franc et convivial. Elyssa ne pouvait pas faire un pas sans qu'on lui propose un vêtement, quelque chose à manger, ou un objet inutile. Elle tourbillonnait entre les badauds, s'attardant au gré de ses découvertes, radieuse, me pressant de la suivre quand je ralentissais. J'appréciais la largeur généreuse des rues, souvent moins encaissées qu'à Rome, qui permettait à la foule de progresser sans engorgement ; malgré cela, je faisais beaucoup d'efforts pour ne pas perdre Elyssa des yeux.

Les temples ! Là encore, je devais saluer le génie carthaginois : certains se dressaient comme des forteresses au milieu de la ville, d'autres en surplomb à sa périphérie. Des escaliers monumentaux permettaient d'accéder à une cour intérieure pavée, grande comme un stade ou peu s'en faut, bordée de colonnades majestueuses. En leur centre, les fidèles s'affairaient autour d'un autel qui n'avait rien à envier à la démesure égyptienne. J'imaginais sans mal quelles richesses ces temples devaient receler, pour être, en apparence, aussi imprenables ! J'avais entendu tellement de choses terrifiantes sur Carthage, dans le passé. On m'avait en particulier parlé du Moloch, cette terrible cérémonie durant laquelle les Carthaginois sacrifiaient des enfants. Mais tout ce qu'il m'était donné de voir, sur place, c'étaient des sacrifices d'agneaux. Je devais me rendre à l'évidence : les Carthaginois n'étaient certainement pas les monstres pour lesquels on aurait aimé les faire passer, de l'autre côté de la mer.

Ce qui m'enchanta le plus durant cette visite, c'étaient les jardins. L'un d'entre eux, perché au sommet d'une petite butte, offrait une vue somptueuse sur la ville. Planté d'arbres fruitiers, parcouru de charmants murets et de buissons, le lieu distillait une langueur qui, tout le temps que dura notre visite, me fit presque oublier la raison de notre venue. Comme j'aurais aimé m'adosser à l'un de ces murs tièdes, au milieu de l'herbe et des fleurs, et me laisser glisser dans le sommeil en feignant d'étudier ! En se rendant à l'extrémité du jardin, on pouvait surplomber la mer turquoise ; mais il était encore plus doux de la deviner, de sentir son parfum salé se mêler aux senteurs d'orangers, de chercher son bruissement derrière celui des feuilles. Hélas, tout cela ne faisait guère avancer notre mission et, à contrecœur, je m'arrachai à ce rêve éveillé.

À l'aube du deuxième jour, nous dirigeâmes nos pas vers un faubourg plus modeste ; les ateliers y étaient plus nombreux, les maisons moins hautes et aussi moins colorées. Si prospère qu'elle puisse être, Carthage avait aussi son lot de pauvres gens. Pourtant, je me sentais moins en danger ici que dans les quartiers mal famés de Rome ; c'était peut-être cette architecture orientale, raffinée au possible, qui me rassurait, comme si rien de malfaisant ne pouvait provenir de constructions aussi harmonieuses. Après une bonne heure à tourner dans les rues, Elyssa se figea devant un petit bâtiment sans dire un mot. Il ne semblait plus habité ; la porte d'entrée avait disparu, et par les fenêtres on ne distinguait que des murs pelés et des objets brisés gisant sur un sol crasseux, où survivait par endroits le fantôme d'une mosaïque. Je sentais que l'on nous observait depuis les maisons alentour ; il n'était sans doute pas courant qu'une jeune femme aussi bien vêtue vienne traîner dans les environs. Elyssa fit un pas en direction de l'édifice, toujours muette. Un chat efflanqué apparut sur le rebord d'une fenêtre ; il avait bondi d'un coin sombre, comme si l'obscurité elle-même venait de lui donner naissance et de le cracher vers la lumière. Elyssa sursauta, puis murmura quelque chose que je ne parvins pas à entendre. Elle s'approcha pour caresser le chat, qui lui répondit par un ronronnement.

« Malchus... laissa-t-elle échapper. Après tout ce temps... C'est bien toi, n'est-ce pas ? En tous les cas, tu lui ressembles beaucoup. »

Le chat, ravi, continua à se laisser flatter. Je n'osais pas interrompre ces retrouvailles, si tant est qu'elles en soient réellement.

« Tu te souviens, Malchus, continua-t-elle, de la petite cour derrière la maison ? Est-ce qu'elle existe encore ? Est-ce que tu aimes toujours t'allonger à l'endroit où la pierre est fendue, quand le soleil débute sa descente ? »

Le chat miaula en retour.

« Je me demande de quoi tu te nourris, maintenant. Les souris n'ont pas l'air d'être bien grasses... »

Ce taudis revêtait tout à coup un nouvel intérêt à mes yeux ; c'était ici, probablement, qu'Elyssa avait vu le jour et grandi. Je ne connaissais que trop les conditions dans lesquelles une enfant pauvre pouvait se retrouver esclave : les marchands savent se montrer persuasifs avec les miséreux. Elyssa m'avait longtemps affirmé qu'elle n'avait plus grand souvenir de ses premières années, mais je refusais de croire que nous étions ici par le fruit du hasard. J'essayais d'imaginer la même rue, dix ans plus tôt, remplie de cris d'enfants, de me figurer le bruit de petits pieds nus sur le sol. Quelle pouvait avoir été sa vie dans cette rue tordue, où les odeurs de nourriture putréfiée planaient maintenant comme un mauvais présage ? Je sentais qu'elle hésitait à franchir le seuil, attirée par ce passé qui flottait encore, et terrifiée à l'idée d'en contempler les ruines.

J'entendis du bruit derrière nous ; la rue était par ailleurs si calme que j'en sursautai. Je vis alors s'avancer une vieille femme, aux habits sans couleurs, le visage parcheminé. Elyssa se tourna vers elle, et les deux femmes s'observèrent sans échanger une seule parole. La vieillarde, quand elle fut assez près, posa sa main sèche sur la joue d'Elyssa, qu'elle dévisagea de ses grands yeux noirs. Une larme roula jusqu'à la commissure de ses lèvres, et elle ouvrit la bouche comme pour parler.

Elyssa lui attrapa la main et l'écarta doucement ; puis elle me lança, en grec :

« Ganymède, partons. Tout de suite. »

Nous tournâmes le dos à la vieille femme. Je sentis le poids de son regard dans nos nuques encore longtemps. Quant au chat, il trotta derrière nous un petit moment, puis disparut à travers la forêt de toits.

Elyssa ne commenta pas ce qui venait de se produire ; toute parole aurait été inutile.

*

Finalement, le moment de la soirée tant vantée par Artémidoros arriva. Je vins trouver Elyssa peu avant la réception ; elle avait passé à ses poignets et son cou bracelets et colliers à la mode phénicienne. Sa robe rouge vif lui descendait jusqu'aux pieds, et l'étoffe en était si légère qu'elle semblait flotter autour de ses hanches et de ses épaules comme des volutes de fumée. Ainsi apprêtée et maquillée, on eût dit une statue d'albâtre et d'ébène ; rarement sa beauté avait été à ce point soulignée. Je la complimentai, mais elle me parut inquiète et tendue, ce qui se confirma rapidement.

« Ganymède... j'ai un mauvais pressentiment, annonça-t-elle.

– Allons donc ! Et pourquoi ?

– Cet Artémidoros... il est trop amical. Cela cache quelque chose.

– Oui, sans doute, mais pas pour les raisons que tu imagines. Je ne crois pas qu'il... »

Je m'arrêtai tout net, m'approchai d'Elyssa et poursuivit à voix basse :

« Je ne crois pas qu'il nous soupçonne d'être des espions. Ce qui le préoccupe, c'est ta fortune, et ça ne va pas plus loin.

– Comment cela ?

– Tu vas voir : je suis sûr que notre bienfaiteur ne tardera pas à te proposer une affaire dont il pourra retirer quelque bénéfice. Je connais ces individus. »

Elyssa prit une grande bouffée d'air.

« Tu as raison, je m'inquiète trop. Pour l'heure, nous devrions peut-être descendre ? J'entends du bruit.

– Allons-y. »

Nous gagnâmes la pièce où nous avions rencontré notre hôte. Elle accueillait désormais une débauche délirante de plats et de boissons. Artémidoros, toujours vautré sur des coussins, s'entretenait avec les invités déjà présents alors que des musiciens soufflaient dans leurs instruments à s'en faire éclater la poitrine. Le vacarme était déjà parfaitement insupportable.

En nous voyant arriver, Artémidoros agita les jambonneaux qui lui servaient de bras et dévoila ses petites dents pointues.

« Ah, Elyssa ! J'espère que tu te plais dans ma modeste demeure ? Approche, approche ! Il y a beaucoup de gens à qui j'aimerais te présenter. »

Elyssa s'exécuta, et je demeurai quelques pas derrière elle, l'oreille aux aguets.

Le premier homme à engager la conversation avec elle fut un dénommé Magon ; c'était lui, cet ami d'Artémidoros qui cherchait à vendre sa propriété. Elyssa m'appela à la rescousse. L'affaire se présentait bien, et pouvait être conclue rapidement : aussi n'aurions-nous sans doute pas à abuser de l'hospitalité de notre hôte trop longtemps.

Magon, chaleureux et enthousiaste, ne tarissait pas de flatteries à l'égard d'Elyssa. Sa robe, en particulier, le transportait d'émerveillement.

« Quelle beauté, ce tissu ! D'où vient-il ?

– Je l'ignore, fit Elyssa. Peut-être mon esclave en sait-il plus que moi ?

– Cela vient du pays des Sères[1], précisai-je.

– Oh ! s'extasia Magon. C'est superbe, tellement doux. Permets-tu que je caresse encore cette étoffe ?

– Je t'en prie... » fit Elyssa avec un soupçon d'inquiétude dans la voix.

Magon insista :

« Ta peau semble plus douce encore ! Peut-être puis-je... »

Artémidoros, malgré les bassines de vin que je l'avais vu avaler, avait gardé les idées claires. Il coupa court à l'échange avec bonhomie :

« Tiens, Magon, n'est-ce pas ton épouse, que je vois là-bas ? Pourquoi ne lui dis-tu pas de te joindre à nous ? »

Magon baissa la tête, rougit, et bredouilla quelques paroles indistinctes, en promettant à Elyssa de conclure très vite la transaction. Artémidoros fit un clin d'œil à Elyssa et, pour la première fois, se leva. Sa démarche était moins laborieuse que ce à quoi je me serais attendu, mais on n'en avait pas moins l'impression que le sol allait se lézarder à chacun de ses pas. Il posa une main sur l'épaule d'Elyssa, non sans une certaine familiarité, puis alla se perdre dans la foule de ses convives.

Elyssa était l'objet de nombreuses attentions ; tous se pressaient pour découvrir cette nouvelle venue que l'on disait déjà aussi belle que vive d'esprit. Mais, tout à coup, je la vis tressaillir, puis prendre congé des invités qui l'accaparaient. Elle fila à ma rencontre, l'air grave.

« Ganymède... Je crois avoir trouvé quelque chose, me dit-elle.

– Je t'écoute. »

Elle regarda autour d'elle, puis poursuivit :

1. Ancien nom donné à la Chine. Il est voisin du mot *sericum*, qui signifie « soie ». Les échanges commerciaux entre la Chine et l'Occident remontent jusqu'à Alexandre, la Phénicie servant souvent d'intermédiaire.

« Voilà plusieurs fois que j'entends parler d'un certain Maharbal. Ce serait un puissant marchand.

– J'ai entendu ce nom aussi. Et alors ?

– Dans notre langue, nous n'écrivons pas ce que vous appelez les voyelles. Et il n'y a pas de correspondance entre nos deux alphabets.

– Je sais cela. Et alors ?

– Ganymède, "Maharbal", nous l'écririons "MBL" en alphabet latin. Et ce sont bien ces trois lettres que l'espion de Marcellus a laissées derrière lui. »

Je souris.

« Il fallait certainement avoir le punique comme langue maternelle pour y penser. Elyssa, je suis impressionné. Ce Maharbal semble être une piste sérieuse. Mais est-il seulement présent ce soir ? »

C'est alors qu'Artémidoros appela Elyssa une fois encore. Je me rapprochai d'elle.

« Ma chère, s'exclama-t-il, le monde est petit, vraiment ! Sais-tu qui j'ai ici ? Ton ami Matho ! »

Je frémis. Elyssa, sans perdre sa contenance, répondit :

« Oh... vraiment ?

– Oui. Matho vient de me dire qu'il avait bien connu Juba... et sa toute jeune femme. Quel hasard, n'est-ce pas ?

– En effet. »

Le sourire d'Elyssa, bien malgré elle, s'était figé, et le sang abandonna son visage. Toujours à demi hilare, Artémidoros fit signe à un homme de se rapprocher. Il ne devait pas avoir bien plus de trente ans, mais n'avait déjà plus beaucoup de cheveux sur le crâne. Mon cœur se mit à battre de plus en plus fort, et je sentis que mes jambes peinaient à me porter. Je tâchai de reprendre mes moyens, et cherchai l'issue la plus proche – ainsi que le prétexte pour y traîner Elyssa. Mais il était déjà trop tard. Le dénommé Matho avait vu Elyssa, et ils se dévisagèrent tous deux, sans rien dire, pendant un moment qui ne voulait plus finir. Finalement, Elyssa prit l'initiative :

« Matho… Quel bonheur de te revoir ici. »

Elle avait parlé d'une voix dont les inflexions, sous un vernis de calme, trahissaient son inquiétude. Les traits de Matho, jusqu'alors semblables à ceux d'un masque mortuaire, se détendirent. Il s'inclina en disant :

« Un bonheur partagé, Elyssa. Que fais-tu à Carthage ?

– Je compte m'y établir.

– Tu m'en vois ravi ! Je… Je n'ai pas eu l'occasion de te présenter mes condoléances. Comme tu le sais, j'appréciais beaucoup Juba.

– Je te remercie de ta sollicitude, Matho », fit Elyssa toujours crispée.

J'avais assisté à l'échange totalement abasourdi. Artémidoros battait des mains comme s'il voulait applaudir, et s'exclama :

« Je suis heureux que vous vous retrouviez ! Je vous laisse discuter du passé… ou de l'avenir, pourquoi pas ! »

Notre hôte s'en alla, et de nouveau Elyssa et Matho s'observèrent. On pouvait lire la gêne en chacun d'eux, et à cet instant je crus comprendre ce qui venait de se produire. Avant qu'Elyssa n'ait eu le temps d'ouvrir la bouche, je m'approchai d'elle et lui dit :

« Maîtresse, vous avez le teint pâle. Vous devriez peut-être sortir prendre l'air dans la cour ? Votre ami vous excusera sans doute.

– Je… Oui, peut-être, Ganymède. »

Elle tourna les talons après un vague mot d'excuse à Matho, et je la suivis à l'extérieur. Quelques convives nous avaient déjà précédés, mais ils étaient éparpillés plutôt qu'en grappes, comme à l'intérieur.

« Ganymède, j'ai cru défaillir ! chuchota Elyssa. Que s'est-il passé ? Pourquoi a-t-il fait semblant de me reconnaître ?

– Je loue ton à-propos, Elyssa. J'ai une petite idée sur la question.

– Oui ?

– Je pense qu... »

Je n'eus pas le temps de finir ma phrase, car Matho nous avait rejoints, blême sous la flamme des torches.

« Je te remercie, ô clémente Elyssa, déclama-t-il sans transition. Je te serai reconnaissant jusqu'à la fin de mes jours. »

Elyssa ouvrit des yeux ronds, et je pris la liberté de faire signe à Matho de poursuivre.

« Je ne suis qu'un imposteur enferré dans ses mensonges. Je suis presque ruiné, et je comptais emprunter un peu d'argent à Artémidoros en me réclamant de quelques puissants. J'ai entendu parler de la mort récente de Juba, que je n'ai jamais vu, non plus que sa jeune femme... et je pensais que je pouvais me présenter comme un ami de la famille. Jamais je n'aurais pensé que j'allais croiser cette même jeune femme à Carthage ! Pardonne mon impudence, Elyssa. »

Il s'agenouilla à ses pieds, tête baissée, attendant que le couperet tombe. Elyssa me lança un regard implorant, mais c'était à elle de prendre une décision. Alors, de sa voix la plus assurée, elle dit :

« Relève-toi, Matho. Je garderai ton secret. Tu n'as pas, que je sache, manqué de respect à ma famille et à mon défunt mari.

– Merci, mille mercis ! » couina Matho, les yeux humides.

Elyssa patienta un court instant, puis ajouta :

« Tout doux. Tu as désormais une dette envers moi, qu'il va te falloir honorer.

– Une dette ? bredouilla Matho, de nouveau livide. Elyssa, je n'ai plus rien à moi, à part quelques vêtements. Je ne ferai pas illusion longtemps, et j...

– Je ne parle pas d'argent. Mon esclave va t'expliquer. »

Elyssa avait retourné la situation à notre avantage mieux que je n'aurais su le faire. Celui qui aurait pu être notre ennemi mortel devenait, si nous nous y prenions bien, un précieux allié. Je repris donc l'initiative :

« Connais-tu un certain Maharbal ? J'ai entendu son nom prononcé plusieurs fois au cours de la soirée. »

Matho se releva : après tout, pour lui, je n'étais qu'un esclave.

« Je le connais, bien sûr. De réputation, en tous les cas.

– Est-il présent ce soir ?

– Non. Je ne l'ai d'ailleurs jamais vu. Mais il y a son émissaire habituel, Syphax.

– Bien. Tu vas nous montrer qui il est. Et à partir de maintenant, considère-toi au service de ma maîtresse. Tu seras récompensé si tu coopères, mais dans le cas contraire... tout Carthage saura que tu es un misérable et un menteur. »

Malgré le poids qui reposait désormais sur ses épaules, Matho avait l'air soulagé.

« Bien sûr ! Merci, merci encore, ô Elyssa. Je me montrerai digne de ta confiance.

– Bien, alors, fit Elyssa. Maintenant, retourne avec les autres. Nous allons te rejoindre d'ici peu. File ! »

Matho se retira d'un pas maladroit.

Elyssa s'appuya sur mon épaule, chancelante, et dit :

« J'ai cru que c'en était déjà fini de nous. Les dieux sont avec nous !

– Oui, répondis-je. Mais lesquels ? »

XI

Syphax

Nous ne vîmes pas le dénommé Syphax au cours de la soirée d'Artémidoros. Quand nous revînmes auprès des invités, guidés par un Matho tout empressé de racheter son imposture, l'homme s'en était allé. Il nous fallut donc prendre notre mal en patience et poursuivre les mondanités, jour après jour, à l'affût d'une information utile.

Nous fûmes aussi très occupés par l'acquisition de la demeure de Magon ; par chance, l'intéressé semblait particulièrement disposé à ce que tout soit réglé au plus vite. L'établissement de l'acte ne prit guère de temps, et la plupart de ses possessions avaient déjà été stockées ailleurs en vue de son départ imminent. Nous pûmes donc commencer notre installation rapidement, laissant derrière nous un Artémidoros ravi d'avoir pu se rendre utile. Mais, comme je l'avais suspecté, ses largesses cachaient un objectif bien moins altruiste : il nous fit comprendre que si nous faisions affaire à Carthage, désormais, il serait bienvenu de le choisir comme intermédiaire. Il ne fallait pas être particulièrement perspicace pour comprendre que nous l'aurions sur nos talons quoi que nous fassions... et que ses manières pourraient, en cas de refus, devenir moins agréables. Elyssa considérait qu'il n'était pas l'heure de s'en alarmer, et j'allai dans son sens.

Notre nouvel habitat n'était pas aussi vaste que la demeure d'Artémidoros, ni même que celle de Marcellus à Rome. Elle comportait cependant de nombreuses chambres, et à nouveau une très belle cour intérieure. En plus de la maison, nous rachetâmes quelques esclaves à Magon pour parer aux tâches les plus courantes. Nous étions enfin installés, dans un confort que beaucoup de Romains nous auraient envié. Elyssa s'imposa sans peine comme une maîtresse de maison pleine de poigne. Son punique s'était rapidement débarrassé des dernières miettes d'accent romain : tout fonctionnait au-delà de mes espérances.

Il restait toutefois à nous rapprocher de Syphax et de son employeur, Maharbal. C'est Elyssa qui eut l'idée d'utiliser Matho pour y parvenir ; le pauvre homme vivait dans la hantise de voir son secret exposé, et aurait tout fait pour nous être agréable.

Maharbal était connu pour la grande diversité de ses activités commerciales, et en particulier pour ses échanges avec les Sères. Elyssa demanda donc à Matho s'il pouvait lui obtenir quelques lés de soie, cette merveilleuse étoffe dont le secret était si bien gardé. Quand Matho, étonné, fit remarquer à Elyssa qu'elle portait déjà une robe en soie chez Artémidoros, elle se contenta de lui dire que la fameuse robe avait été irrémédiablement tachée – et qu'elle n'en avait pas d'autre. Matho n'en demanda pas davantage, et promit de s'en enquérir. Très vite, il nous avertit de la visite imminente de Syphax en personne ; nous jouissions encore de l'attrait de la nouveauté, et tout le monde, d'une manière ou d'une autre, avait envie de faire la connaissance de la belle, jeune et riche veuve qu'était Elyssa.

Syphax se présenta chez nous un matin, assez tôt, escorté par cinq esclaves plus chargés que des mules. Ce fut moi qui allai le recevoir. Pour un marchand – que j'imaginais, comme tant d'autres, petit et bedonnant –, il avait une carrure étonnamment athlétique. En vérité, Syphax me dépassait d'une bonne tête ; ses bras nus présentaient des muscles parfaitement dessinés, et ses larges épaules lui conféraient à la fois noblesse et puissance. Il devait avoir environ vingt-cinq ans, mais ses traits, d'une grande beauté du reste, affichaient la sagesse de l'homme mûr. Ses yeux étaient tout autant de feu que de glace : vivants, ardents, mais aussi d'une froideur qui intimait d'emblée le respect. Il me salua poliment :

« *Hâvé*, esclave. Je suis Syphax. Matho m'a fait savoir que ta maîtresse souhaitait me recevoir. Est-elle disposée à me recevoir ? J'ai peur de ne pas avoir beaucoup de temps.

– Je t'en prie, prends tes aises. Je vais la faire chercher immédiatement. »

Je fis signe à l'une de nos esclaves d'aller prévenir Elyssa, qui ne tarda pas à nous rejoindre.

Quand Syphax et Elyssa furent l'un en face de l'autre, il se produisit quelque chose que, dans ma grande naïveté, je n'avais pas cru envisageable. Ils s'observèrent durant un temps interminable, muets. Elyssa rougit, le regard fixe ; quant à Syphax, il paraissait avoir reçu un coup sur la tête. L'embarras s'installa. Tout en maudissant intérieurement les hommes, les femmes et les dieux, je tâchai de mettre fin à la gêne.

« Ma maîtresse s'impatientait d'avoir ta visite ! fis-je. Elle est curieuse de découvrir tous ces trésors que tu apportes. Je crois que le temps t'est compté ? Peut-être pourrions-nous...

– Oh... oui, bien sûr, balbutia-t-il en s'arrachant à contrecœur à la contemplation d'Elyssa.

– Tout cela m'a l'air superbe, fit celle-ci, rêveuse, alors que les esclaves ouvraient de grandes caisses remplies de soieries et d'objets précieux. Le pays des Sères semble être celui de toutes les beautés.

– Il y en a de plus grandes encore ailleurs, de toute évidence », répliqua Syphax soudain enhardi.

Elle lui sourit, mains jointes, mais cette fois il tâcha de contrôler son émotion, et n'eut qu'un hochement de tête aimable.

« Désirais-tu voir quelque chose en particulier ? demanda-t-il.

– Eh bien, je ne sais ce qui est à la mode à Carthage. Je viens de loin, comme tu le sais. La mode romaine est tellement différente. »

Je tressaillis. Elyssa ne semblait même pas s'être rendu compte de son erreur.

« *Romaine* ? » répéta Syphax, interdit.

Elyssa resta un instant immobile ; puis elle enroula ses épaules dans un lé de soie, et se retourna vers Syphax en éclatant d'un petit rire.

« Oui, romaine ! Les Phéniciennes sont folles du style romain. L'ignorais-tu ? »

Syphax leva un sourcil.

« J'avoue que oui. Mais voilà qui est bon à savoir.

– Comment me va cette couleur ? » s'empressa de demander Elyssa en tournant sur elle-même.

La manœuvre était peut-être grossière, mais elle parut avoir son effet. Notre visiteur, torse bombé, eut un cri du cœur :

« À ravir ! Cette étoffe souligne ton teint naturel à la perfection.

– Vraiment ? Je te l'achète, alors ! Ganymède, va chercher l...

– Non, l'interrompit Syphax.

– Non ?

– Je te l'offre.

– Oh, je ne peux accepter !

– Je t'en prie. Considère cela comme un cadeau de bienvenue. Carthage peut être fière de t'accueillir.

– Mais... l'homme pour qui tu travailles... Maharbal, c'est cela ?... L'entendra-t-il de cette oreille ? »

Syphax, piqué au vif, rétorqua :

« Je suis son associé, pas son esclave. Je fais ce que bon me semble. »

Elyssa eut une moue malicieuse.

« Oh, je te prie de m'excuser, j'ignorais que je recevais quelqu'un d'aussi important ! J'ai été mal informée. En tous les cas, je te remercie.

– Ce n'est que peu de chose. »

Syphax marqua une pause ; il n'y avait nul besoin d'être oracle pour deviner ce qu'il s'apprêtait à demander.

« Elyssa, me ferais-tu l'honneur d'être mon invitée, ce soir ?

– Ce soir ? Eh bien...

– Allons ! Je suis certain que tu n'as pas mieux à faire.

– Tu es bien sûr de toi !

– Je ne suis plus sûr de rien, au contraire. »

Elyssa baissa les yeux, puis s'écria gaiement :

« C'est entendu ! »

Syphax cachait mal sa joie.

« Je t'enverrai chercher. En attendant, je peux te proposer un tailleur de ma connaissance, qui se fera une joie de transformer ton étoffe en une robe digne de la déesse Tanit.

– Avec joie.

– Bien, je m'en occuperai donc. Pour l'heure, bien que cela me pèse, je vais devoir me retirer. J'ai fort à faire. Mais nous nous verrons donc ce soir, pour mon plus grand bonheur.

– C'est cela, aimable Syphax.

– Comme la journée sera longue ! »

Il s'en alla après avoir remballé sa marchandise ; au moment de disparaître complètement dans le couloir qui menait à la cour, il jeta un rapide coup d'œil par-dessus son épaule. Elyssa continua à regarder dans cette direction un long moment. Je toussotai, ce qui la fit sursauter.

« Oh... Un souci, Ganymède ?

– Je l'ignore. C'est à toi de me le dire, je crois.

– Qu'insinues-tu ?

– Depuis que nous sommes arrivés à Carthage, tu es la prudence incarnée. Et voilà que tu manques nous faire prendre avec une erreur indigne de toi. Quant à cette invitation, je ne sais vraiment qu'en penser... »

Elle se planta devant moi, menton relevé en signe de défi.

« Notre mission est bien de nous approcher de Maharbal, non ?

– Si tant est que Maharbal est bien celui que nous cherchons, ce dont nous ne sommes pas encore sûrs, en effet.

– En ce cas, puis-je savoir en quoi l'invitation de Syphax te pose problème ? »

Je ne répondis rien. Elyssa leva les yeux et agita les mains, puis déclara, de mauvaise grâce :

« Allons, j'admets que j'ai été troublée. Il est si beau ! Et il a des manières charmantes. Mais cela n'a rien à voir avec mon erreur de tout à l'heure.

– Crois-tu ? »

Elle soupira.

« Je n'en sais rien. Mais je serai vigilante, je te promets. Nous verrons bien ce soir. »

Elle fit signe à une esclave, et je compris qu'elle n'avait plus envie de poursuivre cette conversation. J'accueillais cet incident avec la plus grande circonspection. Une partie de moi se réjouissait qu'Elyssa puisse à nouveau connaître les émois d'une jeune fille de son âge ; mais, malgré toute sa détermination et la dureté dont elle pouvait faire preuve à l'occasion, je craignais aussi que tout cela ne l'expose à un tiraillement impossible. Il n'y avait plus, hélas, qu'à attendre.

*

Syphax, comme promis, nous fit envoyer une *lectica*[1]. Elyssa ne montrait aucun signe extérieur d'agitation : sans doute craignait-elle une nouvelle remontrance de ma part. Toutefois, je la connaissais suffisamment pour interpréter le moindre

1. Sorte de litière couverte, portée à la manière d'un brancard par plusieurs esclaves. C'est ainsi que se déplaçaient parfois les dignitaires à Rome.

changement d'attitude en elle ; sa manière de respirer, de fixer son regard... Je la savais encore troublée.

Syphax habitait au nord de la ville, dans les faubourgs de Mégara où nous avions pu admirer les plus beaux jardins ; les habitations y paraissaient plus récentes, et réparties de manière moins ordonnée que dans le sud. Sans doute était-il plus dangereux de s'y promener seul la nuit.

La demeure de notre hôte, d'influence grecque et orientale, avait une taille semblable à la nôtre. Les porteurs nous aidèrent à descendre, puis nous firent entrer. Une fois dans la cour – un trait commun, semble-t-il, à toutes les grandes maisons de Carthage –, j'aperçus immédiatement un groupe de quatre hommes, postés de part et d'autre d'un couloir. Ils portaient épée et bouclier, ce qui m'étonna quelque peu. Toutefois, ils ne bronchèrent pas à notre arrivée, dont ils avaient probablement été informés. Nous les dépassâmes sans provoquer la moindre réaction de leur part, et nous enfonçâmes dans le couloir, terminé par une lourde porte. Des esclaves nous demandèrent alors d'attendre sur un banc garni de coussins.

Derrière la porte, une dispute battait son plein. Je reconnus la voix de Syphax à grand-peine, tant elle se trouvait colorée de colère. Son interlocuteur n'était pas en reste, et hurlait d'une voix plus aiguë – et de fait plus audible.

« ... complètement fou ! tonnait l'inconnu.

– Et toi, tu es un traître ! répondit celui que j'identifiais comme Syphax.

– Je ne vous laisserai pas faire !

– Ah oui ? Et tu crois nous en empêcher comment ?

– C'est encore moi qui dirige cette cité ! Pour qui te prends-tu ?

– Tu ne diriges rien du tout, Bomilcar ! Même pas ta famille ! Tu n'es rien, et si tu t'opposes à nous, nous te détruirons. Tu sais très bien que tu ne peux rien. »

Bomilcar, le suffète[1] de Carthage ? Que faisait-il donc ici ?

Il y eut un silence, puis Syphax reprit, d'une voix toujours menaçante :

« Le moment venu, tu paieras le prix de ta lâcheté.

– Quel moment ? Je serai mort. Et toi aussi. »

Il y eut un bruit de pas dans notre direction : la porte ne tarderait pas à s'ouvrir. Je traînai alors Elyssa jusqu'à la cour sans lui fournir d'explications. Après un moment, un homme aux cheveux gris, richement vêtu, le visage crispé, apparut entre les hommes armés. L'homme nous scruta d'un œil méfiant, puis passa son chemin.

Je conseillai à Elyssa de patienter encore un peu avant qu'on aille se présenter à Syphax. Quand j'eus jugé le délai suffisant, nous retournâmes dans le couloir. La porte était restée ouverte, et je vis Syphax tourner en rond à l'intérieur d'une très belle salle de réception, décorée avec un goût sûr. Il était en proie à une telle rage qu'il ne nous avait même pas remarqués. Il s'approcha d'une coupe de fruits qu'il lança au sol ; elle se brisa dans un fracas épouvantable. Syphax se laissa alors tomber sur une chaise, et enfouit son visage au creux de ses mains. Enfin, il se releva, ajusta les plis de ses vêtements, et remarqua notre présence. Tout en franchissant les quelques pas qui le séparaient de nous, il tâcha de retrouver un semblant de sourire. Quand il fut face à Elyssa, il s'inclina avec respect et déclara :

« Chère Elyssa, viens-tu d'arriver ?

– À l'instant même, comme tu le vois.

– Je te prie de m'excuser pour ce désordre, j'ai reçu une visite à laquelle je ne m'attendais pas. »

D'un beau sourire vermeil, elle lui répondit :

1. Le suffète carthaginois remplissait un rôle comparable à celui du consul romain : il s'agissait de l'une des plus hautes fonctions dans la cité.

« Ce n'est rien, mais tu as l'air troublé. J'espère qu'il ne s'agit de rien de grave. »

Syphax tremblait encore de son échange avec Bomilcar ; il tâcha de déceler dans l'expression d'Elyssa le moindre signe qui aurait pu la trahir comme témoin de la dispute. Mais son masque de candeur se révéla impénétrable. Syphax sembla alors se détendre, et répliqua :

« Ce n'est rien, une simple divergence d'opinion. Ah, le commerce, ce n'est pas tous les jours simple. Mais je t'en prie, prends tes aises ! Je vois que ton fidèle esclave t'accompagne... Comment s'appelle-t-il, déjà ?

– Ganymède, fis-je.

– Si j'avais voulu que tu me répondes, je me serais adressé à toi directement », rétorqua-t-il sèchement.

Elyssa vola à mon secours :

« Ganymède a l'habitude de me seconder en tout. S'il t'a répondu, c'est parce que je lui demande souvent de parler à ma place. Je ne suis qu'une jeune fille sans grande expérience, après tout. »

Syphax s'en trouva adouci.

« Fort bien. Prends place ici, je t'en prie. Si tu as besoin de quoi que ce soit, ou que l'air du soir est trop frais, fais-le-moi savoir. »

Elyssa s'allongea sur une banquette, et je pris place derrière elle, à distance. Syphax alla la rejoindre, puis fit signe à ses esclaves de débarrasser le sol des débris de poterie et de fruits écrasés. Je scrutai la pièce, où s'étalaient sans ostentation excessive des objets et décorations exotiques. On distinguait des pots et des personnages en terre cuite d'une finesse telle qu'on les aurait pensés faits de coquilles d'œufs, et parfois recouverts d'inscriptions dans un alphabet inconnu ; des draperies somptueuses ; et, bien entendu, un certain nombre d'armes – sabres, lances, casques – accrochées au mur comme des trophées. Le sol consistait en une immense mosaïque aux tons chauds dont les pierres formaient, au centre, la silhouette d'une grue. Sur les murs en brique, une poudre de marbre avait été appliquée avec un soin inouï. Syphax ne pouvait être un marchand ordinaire.

« J'espère que le repas sera à ton goût, belle Elyssa, lança-t-il. C'est une reine, que je reçois ce soir !

– Tu exagères, Syphax, s'offusqua Elyssa, par jeu. Tes flatteries ne te mèneront à rien.

– Des flatteries ? Je crois être, au contraire, très loin de la vérité ! »

Ah, le redoutable Syphax ! La mine qu'il afficha alors était parfaite : un soupçon d'innocence adolescente, ce qu'il fallait d'assurance et de déception feinte... On aurait presque pu s'y laisser prendre, et imaginer qu'il doutait encore un peu de lui. Les yeux d'Elyssa la trahirent, en offrant à Syphax un assentiment provisoire.

La conversation se poursuivit sur un ton badin, avec un Syphax très en verve. Il faisait de son mieux pour mettre Elyssa à l'aise, et il y parvenait : toutes les défenses de ma protégée semblaient tomber une à une.

Je pourrais difficilement exprimer ce qui se passa en moi quand j'entendis Elyssa éclater de rire. Il y avait le bonheur de la voir heureuse ; la jalousie de ne pas avoir été capable, moi, de chasser sa tristesse ; et la peur d'une connivence trop forte avec celui qui était, pour autant que nous le sachions, notre ennemi. Je ne pouvais rien faire d'autre, cependant, que d'observer la suite en silence.

Depuis le début de notre séjour, j'avais pu constater que les Carthaginois raffolaient d'une bouillie faite de froment et de fromage frais, qu'ils relevaient de diverses sauces. Rien d'aussi vulgaire chez Syphax : je sentais des arômes délicieux qui m'étaient jusqu'alors inconnus, et les plats qui défilaient sous nos yeux évoquaient à eux seuls de lointains horizons.

Après avoir bu une coupe de vin, Elyssa demanda :

« Dis-moi, Syphax... Es-tu né riche ? D'où te vient cette fortune ? Je t'ai dit beaucoup de choses sur moi, mais tu demeures bien secret... »

Était-ce là une tentative de séduction, ou Elyssa revenait-elle – enfin – à notre mission ? Je l'ignorais, mais attendis la suite avec impatience. Syphax, la poitrine gonflée d'orgueil, commença alors :

« Ton intérêt me flatte, Elyssa. Par où commencer ?

– Par ce que tu veux. Ton enfance ? Ton nom n'est ni carthaginois ni phénicien, n'est-ce pas ?

– C'est vrai. Mon père était numide, mais il n'avait aucun goût pour les intrigues de notre royaume. Aussi s'est-il bien vite installé à Carthage, où il a rencontré ma mère. Très tôt, j'ai montré un don certain pour le commerce. Je troquais et vendais avant de savoir lire ou écrire. À l'âge où les enfants jouent encore à envoyer des cailloux dans l'eau, j'avais déjà amassé une jolie somme, et je faisais l'admiration de mes parents. »

Je serrai les dents, en espérant que son récit aboutisse à autre chose qu'à une série de vantardises.

« Il y a quelques années, poursuivit Syphax, j'ai décidé de me lancer dans le commerce de la soie. Les Sères en étaient, et en sont toujours, les maîtres, mais jusqu'alors il n'existait aucun échange direct avec eux. Nul Carthaginois n'avait jamais vu un Sère, et sans doute les Sères ignoraient-ils eux-mêmes avec qui ils faisaient affaire au final. Le plus souvent, la soie nous parvenait, en même temps que des épices rares et d'autres marchandises, par le biais de marchands arabes. Et de caravane en caravane, chaque intermédiaire alourdissait encore un petit peu plus le prix final. »

Il marqua une pause, comme pour vérifier qu'il avait toute l'attention d'Elyssa, et continua :

« On raconte qu'Alexandre le Grand avait poussé ses troupes jusqu'aux portes du pays des Sères ; s'il l'avait fait il y a de cela plusieurs générations, pensais-je, je pouvais le faire d'autant mieux aujourd'hui. Je me suis donc lancé dans des préparatifs longs et extrêmement coûteux, dans lesquels la plus grande partie de ma fortune personnelle a été engloutie. Soit je revenais avec une grande quantité de soie, soit j'étais ruiné et je n'avais plus qu'à me jeter à la mer.

– À te voir en aussi bonne forme devant moi, Syphax, je devine une issue heureuse à tout cela. »

Il sourit.

« Fort heureusement, Elyssa. Il était écrit que je devais faire ta connaissance !

– Je t'ai interrompu. Continue !

– J'ai affrété l'un des plus beaux navires de toute la flotte marchande carthaginoise, rempli des hommes les plus courageux que j'ai pu recruter. Nous avons commencé par faire voile vers Tyr, d'où tu viens. Mais de là, il n'était plus possible de naviguer, et nous avons dû, comme Alexandre, traverser à cheval, et bien souvent à pied, de nombreuses régions dont nous ignorions presque tout.

– Tu as dû y affronter mille dangers !

– Bien plus encore, Elyssa. Pense que nous avons traversé l'Empire parthe ! Mais je t'épargnerai les détails, de peur de t'ennuyer. Nous avons fini par nous rapprocher de l'Indus, et atteindre des lieux aux noms étranges : Mehrgarh, Harappa, Rakhigari... Mes hommes mouraient de fatigue et de maladie les uns après les autres, et je sentais mon tour approcher. Nous tînmes bon, même si nous n'étions plus qu'une dizaine. Au-delà de l'Indus, une ultime épreuve nous attendait : une chaîne de montagnes gigantesques, plus hautes que tout ce qu'il t'est possible d'imaginer, que les peuples alentour appellent "Himalaya". Plutôt que de l'affronter, nous avons décidé de la longer, jusqu'au moment où il nous serait enfin possible de pénétrer plus avant dans le territoire des Sères.

– Oh ! s'exclama Elyssa avec enthousiasme. Tu y es donc parvenu !

– Eh oui, la fortune a fini par nous sourire. Nous avions, enfin, rejoint les premiers maillons de la route de la soie, constitués de négociants sères.

– À quoi ressemblent-ils donc ?

– Ils diffèrent de nous physiquement ; ils ont la peau cuivrée, les yeux étirés, les cheveux très noirs et souples. C'est aussi un peuple incroyablement ingénieux, et je ne pense pas m'avancer en disant que nous ne sommes que des enfants à côté d'eux, tant en matière de sciences que d'art. Hélas, ils parlent un langage impossible à comprendre ou même à imiter ! Le dialogue n'était donc a priori pas simple. Aussi, quelle ne fut pas ma stupeur de rencontrer un Sère qui savait un peu de grec ! J'ignore totalement comment il avait pu apprendre cette langue, mais il en connaissait suffisamment pour faire des phrases simples. Il était très impressionné par le chemin que nous avions parcouru. Cette admiration s'est muée en respect, puis en une confiance réciproque : j'avais gagné. Et bien plus encore que je ne le pensais.

– Qu'est-ce à dire ? »

Syphax eut l'air embarrassé, puis se contenta de répondre :

« Je veux simplement dire qu'à partir de ce moment j'ai pu traiter directement avec les Sères. Ce que personne en Méditerranée n'avait fait avant moi. Eh bien... voilà. Désormais, tu en sais un peu plus sur moi ! »

Je ne pus m'empêcher, bien malgré moi, d'éprouver pour cet homme un sentiment proche de l'admiration ; comment ne pas saluer une telle obstination ? Je ne voyais plus en lui le misérable séducteur et manipulateur que j'imaginais, mais un homme à la force de caractère remarquable. Si tout ce qu'il venait de dire était vrai, bien entendu. Elyssa le questionna sur son voyage de retour, ses affaires récentes. Syphax jubilait, et répondait avec habileté. Et puis, contre toute attente, il demanda :

« Dis-moi, Elyssa… Penses-tu rester longtemps à Carthage ?

– Quelle question ! C'est bien mon intention, oui. »

Il observa le silence, et Elyssa insista :

« Pourquoi veux-tu le savoir ?

– Oh, c'est que… Carthage n'est pas une ville très sûre, c'est tout.

– Je ne te comprends pas. À Tyr, il est…

– Je ne te parle pas de ce qui peut t'arriver si tu reviens chez toi sans escorte, de nuit, en passant par des rues mal fréquentées.

– De quoi me parles-tu, alors ?

– C'est que je ne voudrais pas t'inquiéter…

– Trop tard. Parle. »

Cette entrée en matière n'avait rien de spontané ; Syphax donnait sans doute le change, mais il me paraissait clair que tout ce discours avait été minutieusement préparé. J'avais toutefois un atout : Syphax ne m'accordait pas plus d'importance qu'à un meuble, et ignorait que je pesais chacun de ses mots. Il prit un air plus grave, et déclara :

« Elyssa, tu sais probablement que les Romains ont juré notre perte.

– De quoi parles-tu ? Nous sommes en paix, désormais !

– En paix ? Tu plaisantes ! À la première occasion, les légions romaines débarqueront ici et nous tueront jusqu'au dernier. J'ai des sources fiables à Rome. Le vieux Caton veut notre mort, crois-moi. »

Elyssa feignit l'étonnement, de manière plutôt convaincante.

« Je... Je ne vois pas ce qu'ils auraient à y gagner.

– Notre prospérité leur fait de l'ombre, ne cherche pas plus loin. Elyssa...

– Oui ?

– Tu t'enfuirais d'ici avec moi ? »

Elle posa une main sur son cœur. J'avais beau avoir confiance en ma protégée, je craignais que Syphax n'ait déjà réussi à lui faire perdre la tête. Je fus cependant vite rassuré.

« M'enfuir ? Mais tu n'y songes pas ? Et avec toi ! Mais, Syphax, nous nous connaissons à peine ! »

Enhardi, il prit les mains d'Elyssa entre les siennes et les embrassa. Elle les retira vivement, et tâcha de reculer. Mais cette fois, Syphax l'attrapa par les épaules, sans y mettre de force, et l'attira contre lui. Je la vis lutter, puis céder et s'abandonner à l'étreinte. Toutefois, ce fut elle qui mit fin à ce baiser ; haletante, les joues en feu, elle repoussa doucement Syphax et replia les jambes contre sa poitrine. Les poings serrés, je patientai.

« Excuse mon audace, avança platement Syphax. Depuis que je t'ai vue, ce matin, tu occupes toutes mes pensées. Je ne voulais pas te manquer de respect. »

Elle trembla.

« Vraiment ? Nous n'avons pas la même définition du respect, semble-t-il. »

Syphax poursuivit :

« Elyssa... maintenant que tu connais mes sentiments, écoute-moi bien. Il y a peut-être un moyen d'échapper à la mort ou à l'exil. »

Elyssa, le souffle toujours court, murmura :

« De quoi me parles-tu... de Rome ou d'amour ? Syphax, je ne te suis plus. »

Il tenta de se rapprocher d'elle, mais en la voyant trembler comme un animal apeuré il préféra garder ses distances.

« Écoute-moi bien, Elyssa. Il y a des gens, ici, qui comme moi refusent la fatalité que les Romains veulent nous imposer. Nous pouvons leur tenir tête, nous l'avons déjà fait dans le passé. Hannibal était à deux doigts de renverser Rome.

– Suis-je donc venue chez toi pour entendre un cours d'histoire ? »

Il fit comme s'il n'avait rien entendu.

« Nous pouvons nous défendre. Je ne peux t'en parler en détail ce soir, mais sache que mes amis et moi nous œuvrons pour la survie de Carthage. Mais tout cela coûte très cher, bien sûr. »

Syphax venait de nous offrir, de manière à peu près certaine, la confirmation de nos soupçons. Mais compte tenu des circonstances, j'éprouvais quelques difficultés à m'en réjouir pleinement. Blessée, Elyssa se raidit et jeta un regard meurtrier à notre hôte.

« Je comprends mieux. Tu m'as attirée ici, tu m'as complimentée, gâtée, embrassée… pour me soutirer un peu de ma fortune ? Est-ce bien cela ? »

Syphax leva les mains en signe d'impuissance, et rétorqua :

« Oublions tout cela, je t'en prie. Je suis décidément bien maladroit.

– Oh, mais tu ne l'étais pas, jusqu'à présent, bien au contraire ! Mais maintenant, je comprends un peu mieux tes intentions. Quelle idiote je fais… »

Il alla s'agenouiller près d'elle, tête baissée.

« Elyssa, je te supplie de me croire… Si tu es là ce soir, c'est parce que je n'envisage plus un jour, ou même un moment, sans te voir.

– Tu ne me connais que depuis ce matin, que racontes-tu ?

– Et alors ? Crois-tu que ces choses attendent ? L'amour n'est pas un poison qui vous ronge, c'est une lame qui vous transperce. Un seul coup.

– À d'autres...

– Que faire pour te convaincre ? Je reconnais que je suis allé trop vite, mais sache une chose : maintenant que tu es là, j'ai plus à cœur que jamais de défendre ma cité. Je ne laisserai personne t'atteindre, pas même ces Romains qui nous humilient jour après jour.

– Voilà que tu te remets à tout mélanger.

– Pas du tout ! Mais ne parlons plus de ça. Je suis vraiment désolé de m'être si mal exprimé. Je vais demander à ce qu'on te reconduise chez toi. Et si tu le désires, tu n'entendras plus jamais parler de moi. »

Elyssa, adoucie, tendit une main vers Syphax, toujours agenouillé, et l'invita à s'asseoir à côté d'elle.

« Je vais rentrer, en effet, Syphax. Mais je ne t'en veux pas. Seulement... ne me brusque pas, veux-tu ? Et reparlons très vite de... de tout. »

Il hocha la tête, et claqua des doigts pour que ses esclaves viennent s'occuper d'Elyssa. Et alors que nous allions quitter la pièce, Elyssa lança à Syphax :

« Jusqu'à un certain point, j'ai passé une soirée très agréable. Ne pense pas le contraire. »

Nous nous retrouvâmes à nouveau seuls dans la *lectica*, et un silence gêné s'installa. Quand les porteurs nous soulevèrent, Elyssa me dit simplement :

« Bien. Je suppose que nous avons eu ce que nous voulions, n'est-ce pas ? »

Puis elle cacha son visage entre ses mains.

XII

Quand Hadès gronde

Quelques jours avaient passé depuis la soirée auprès de Syphax. Les sujets d'interrogation ne manquaient pas, ceux d'inquiétude non plus. Preuve avait été plus ou moins établie que Syphax était lié à l'affaire qui nous retenait à Carthage ; et s'il parvenait à gagner Elyssa à sa cause, pour de bonnes ou de mauvaises raisons, c'en était fait de notre mission – et peut-être, qui sait, de Rome. Je ne pouvais certainement pas reprocher à une enfant de seize ans de s'amouracher d'un homme comme Syphax ; sans doute, aussi, avais-je négligé le vide affectif qui était le sien depuis la mort de Marcellus. Malgré cela, il m'était impossible de laisser un piège aussi banal que celui de l'amour se refermer ainsi sur elle. Je me doutais qu'en évoquant ouvertement le sujet avec Elyssa je me heurterais à un mur. Il allait me falloir redoubler d'habileté avec ma chère protégée.

Par ailleurs, je ne cessais de penser à la dispute qui avait opposé Bomilcar à Syphax. Il ne faisait aucun doute que le nœud de leur violent désaccord était la raison même de notre présence ici. Il était urgent d'en apprendre davantage.

L'important, à brève échéance, était d'asseoir notre présence dans la société carthaginoise. Je laissai Elyssa s'adonner aux mondanités de mise. Elle y excellait, et petit à petit, grâce à elle, notre légitimité et notre crédibilité se renforçaient dans toute la cité. Du reste, Elyssa commençait à accumuler quelques informations à propos de Maharbal. Quand elle me communiqua l'emplacement de ses entrepôts, près du port, je m'y rendis sans délai. Était-ce entre ces murs que reposait l'arme capable de détruire Rome ?

La bâtisse était de construction récente, imposante, massive, et flanquée de deux tours lisses et carrées. Une porte à double battant métallique en protégeait l'accès, et deux gardes se trouvaient postés de part et d'autre, jour et nuit. Deux semaines durant, j'assistai en toute discrétion au cortège des approvisionnements en provenance du port, sans que rien n'éveille outre mesure mon attention. Toutefois, il me semblait que certaines cargaisons bénéficiaient d'un soin tout particulier, avec plus de personnel pour les surveiller. Elles consistaient en de simples amphores, recouvertes de cet alphabet compliqué dont j'avais pu avoir un aperçu chez Syphax. Et à la lumière de son récit, il était probable qu'elles venaient du pays des Sères. Bien sûr, je ne pouvais risquer d'attirer l'attention ; il aurait été imprudent de sous-estimer la méfiance de Syphax, et sans doute les environs des entrepôts fourmillaient-ils d'espions. Je m'affublai donc, chaque jour, d'un déguisement nouveau. Je fus tour à tour mendiant, marin, camelot, vieillard, bossu, et fis en sorte de ne jamais trop m'attarder. Je savais néanmoins que si quelque chose d'inhabituel se tramait, ce n'était pas en journée que j'en aurais le cœur net. À l'issue de ces fastidieux repérages, je décidai donc de revenir de nuit.

Les entrepôts étaient une chose, mais un autre mystère plus intrigant encore commençait à s'étendre. Un soir, il me sembla important d'en discuter avec Elyssa. Elle s'était absentée tôt le matin, et je fus étonné de ne pas la trouver quand je retournai à la villa. Une esclave m'apprit qu'elle s'en était allée prier au temple d'Ashtart. Une habitude qu'elle avait prise depuis notre arrivée, mais jamais à ce moment de la journée. Quand elle revint, les joues roses et le sourire voilé, je ne pus m'empêcher de soupçonner que la prière n'avait pas été sa seule motivation pour sortir.

« Eh bien, Ganymède ? me demanda-t-elle alors qu'une esclave la débarrassait de son écharpe. Tu m'as l'air bien soucieux.

– Je le suis, oui, Elyssa. Tout s'est bien passé au temple ? »

Elle eut un imperceptible mouvement de sourcils et me répondit :

« Oui, bien évidemment. Pourquoi ?

– Je posais la question à tout hasard. Mais dis-moi, j'avoue mon inculture en la matière... De quoi Ashtart est-elle la déesse ? »

Elyssa trouva un prétexte pour me tourner le dos, et déclara :

« Chez nous, Ashtart est la déesse de la guerre.

– Ah oui, bien sûr. Mais il y a autre chose, n'est-ce pas ?

– C'est aussi la déesse de la fécondité. »

Un silence s'installa, après quoi je demandai à Elyssa de me suivre dans la cour. Elle m'obéit, résignée. Quand nous fûmes seuls, elle posa un doigt sur ma poitrine et s'exclama :

« Me diras-tu le pourquoi de ces questions sur Ashtart ? Des questions dont tu avais déjà les réponses. »

Elyssa méritait plus de franchise de ma part, mais je savais qu'elle aussi me cachait une partie de sa vérité. Et si elle voyait Syphax en secret, comme je le pensais, j'aurais aimé qu'elle me l'avoue d'elle-même. Je poursuivis donc sur le même ton :

« À Rome, tu ne fréquentais guère les temples. Je m'étonne de ce revirement.

– Mes dieux sont ici, à Carthage. Je n'ai pas connaissance d'un temple d'Ashtart à Rome. »

Je balayai la réponse d'un geste de la main.

« Peu importe, ce n'était pas de ça dont je voulais te parler dans l'immédiat. Elyssa, est-ce que des gens, autour de toi, t'ont parlé de Maharbal ? »

Elle me regarda comme si j'étais subitement devenu fou.

« Je ne suis pas sûre de comprendre ta question. Évidemment !

– En effet. Je me suis mal exprimé. As-tu rencontré une personne qui t'ait dit le connaître personnellement ?

– Je… Je ne te suis pas. »

Je plissai les yeux, les deux mains jointes devant mes lèvres.

« Elyssa, te rappelles-tu ce que Matho nous a dit de Maharbal la première fois que nous l'avons vu ?

– Laisse-moi réfléchir… Pas grand-chose, il me semble. Il a dit qu'il ne l'avait jamais vu… puis nous a parlé de Syphax. »

Sa voix se fêla sur ce dernier mot, mais j'enchaînai :

« Précisément. Et tous ceux à qui j'ai pu parler de Maharbal, au cours des derniers jours, m'ont fait la même réponse. Tout le monde le connaît de nom… mais *personne* ne semble l'avoir jamais vu. »

Elyssa jeta un coup d'œil autour de nous, puis, sans conviction, m'objecta :

« C'est certainement un homme occupé. Ou discret.

– Sans doute, mais pas au point de devenir invisible. C'est comme s'il n'existait pas réellement. Il y a quelque chose d'étrange là-dessous.

– S'il n'y avait que ça », soupira Elyssa.

Je m'éclaircis la gorge. Le moment était venu de poser cette question que j'aurais tant aimé éviter.

« Elyssa… combien de fois as-tu revu Syphax, ces derniers jours ? »

Elle sursauta.

« Qu… Quoi ?

– Penses-tu pouvoir me cacher quoi que ce soit, après toutes ces années ?

– Non, évidemment, fit-elle en baissant le regard.

– Elyssa, je ne tiens absolument pas à te mettre mal à l'aise. Je veux simplement savoir. Il n'y a nulle forme de reproche dans ma question. »

Elle leva les bras au ciel, puis me lança sèchement :

« Je l'ai revu deux fois. Derrière le temple, il y a un endroit ombragé où l'on peut bavarder tranquillement. Et si tu veux savoir, Ganymède, il ne m'a pas reparlé une seule fois de son projet de défendre Carthage contre Rome. Il n'a fait que me courtiser. Avec respect. Et c'est très agréable, Ganymède. Il est gentil, charmant, très drôle. Maintenant sans doute veux-tu que je te rassure, une fois encore, sur ma capacité à mener à bien notre enquête ?

– Ce n'est pas ce que je voulais dire.

– À d'autres ! Laisse-moi te répondre. À chaque compliment, à chaque sourire, alors que j'aimerais seulement profiter du moment, une pensée me torture : et si cet homme était celui qui a fait tuer Marcellus ? Et si c'était cet être exquis, un peu trop emporté, peut-être, qui voulait réduire Rome en cendres ? Je n'oublie rien. Oui, Ganymède, j'ai vu Syphax à ton insu, et j'y ai pris du plaisir. Mais si j'apprenais qu'il était impliqué de quelque manière que ce soit dans la mort de mon mari, crois bien que je lui arracherais la gorge. Avec mes dents, s'il le fallait. »

Je fermai les yeux. J'avais été maladroit – comme un père peut l'être, sans doute –, mais, au moins, les choses étaient désormais plus claires.

« Elyssa, fis-je, ne change rien à tes habitudes. Si tu veux voir Syphax, vois-le. Je n'ai rien à y objecter. Et n'en ai pas le droit.

– Vraiment ?

– Quand il jugera ta méfiance endormie, je suis sûr qu'il te refera une proposition. Je ne sais ce qui se trame, mais cela demande certainement des moyens considérables.

– Ganymède, réponds franchement à ma question : s'il n'y avait pas cette mission... accepterais-tu que je fréquente Syphax ? »

Je réfléchis, et après m'être refusé à mentir je répondis :

« Non. Je ne pense pas. Du moins, je ne l'approuverais pas, mais tu n'as pas besoin de mon approbation pour agir. »

Ses yeux brillaient.

« Merci de ta franchise, déclara-t-elle simplement. Puis-je disposer, maintenant ? »

Je la laissai s'échapper, et elle retourna d'un pas pressé à l'intérieur.

*

Je vins rôder autour de l'entrepôt de Maharbal trois nuits d'affilée, mais n'en tirai que toujours un peu plus de fatigue. Frustré mais pas encore totalement découragé, je tentai l'expérience une quatrième fois. Comme les nuits précédentes, je m'étais vêtu de hardes puis m'étais affalé, tel un mendiant ivre, dans l'ombre d'une ruelle, située de l'autre côté d'une artère assez étroite ; depuis celle-ci, il m'était très aisé de surveiller l'entrée.

Pendant une heure, il ne se passa rien ; les quelques rares passants ne faisaient pas attention à moi, et seuls quelques chiens vinrent me renifler. Mais alors que ma vigilance baissait, et que les ténèbres recouvraient presque entièrement Carthage, un bruit terrible me parvint de l'entrepôt. Jamais je n'avais entendu une chose pareille : c'était un grondement, un coup de tonnerre, que même les murs épais n'avaient pu contenir. Le sol lui-même avait tremblé. Je vis de la fumée s'échapper des soupiraux puis de la porte, qui s'ouvrit en libérant trois hommes. Ils se ruèrent hors des murs en poussant des cris si désespérés que j'en eus un frisson. L'obscurité ne m'aidait pas à bien comprendre la scène ; je finis par voir que l'un des hommes avait eu son avant-bras arraché, et il hurlait en serrant son moignon contre sa poitrine. Les deux autres s'écroulèrent, agités de soubresauts. Les gémissements s'estompèrent, et les deux corps s'immobilisèrent complètement.

Les gardes s'étaient approchés, hésitants quant à la conduite à tenir. Ils furent rejoints par trois autres individus, sortis de l'entrepôt torches à la main.

L'homme au moignon s'était recroquevillé en tremblant. C'est alors qu'une silhouette familière se découpa dans la lumière : c'était Syphax, suivi de deux esclaves que j'avais aperçus chez lui. En découvrant les trois malheureux, il porta une main à sa bouche, puis resta un instant interdit, sans rien faire d'autre que les observer. Un garde vint lui murmurer quelque chose que je ne pus entendre, et Syphax eut un geste d'agacement. Il repoussa le garde, puis s'agenouilla entre les deux hommes. Il leur prit la main et baissa la tête ; j'aurais juré le voir prier.

Les gardes jetaient des regards inquiets autour d'eux et, constatant leur impatience, Syphax se releva. Il eut un imperceptible mouvement de tête en direction de l'un de ses esclaves ; ce dernier s'approcha, dégaina une épée, et la plongea dans le cœur de chaque victime. Ils se révulsèrent dans un ultime spasme. Alors que l'esclave, toujours armé, faisait mine de se diriger vers l'homme au moignon, Syphax le retint tout en secouant la tête. Il ordonna à deux de ses hommes d'aider le malheureux à se relever et à marcher jusqu'à l'entrepôt. Pendant ce temps, le reste de la troupe traînait les cadavres loin de cette scène. Quand cette ronde funèbre fut terminée, Syphax entra à son tour dans l'entrepôt, et referma la porte derrière lui. Le silence reprit ses droits.

Je m'approchai du bâtiment, méfiant. Il s'en dégageait une odeur âcre et piquante que je ne parvins pas à identifier.

De l'un des soupiraux montait l'écho d'une grande agitation, mais il aurait été trop dangereux de rester là plus longtemps. Je rentrai donc, épouvanté et perplexe, craignant pour ma vie à chaque coin de rue.

Une fois de retour à la villa, je fis réveiller Elyssa, qui me rejoignit à la cuisine ; c'était, de toute la maison, l'endroit le plus sûr. Le regard plein de brumes, les mouvements maladroits, elle s'adressa à moi sans force :

« Ganymède, j'espère que tu as une bonne raison pour me tirer du lit à cette heure. Mais... Par Ashtart, tu es livide ! Que s'est-il donc passé ? »

Je lui expliquai brièvement ce à quoi je venais d'assister. Quand j'eus fini mon récit – qui la réveilla tout à fait –, elle demanda :

« As-tu la moindre idée de ce qui a pu se passer ?

– Je l'ignore encore. Mais à coup sûr, l'état de ces malheureux était une conséquence du bruit que j'ai entendu. Crois-moi, Elyssa, ce bruit était une chose épouvantable. Je ne sais pas ce qui se passe sous cet entrepôt, mais Marcellus avait sans doute raison : cela dépasse probablement les connaissances des Romains.

– Je t'ai rarement vu aussi agité, Ganymède.

– J'ai des raisons de l'être, crois-moi. »

Elyssa, le regard vague, alla s'accouder à une fenêtre. Elle ferma les yeux et laissa l'air de la nuit caresser son visage.

« Preuve est donc faite, n'est-ce pas, Ganymède ? Syphax est mêlé à la mort de mon mari ?

– Je ne sais pas s'il est directement lié à sa mort, Elyssa. Mais on a tué Marcellus parce qu'il avait appris quelque chose à propos de Syphax, ça ne fait aucun doute.

– Ne joue pas avec les mots. Il vaut sans doute mieux que je regarde les choses en face. Je n'ai plus besoin d'être ménagée. »

J'aurais aimé en être aussi sûr qu'elle. Je ne trouvai rien à dire de réconfortant, aussi laissai-je le silence faire son œuvre. Après un long moment, je jugeai qu'il était temps d'avancer.

« Elyssa, pardonne-moi, mais il va falloir agir, à présent. »

Elle s'écarta de la fenêtre et me fit face, les yeux rougis et les joues sèches.

« Bien sûr. Nous sommes là pour ça. Qu'as-tu en tête ?

– Y a-t-il un esclave, ici, dont tu sois particulièrement sûre ? »

Elle réfléchit.

« Il y aurait peut-être Timon...

– Non, pas Timon, il est déjà chauve. »

Elle me regarda avec des yeux ronds.

« Pardon ? Je ne vois pas le rapport avec ta question.

– Tu vas tout comprendre. Et que penses-tu de Pamphile ?

– Pamphile me fait l'effet d'un jeune homme dévoué et plutôt fiable, oui.

– Parfait. Demande à ta camériste d'aller le chercher sans plus attendre. Qu'il nous apporte aussi un rasoir, une grande aiguille, du vin et de l'encre.

– Ganymède, as-tu perdu la raison ?

– Au contraire. Je t'en prie, Elyssa, dépêche-toi ! »

Peu après, le jeune Pamphile parut dans la cuisine, tout hébété, tenant en main les objets que j'avais fait demander.

« Assieds-toi », lui dis-je tout en le débarrassant.

Il s'exécuta, une expression inquiète sur le visage. Elyssa ne paraissait pas davantage rassurée.

« Pamphile, dis-je, j'ai une mission à te confier. C'est une mission dangereuse, mais si tu la mènes à bien, tu seras un homme libre. Acceptes-tu ? »

Il jeta un regard implorant vers Elyssa, qui ne lui fut pas d'un grand secours. Alors, il hocha la tête en signe d'acquiescement.

« Bien. Écoute-moi attentivement, Pamphile. Je veux que dans quelques semaines tu apportes un message en Sicile.

Tu n'auras pas à apprendre ce message, ni à le porter sur toi. Tout ce que tu as à faire, c'est te rendre là où on te dira d'aller. Mais d'ici là, il y a autre chose que nous devons faire. »

Je me saisis du rasoir, et vis Pamphile déglutir avec crainte. Je passai derrière lui, abaissai sa nuque et, sans ménagement, entrepris de raser l'arrière de son crâne.

« Ganymède... commença Elyssa.

– Je te déconseille de me parler durant cet exercice, je ne voudrais pas blesser ce jeune homme.

– Comme tu voudras. »

Je dégageai un carré de peau de deux paumes de côté. Puis je tendis la carafe de vin à Pamphile et lui dis :

« Bois. Tout. »

Il chercha de nouveau l'approbation d'Elyssa, qui lui fit signe de m'obéir. Il avala une lampée généreuse, mais j'entendais bien qu'il finisse la carafe. Il dut s'y reprendre à quatre reprises avant d'en venir à bout. Je trempai alors l'aiguille dans l'encre, et l'enfonçai sous sa peau. Le jeune esclave, que l'ivresse n'avait pas encore tout à fait rendu insensible à la douleur, lança un gémissement.

« Un tatouage ? me demanda Elyssa.

– Oui. C'est ce tatouage qui constituera notre message.

– Mais tout le monde pourra le voir !

– C'est pourquoi nous patienterons jusqu'à ce que les cheveux de Pamphile aient repoussé. En espérant qu'il ne sera pas trop tard.

– Et en attendant ?

– En attendant, Pamphile portera un bonnet. Et s'il veut garder sa langue, mieux vaut qu'il reste discret. Entendu, Pamphile ? »

Le vin agissait petit à petit : je remis cette mise au point à plus tard, et poursuivis le tatouage.

XIII

Châtiment

La nuit fut courte, pour Elyssa comme pour moi. Il fallut répéter à un Pamphile dessaoulé ce que nous attendions de lui, et le mettre en garde contre toute imprudence. Heureusement, en tant que Grec, il avait plus de rancœur que de loyauté envers Carthage. J'avais tatoué sur son crâne un très succinct résumé de la situation, ainsi qu'un plan indiquant la localisation des entrepôts. Je ne nourrissais pas l'envie d'une nouvelle guerre, certes, mais une expédition militaire de Rome me semblait maintenant incontournable. En offrant une cible précise, j'espérais éviter à la population carthaginoise civile pillages, violences et représailles inutiles... et aussi assurer à Rome une victoire rapide. J'avais idée que si les Carthaginois avaient le loisir d'utiliser leur arme – quand bien même j'en ignorais encore la nature exacte – l'affrontement ne tournerait pas nécessairement en notre faveur.

Mon idée était de faire embarquer Pamphile sur un navire de commerce ralliant la pointe nord de la Sicile. Malgré la forte présence carthaginoise au sud, la partie nord, elle, comportait de nombreuses garnisons romaines. J'avais signé le tatouage « la carpe », le nom de code convenu avec Quintus ; il ne restait pour Pamphile qu'à se présenter à un poste militaire, puis à demander à se faire raser le crâne. J'espérais qu'ainsi le message parviendrait à Rome le plus vite possible. Encore fallait-il que Caton en prenne connaissance, mais ce point ne m'inquiétait pas beaucoup : Caton avait des yeux et des oreilles partout. Pour l'heure, il fallait que les cheveux de Pamphile ne tardent pas trop à repousser.

Plutôt que d'un bonnet, nous l'affublâmes d'un bandage : officiellement, il se serait blessé à la tête après avoir chuté d'une échelle. Pamphile retourna dormir, avec l'autorisation de ne pas travailler le lendemain. Elyssa et moi-même ne tardâmes pas à l'imiter, à la fois perclus de fatigue et en proie à la plus grande agitation intérieure. Je conseillai à Elyssa de se faire préparer un breuvage qui l'aiderait à dormir, mais elle refusa. Je supposai qu'elle tenait à avoir les idées claires, et peut-être était-ce en effet préférable.

Le lendemain, à la première heure, j'invitai Elyssa à me suivre dans la cour, près du puits. Des cernes profonds cerclaient ses yeux, et je sentis en elle un grand abattement. Malheureusement, je ne pouvais me permettre d'être trop précautionneux, et lui demandai sans ménagement :

« As-tu prévu de revoir Syphax ces jours prochains ?

– Je l'avais prévu, oui, mais...

– Dans quelles circonstances ? l'interrompis-je.

– Aucune circonstance précise : il m'a fait savoir qu'il désirait passer un peu de temps en ma compagnie, voilà tout. Il n'a eu ni geste ni propos déplacé.

– Le sage homme : il a compris qu'il ne faut pas bousculer une jeune femme.

– Je peux te dire qu'il ne ménage pas ses efforts. Il me fait de la peine.

– Elyssa...

– Je sais ce que tu as vu hier soir. Je sais aussi ce que ça implique, ne te fatigue pas à me le répéter. Mais je connais Syphax bien mieux que toi, désormais, et je sais que son fond n'est pas mauvais. »

Je me frottai le menton, perplexe quant à la conduite à suivre. Elyssa mit fin à cette gêne :

« Venons-en au fait. Pourquoi m'as-tu posé cette question ? »

Je serrai les dents en remontant un seau d'eau, m'épongeai le front, et déclarai :

« Penses-tu qu'il te serait possible d'obtenir de lui une visite du port ? Ou, plus exactement : pourrais-tu assister avec lui au déchargement de l'un de ses navires ? Je suis certain qu'il serait ravi de te montrer comment lui parviennent toutes ses richesses.

– Je peux l'obtenir, oui. Qu'as-tu en tête ?

– J'ai remarqué que parmi les amphores qu'il fait venir à Carthage il en est une sorte très étrange, qui ne ressemble à rien que je connaisse. Si nous pouvions savoir ce qu'elles contiennent… ou du moins en apprendre davantage. »

Elyssa réfléchit.

« Bien, je lui demanderai. Par ailleurs, Ganymède, sache que j'ai questionné Syphax au sujet de Maharbal.

– Alors ?

– Rien. Je n'ai réussi à obtenir aucune information de sa part, il a constamment fui le sujet. J'ai bien entendu eu l'occasion de poser la question autour de moi, mais… il y a décidément quelque chose d'anormal. Chacun, avant que je ne le force à y réfléchir, croit savoir à quoi ressemble Maharbal. On me l'a décrit comme gros, mince, petit, grand, aimable ou colérique. Et quand je m'en étonne, on me répond : "En réalité, je ne l'ai jamais rencontré personnellement."

– Une autre énigme à élucider. Dans l'immédiat, vois Syphax comme tu l'avais prévu. Et essaie d'arranger cette visite.

– Je le ferai. Mais dis-moi, Ganymède…

– Oui ?

– Es-tu malheureux, ici ? »

Je levai un sourcil.

« Je ne pense pas que cette question ait un sens.

– La vie n'est pas désagréable, à Carthage, tu ne crois pas ?

– Elle ne l'est nulle part, du moment que l'on est riche.

– Sans doute, répondit-elle d'un air pensif. Mais as-tu vraiment l'impression de vivre au milieu d'un peuple prêt à la guerre ?

– Non. Mais la guerre est rarement la décision de tout un peuple, Elyssa. Le savetier ou le poissonnier de Rome ne sont pas davantage assoiffés de sang. »

Elle joua avec le cordon qui ceignait sa taille. Je renchéris :

« Qu'as-tu en tête, Elyssa ?

– Rien. Mais si Syphax est bel et bien coupable de ce que nous pensons, pourrait-on lui en vouloir ? Les Romains sont-ils tellement différents ? »

Un oiseau se posa sur la margelle du puits.

« Il y a bien une différence, Elyssa.

– Laquelle ?

– Nous *sommes* romains, à présent. »

Elle m'observa en silence, et ajouta :

« Comme je t'envie de savoir ce que tu es, Ganymède. »

Sur ces mots, nous nous séparâmes.

*

Comme je l'avais soupçonné, Syphax accueillit la requête d'Elyssa avec passion. Un navire devait justement débarquer trois jours plus tard, lourd de mille trésors venus d'Orient. Le moment venu, nous nous retrouvâmes donc sur les quais. Syphax se mit à frétiller comme un poisson en apercevant Elyssa, mais ne put réfréner une grimace en constatant que je l'avais accompagnée.

« Eh bien, ma chère Elyssa, commença-t-il, je vois que cette fois ton dévoué Ganymède t'accompagne ? »

Elyssa, rayonnante, répliqua :

« Ganymède avait très envie d'assister au déchargement lui aussi.

– Je me serais passé de sa compagnie, fit-il comme si je n'existais pas, ou que je ne pouvais comprendre ses paroles. Il y a quelque chose en lui qui me déplaît.

– Tu n'es pas le premier à te méfier de lui, personne n'aime les esclaves intelligents. »

Décidément, il était bien dur de m'entendre appeler « esclave » par Elyssa ! Même par ruse. Elle continua :

« Mais dis-moi : aurais-tu peur que Ganymède découvre quelque chose que tu m'as caché ? Je te pensais sincère avec moi. »

Syphax éclata de rire et passa une main dans les cheveux d'Elyssa.

« Bien évidemment, je suis sincère. Peu importe, donc. Mon navire est déjà à quai, regarde ! »

Il montra du doigt un somptueux *gaulos*, le plus imposant que j'aie jamais vu. Une foule d'esclaves se pressait déjà autour de sa coque, le débarrassant de sa cargaison telle une colonie de fourmis. De temps en temps, un fouet claquait dans les airs pour prévenir le moindre relâchement. Syphax se frottait les mains devant ce spectacle, et ne tarissait pas de commentaires :

« Vois-tu, Elyssa, dans ces caisses se trouvent de somptueuses étoffes, plus fabuleuses encore que tout ce que tu as pu voir jusqu'à présent. Avec ta permission, je t'en ferai faire une robe.

– Syphax, je t'en prie... que pensera Maharbal de tes largesses ? »

Syphax parut ennuyé.

« Je t'ai déjà expliqué plusieurs fois que je ne rends pas de compte à Maharbal. Et tu mérites ce qu'il y a de plus précieux. »

Les porteurs de Syphax débarquaient à présent des amphores. Elles furent d'abord de formes et de tailles ordinaires ; mais quand j'aperçus celles qui m'avaient tant intrigué précédemment, j'en alertai Elyssa d'un toussotement discret.

Elle hésita, puis, une main posée sur le bras de Syphax, les montra du doigt en s'exclamant :

« Oh ! Quelles étranges amphores ! Que contiennent-elles ? »

Syphax, impassible, répondit :

« Rien de bien intéressant, je t'assure. Leur contenu entre dans la composition de divers onguents dont nous faisons commerce.

– Je n'en ai jamais vu de semblables. D'où viennent-elles ?

– De plus loin que tu ne peux imaginer ! » lança-t-il gaiement.

Elyssa s'élança alors au devant de la procession, et avant même que Syphax ne comprenne ce qui se passait, elle arracha une amphore des mains d'un porteur.

« Elyssa, non ! » s'écria Syphax.

Mais il était trop tard. Dans un geste que je savais volontairement maladroit, Elyssa laissa échapper l'amphore, qui se brisa à ses pieds. Une poudre noire, très fine, s'en échappa en volutes.

Syphax poussa un juron et rejoignit Elyssa, qui était tombée à genoux en témoignage de confusion.

« Syphax, je suis désolée ! fit-elle, implorante. J'étais tellement curieuse que...

– Ce n'est pas ta faute, l'interrompit-il, mais celle de ce misérable chien ! »

Il frappa le porteur du revers de la main, déchirant sa joue avec les bagues qu'il portait aux doigts.

« Ramasse ! hurla-t-il. Tout ce que tu pourras, avec ta langue s'il le faut ! Et les autres, qu'attendez-vous ? Vous voulez tous finir sous les coups de bâton ? Allez ! Et aidez cette noble dame à se relever ! »

Les autres porteurs posèrent au sol ce qu'ils tenaient dans les bras, et vinrent prêter main-forte à leur compagnon. Je me rapprochai, afin de mieux observer cette poudre noire qui semblait si précieuse à Syphax. Elyssa, elle, n'avait aucun mal à paraître troublée.

« Je ne sais comment m'excuser, insista-t-elle. J'avais la tête tournée par toutes ces merveilles.

– Ce n'est rien, je comprends parfaitement. Mais ce fils de hyène aura la punition qu'il mérite.

– Ne sois pas trop dur avec lui, c'est moi qui...

– Si ça ne t'ennuie pas, je déciderai seul du sort de mes esclaves. »

Elyssa baissa la tête, et en constatant sa mine penaude Syphax s'en trouva tout radouci.

« C'est à moi de m'excuser. Cette marchandise vient de si loin que je supporte mal la contrariété.

– Oublions tout cela. Je suis admirative de tout ce que tu rapportes ainsi ! »

Il gonfla la poitrine.

« Ah, ça ! Ce ne sont pas les Romains qui iraient chercher des trésors pareils. Et veux-tu savoir le pire ? Ils sont trop obtus pour nous les envier. Ce ne sont que des paysans sans imagination.

– Pourquoi toujours tout ramener à eux ? Ils... »

Elyssa s'était interrompue trop tard. Le visage de Syphax se ferma, et il insista :

« Ils *quoi* ?

– Rien.

– Ils ne m'ont rien fait ? C'est ça que tu allais dire ?

– Je n'allais pas dire ça, non.

– La vie t'était facile, loin de Carthage, Elyssa ! Mais maintenant que tu es de retour, n'oublie pas que nous sommes tous en sursis, ici ! »

Il tendit un doigt vers la mer, au-delà du port, et martela :

« Si tout le monde continue à penser comme toi, un jour, cet horizon sera rempli de navires romains ; et ces navires seront eux-mêmes remplis de légionnaires ; et ces légionnaires, remplis d'une haine qui perdure depuis des générations ! »

Elyssa eut un air peiné.

« Je ne comprends pas pourquoi tu t'emportes ainsi, Syphax. J'allais te dire qu'ils ne valaient pas la peine que nous gâchions notre temps à penser à eux. Voilà tout. Je vais rentrer, avec ta permission. »

Elle tourna les talons et me fit signe de la suivre. À peine avions-nous fait quelques pas que Syphax nous rejoignit, et força Elyssa à lui faire face.

« Je ne comprends pas ce qui m'arrive, Elyssa ! Pardon, pardon, pardon !

– Tes excuses viennent trop tard. Je t'en supplie, laisse-moi m'en aller. »

Il la retint par les épaules avec force. Oubliant mon rang, je criai :

« Syphax ! N'a-t-elle point été claire avec toi ? Laisse-la tranquille ! »

Il la lâcha, et me dévisagea pendant une éternité.

« Tu... Tu m'as donné un ordre, esclave ? À *moi*, Syphax ? » murmura-t-il.

Autour de nous, le temps s'était arrêté. Les porteurs ne portaient plus, les crieurs ne criaient plus. Le port tout entier ne formait qu'un même regard, braqué sur nous.

Alors, Syphax tira une dague de sa ceinture, et de son autre main saisit ma mâchoire. C'était un jeune homme vigoureux, et s'il n'avait pas la poigne d'un Quintus, sa force surpassait la mienne. Et quand bien même : me défendre, c'était me vouer à une mort certaine. Or, Syphax n'avait pas l'intention de me tuer. Il me fit tomber sur le dos en m'accompagnant dans ma chute ; puis il se mit à genoux, mon torse entre ses cuisses, et dirigea sa dague vers ma bouche.

« Tu parles bien trop, esclave, et nous allons y remédier, grogna-t-il.

– Non ! hurla Elyssa. Syphax, ne fais pas ça ! »

Elle se précipita pour retenir son bras, mais il l'écarta, en prenant soin de ne pas trop la brusquer. Seule la colère dictait à présent ses gestes. Il me força à ouvrir la bouche, et bientôt je sentis le tranchant de la lame contre ma langue. Me débattre ? C'est ma gorge qu'il aurait tranchée. Alors, saisi d'un désespoir indicible, j'acceptai cette humiliation, cette atteinte à mon être. Le sang emplit ma bouche alors que la douleur se répandait dans tout mon corps. Je refusai de crier, mais je ne pouvais en revanche m'empêcher de pleurer. Moi, dont la seule force résidait dans les mots, on me privait de la parole.

J'aurais dû perdre connaissance, mais je n'eus même pas ce luxe. Je vis Syphax se relever, les yeux fous, tenant sa dague d'une main et un bout de ma langue dans l'autre. Il tourna la tête, et tituba comme un ivrogne en découvrant Elyssa, épouvantée et en larmes ; il laissa tomber sur le quai ce qu'il tenait, et recula de quelques pas. Puis il cria de toutes ses forces :

« Que regardez-vous, tous ? Allez ! Vous savez qui je suis ? Je crèverai les yeux de tous ceux qui oseront me regarder ! »

L'agitation reprit sur le port, comme si rien ne s'était passé. Elyssa fondit à mes côtés, les gestes désordonnés et les lèvres tremblantes. Le sang continuait de s'échapper de ma bouche, et une moitié de mon visage baignait maintenant dans cette flaque visqueuse.

« N'essaie surtout pas de parler, me dit Elyssa. Je vais faire venir quelqu'un. »

Je clignai des yeux pour acquiescer. Je ne pouvais plus rien faire d'autre. À jamais.

Elyssa et Syphax échangèrent un long regard. La folie qui s'était emparée de lui refluait petit à petit : ses traits se détendirent, et bientôt on put y lire la honte et le regret – autant de choses qui m'étaient inutiles à présent. Syphax fit un signe à ses porteurs, en vociférant :

« Portez-le au temple d'Eshmun ! Vite ! Et envoyez-y un médecin ! »

Je fus arraché du sol par huit bras vigoureux. Cette fois, mes forces avaient atteint leurs limites et je sentis qu'Hadès, le dieu des Enfers, appelait mon nom. Je luttai encore un peu, pour voir Syphax et Elyssa échanger des paroles que je n'entendais plus. Qui aurait pensé que la douleur pouvait causer tant de vacarme sous un crâne ? Le ciel devint mon horizon, bientôt traversé par un vol de mouettes. Je sombrai après avoir compté la quinzième.

XIV

Bomilcar

Je me réveillai en sueur, sans aucune notion de temps et de lieu, m'arrachant enfin à un déchaînement de cauchemars. Il faisait jour, et après un temps je réalisai que je me trouvais dans ma propre chambre. En voyant du sang séché sur ma tunique, je me rappelai tout à coup mon malheur, et portai ma main à ma bouche. À cet instant, Elyssa parut dans la pièce, suivie d'une esclave portant un baquet d'eau.

« Ganymède ! s'exclama-t-elle. J'ai senti que tu revenais à toi. »

Mon état la réjouissait, mais je ne pus m'empêcher de remarquer, à son teint cendré, à quel point elle paraissait lasse. À droite de la couche où j'étais allongé, il y avait une chaise ; m'avait-elle veillé ? Et pendant combien de temps ? Je tâchai de formuler la question, mais ne pus produire qu'un douloureux fatras de sons inarticulés. Elyssa fut bientôt sur moi et posa une main sur ma bouche.

« N'essaie surtout pas ! Tu n'es pas encore cicatrisé. Le médecin a dit que ce serait long. Oh, par Ashtart, ce que je suis heureuse que tu te sois enfin réveillé ! »

Ces paroles me frappèrent de plein fouet. Je lançai un regard implorant à Elyssa, qui comprit ma question sans que j'aie à la prononcer.

« Cela fait huit jours maintenant, Ganymède. Le médecin a pu arrêter le saignement, mais tout cela a provoqué chez toi une fièvre très violente. C'est un miracle qu'elle ne t'ait pas emporté. »

Je soupirai, et lui fis signe de continuer, pendant que l'esclave m'appliquait une compresse glacée sur le front.

« Syphax ne sait plus comment se faire pardonner, m'apprit-elle. Il envoie des monceaux de cadeaux ici tous les jours. Pour le moment, je n'ai pas daigné lui répondre. Il m'a demandé de te présenter ses excuses. »

J'eus un sourire nerveux.

« Je sais, ce n'est pas avec des mots qu'il pourra se racheter. Ni avec des mots ni avec quoi que ce soit, sans doute. »

J'indiquai à Elyssa de congédier l'esclave, qui s'en retourna avec le baquet en fermant la porte derrière elle. Quand nous fûmes seuls, Elyssa poursuivit :

« Je suis tellement triste pour toi, mon bon Ganymède. Tout cela est ma faute : Syphax est devenu fou dès le moment où cette amphore a été brisée. J'aurais pu m'y prendre différemment... Je pensais que jouer à l'impatiente écervelée nous ferait gagner du temps. Je ne pouvais imaginer que cela aurait de telles conséquences. »

Elle posa une main sur mon front.

« Tu es encore un peu chaud, mais la compresse froide va te faire du bien. Je t'ai fait infuser de l'écorce de saule, tu en boiras un peu tout à l'heure. Il faudra que nous discutions, mais je ne veux pas te brusquer. »

Je lui fis comprendre que je ne comptais pas attendre.

« Tu es bien certain ? Bon, alors, j'ai quelque chose à te montrer. »

Elle tira une petite bourse de sa ceinture, en défit le cordon, et en versa le contenu dans sa main. C'était une poudre noire, semblable à celle qui s'était échappée de l'amphore, sur le quai.

« J'ai pu ramasser cela dans la confusion, m'apprit-elle. Je crois que nous avons levé le voile sur l'un des mystères qui nous ont amenés ici. »

Pitoyablement, j'émis trois syllabes, qu'Elyssa n'eut aucun mal à reconnaître.

« Oui, Ganymède : Marcellus. Je crois que c'est cela qu'il avait voulu montrer à Caton. Et c'est aussi pour cela que nous n'avons jamais rien retrouvé. Il aura suffi d'un coup de vent pour que tout soit éparpillé dans le jardin. »

J'en pris une pincée entre mes doigts ; je retrouvai cette odeur âcre, bien qu'un peu atténuée, que j'avais sentie près de l'entrepôt. À quoi pouvait-elle bien servir ? Certainement pas à la préparation d'onguents, comme Syphax l'avait affirmé. C'était à n'en pas douter cette poudre qui était à l'origine des événements survenus cette fameuse nuit. Mais comment ?

Je n'allais pas pouvoir continuer à m'exprimer par mime ou borborygmes. Je traçai un mot dans les airs, comme si je tenais un stylet à la main.

« Oh, une tablette en cire ! s'exclama Elyssa. Bien sûr, j'aurais dû y penser. Je reviens. »

Elle s'empressa de m'apporter ce que j'avais demandé. Je me félicitai par ailleurs de lui avoir appris à lire et à écrire dans sa jeunesse, sans quoi j'aurais été définitivement muet pour elle. Je traçai : « Il faut entrer dans l'entrepôt ».

« Je sais bien, me dit-elle en prenant la tablette dans ses mains. Mais comment ? L'entrée principale est bien gardée. Et ce qui nous préoccupe, d'après ce que tu m'as dit, se trouve au sous-sol. »

Je demeurai pensif.

On frappa à la porte de la pièce. Après qu'Elyssa eut répondu, sa camériste s'avança timidement et annonça :

« Matho est ici. Il demande à te voir, maîtresse.

– Oh, fais-le entrer, je vais le recevoir dans un instant. »

J'attrapai le bras d'Elyssa et lui fis comprendre que je désirais assister à l'entretien. J'étais cependant encore trop faible pour me lever. Elyssa donna ses instructions en conséquence, et peu après Matho, très excité, s'avança dans la pièce. Il se répandit en salutations obséquieuses, et me jeta un regard de pitié.

« J'ai su ce qui était arrivé à ton esclave, Elyssa. J'en suis navré. Je sais que Ganymède t'est très utile.

– Je te remercie de ta sollicitude, Matho. Mais tu n'es pas là pour me parler de ça, n'est-ce pas ? »

Il secoua la tête.

« Non, en effet. Elyssa, tu sais combien je te suis reconnaissant de ne rien avoir dit à mon propos.

– Et je te suis reconnaissante de nous avoir introduits à Syphax. Malgré toutes les conséquences récentes. Continue, où veux-tu en venir ? »

Il s'agenouilla devant Elyssa. Et c'est alors que je remarquai qu'elle tenait toujours la tablette dans sa main.

La tablette sur laquelle je venais d'écrire.

En *latin*.

Elyssa me tournait le dos, il était impossible de faire le moindre signe pour la prévenir ; et si Matho, pour le moment, se tenait tête baissée, un seul coup d'œil pouvait nous démasquer. Il ne bougea pas d'un pouce, cependant, et d'une voix traînante déclara :

« Elyssa, j'aurais besoin que tu me prêtes cinq cents shequels. Je te promets que je te les rendrai très vite, car on m'a proposé une affaire qui se présente au mieux. Mais sans ce geste de ta part, je ne pourrai y donner suite. Voilà ma seule chance de racheter ma dignité. »

Elyssa tourna la tête vers moi. Je fis lui signe pour la tablette, en vérifiant que Matho, en pleine reptation, ne me voyait pas. Mais elle ne sembla pas comprendre : sans doute crut-elle que je cherchais à lui donner un conseil à propos de Matho.

Celui-ci releva alors la tête, et, l'espace d'un battement de cils, son regard effleura la tablette. Se pouvait-il qu'il ait lu ce que j'y avais gravé ? Mais en cet instant, Matho était bien plus préoccupé par la réponse d'Elyssa que par quoi que ce soit d'autre ; il insista d'une voix chevrotante :

« Je t'en supplie, Elyssa.

– Relève-toi, Matho. Je vais réfléchir à ta demande. Reviens me voir un petit peu plus tard dans la journée, veux-tu ?

– Alors, tu acceptes ?

– Je n'ai rien dit. J'accepte d'y réfléchir, c'est tout. Viens dans la soirée, je te donnerai ma réponse. »

Il chercha à attraper la main d'Elyssa pour y déposer un baiser. À cet instant, elle comprit quel danger représentait la tablette et la rangea derrière son dos, offrant son autre main aux lèvres de Matho.

« Sois remerciée, magnifique Elyssa. Je te suis reconnaissant pour toujours.

– Tu me remercieras ce soir s'il y a lieu. Allez, j'ai à faire ! »

Matho prit congé en trottant. Elyssa alla fermer la porte et revint près de moi en disant :

« La tablette ! C'est ça que tu as essayé de me dire ! Comment ai-je pu ne pas y penser ? J'espère qu'il n'a rien vu. Il n'en a pas eu l'air, en tous les cas. Et s'il a vu... Non, il n'y a aucune raison que nous parlions latin entre nous, définitivement. Il n'a sûrement pas vu. »

J'acquiesçai.

J'étais trop faible encore pour soutenir une longue conversation, aussi mis-je un terme à celle-ci. Elyssa me fit envoyer de la nourriture, sur laquelle, en d'autres temps, je me serais jeté avec appétit. Je découvris avec amertume que je n'avais pas seulement été privé de la parole, mais aussi du plaisir tout naturel de manger. Cet acte simple m'était désormais douloureux et pénible ; heureusement, mon repas consistait essentiellement en cette fameuse bouillie carthaginoise, que je parvins tant bien que mal à ingurgiter. Mes forces me revinrent peu à peu en cours de journée et je finis par pouvoir me lever et marcher, en m'appuyant toutefois sur une canne. Quant à la poudre noire, que j'observai longuement, elle restait une énigme pour moi : comment pouvait-elle être l'arme terrible évoquée par Marcellus ? J'en appelai à la nuit et à ses conseils.

Pendant ma maladie, Elyssa s'était occupée du mieux qu'elle pouvait des affaires courantes. À ma grande surprise, je découvris qu'elle avait négocié deux contrats avec Artémidoros. Et si ceux-ci avantageaient ce dernier, bien entendu, il n'était pas impossible que tout cela nous enrichisse au final. J'en fus tout admiratif.

L'affaire de Matho me semblait en comparaison très accessoire ; la somme qu'il réclamait – et il était évident qu'il la perdrait jusqu'au dernier shequel – n'allait pas nous mettre en difficulté, et ce n'était pas un prix bien élevé à payer pour l'éloigner de nous.

J'invitai donc Elyssa à préparer les cinq cents shequels, et nous attendîmes sa venue.

Matho ne vint qu'au crépuscule. Il était tout aussi agité que le matin, mais différemment : sa gêne avait cédé la place à de la nervosité, moins franche, et je soupçonnai qu'il dissimulait quelque chose.

« Noble Elyssa, commença-t-il alors que nous l'invitions dans la salle de réception, as-tu réfléchi à mon humble requête ?

– Quel empressement ! répondit Elyssa, amusée. Mais réjouis-toi, Matho, j'ai préparé la somme. La voici, dans cette cassette. Tu viens me voir bien tard : j'espère que personne ne te détroussera lorsque tu partiras ! »

Matho remercia Elyssa avec toute la déférence qui convenait, mais sans l'emphase à laquelle je me serais attendu de sa part.

« Resteras-tu dîner avec nous, Matho ? Nous sommes désormais associés, en quelque sorte.

– C'est vrai, Elyssa. Mais j'ai des affaires urgentes à régler. Grâce à toi, bien sûr.

– Comme tu voudras. Ganymède va te reconduire. S'il en a la force, du moins ! Ganymède ? »

Je fis signe que oui.

« Je te remercie pour tout, belle Elyssa. Mais il y a encore quelque chose que je voulais te demander. M'accompagneras-tu encore un moment ?

– Si tu le souhaites, oui. »

Nous marchâmes en silence jusqu'au couloir qui menait à la porte d'entrée. Là, Elyssa lui demanda :

« Eh bien ? De quoi voulais-tu me parler ? »

Matho tordit sa bouche, puis sourit.

« Pardonne-moi. Je préfère, finalement, t'en parler une autre fois.

– Comme tu voudras. Mais... tu m'en vois étonnée.

– Ne le sois pas : ce sera mieux ainsi. ».

Il ouvrit la porte, et alors qu'il allait sortir, il se retourna vers Elyssa, souriant, et lui dit :

« *Gratias ago. Vale !*

– *Bonam noctem*[1] *!* » répondit Elyssa, trahie par l'habitude.

À peine eut-elle prononcé ces mots qu'elle blanchit, réalisant son imprudence. Matho fronça les sourcils et leva le bras. Aussitôt, deux hommes surgirent du coin de la villa et nous repoussèrent à l'intérieur. Un troisième apparut, une cape à capuche rabattue sur le visage. Il claqua la porte derrière nous, marmonna un ordre, et ses deux hommes nous traînèrent jusqu'à la cour ; à cette heure, les esclaves étaient rentrés, et personne ne pouvait nous venir en aide. Nous fûmes jetés

1. En latin : « Merci pour tout. Salut à toi ! – Bonne nuit ! ».

à terre sans ménagement, et l'encapuchonné demanda alors à Matho :

« Est-ce bien sûr ?

– Oui, aucun doute. Il me semblait bien avoir vu du latin écrit de sa main, ce matin... Mais je viens d'avoir la confirmation de ce que je pensais. Je lui ai parlé en latin, et elle m'a répondu en latin aussi, sans réfléchir. Ce sont des Romains, n'en doute pas. Ah, quel imbécile j'ai été ! Si j'avais su... Dire que je me suis traîné à quatre pattes devant cette chienne. »

Il cracha en direction d'Elyssa, qui, stoïque, se contenta de demander :

« Pourquoi ?

– Pourquoi ? répéta Matho. Parce que tout cela va me rapporter bien plus que cinq cents shequels, voilà pourquoi, sale traîtresse. »

L'homme à la capuche fit signe à Matho de se taire et, très calmement, demanda à Elyssa :

« Est-ce que ce qu'il dit est vrai ? Es-tu romaine ? »

Elle respira bruyamment, tremblante de peur, et dit :

« Le sang qui coule dans mes veines est carthaginois, mais j'ai été élevée à Rome. J'ai épousé un Romain. Je parle latin. Oui, je suis romaine. Je suis romaine malgré tout l'amour que j'ai toujours pour Carthage. Et que j'aurai encore au moment où tes hommes me tueront. »

Elle eut un rire nerveux.

« D'ailleurs... Ce moment approche, n'est-ce pas ? »

L'homme se montrait toujours aussi calme et reprit, sans tenir compte de la question d'Elyssa :

« Est-ce Caton qui t'envoie ?

– Me crois-tu folle ? Jamais je ne te dirai qui m'envoie.

– Je comprends, et je le respecte. Mais tu comprendras, à ton tour, que je ne puis me contenter de cette réponse. »

Il claqua des doigts et me désigna à ses hommes.

« Tuez l'esclave. Mais pas trop vite : faites en sorte qu'il ait tout le temps de prier ses dieux. »

Elyssa se jeta sur moi pour me protéger de son corps. Les deux hommes la tirèrent en arrière, tandis que je secouais la tête : nous devions, tous deux, nous résoudre à mourir en silence.

« Qui que tu sois, arrête ! implora Elyssa. Cet homme ne mérite pas d'être tué par deux brutes, dans une cour à peine éclairée. Que feras-tu de son corps, après ?

– Je le ferai couper en morceaux et le jetterai aux chiens. Mais n'aie crainte : à toi, je promets une mort rapide et digne. C'est le moins que je puisse faire, par respect de ta naissance. »

L'un des deux hommes dégaina une dague, et la fit glisser sur mon torse. Il appuya la pointe au milieu de ma poitrine, et une goutte de sang perla dans l'obscurité. J'attendis, résigné.

Alors, Elyssa hurla :

« Assez ! Arrête ! Par pitié, ne lui fais rien ! »

L'homme à la capuche signifia à son garde du corps de s'écarter de moi.

« Je veux bien arrêter. Mais me diras-tu si c'est Caton qui t'envoie ?

– Oui, c'est Caton, sanglota Elyssa. Maintenant, tue-nous vite, sans souffrance. Je t'en supplie.

– Bien. »

Il se tourna alors vers Matho, qui triomphait dans son coin, puis vers ses hommes, et commanda :

« Emmenez cet imbécile loin d'ici. Et enfermez-le dans une geôle si profonde que même les rats n'oseront y montrer leur museau. Avec des fers aux mains et aux pieds. »

Matho se raidit, paniqué. Alors que quatre bras le saisissaient, il protesta :

« Mais je ne comprends pas ! J'ai fait ce... mais ce sont des Romains, vous les avez entendus ? Des Romains ! Je mérite de...

– Faites taire ce perroquet immédiatement ! »

Un poing s'abattit sur la mâchoire de Matho, qui s'affaissa comme un sac de farine. On le traîna hors de la cour, et bientôt nous fûmes seuls avec l'homme à la capuche, qui tendit une main vers Elyssa pour l'aider à se relever. Elle la refusa et préféra me venir en aide.

L'homme découvrit son visage. Je réalisai alors que nous l'avions déjà vu : c'était lui qui s'était si violemment querellé avec Syphax.

« Vous me connaissez, dit-il. Je m'appelle Bomilcar. Je suis le suffète de Carthage. »

Abasourdis, nous attendîmes la suite.

« Je suis désolé de vous avoir malmenés de la sorte, vraiment. Mais je devais être sûr que ce Matho ne délirait pas. C'est donc bien vous...

– Nous ? s'étonna Elyssa.

– Nous avons été prévenus il y a deux semaines que deux espions romains étaient entre nos murs. Oh, ne faites pas cette tête, tous les deux : un Romain n'est pas moins corruptible que n'importe qui, et au fil du temps nous avons réussi à obtenir quelques contacts bien placés à Rome. Cela étant, il faut croire que Caton a redoublé de prudence en ce qui vous concerne ; l'un de ses esclaves a commis une imprudence en mentionnant votre mission à l'un de ses semblables, dont le maître travaille pour nous. Mais il a été incapable de donner la nature exacte de cette mission, ou même vos noms. Et à vrai dire, j'avoue que je ne vous aurais jamais soupçonnés : vous avez joué votre rôle à la perfection ! Oh, Artémidoros avait des petits soupçons, et peut-être avait-il même compris... mais tant que les affaires fonctionnent, le reste ne lui importe guère. »

Il se frotta les mains et reprit :

« Matho est venu trouver les autorités dans la journée, juste après vous avoir vus, mais il avait peur que la récompense ne lui passe sous le nez. Il a exigé de me voir, ce qui n'est évidemment pas l'usage. Il semblait toutefois si sûr de lui et si agité que l'on a fini par m'alerter. Et me voilà. »

Elyssa lui faisait maintenant face, la tête haute.

« Pourquoi nous raconter tout cela ? »

Il se rapprocha de nous et, en baissant la voix, commença :

« Il y a quelque temps, Syphax est venu me trouver au nom de son associé, Maharbal, pour que le sénat l'aide à concevoir une arme capable d'abattre Rome. Personne, à Carthage, n'a oublié ce que les Romains nous ont fait. Et moi non plus. Et je mentirais en disant que je n'ai aucun ressentiment envers Rome.

– Eh bien ?

– Je me retrouve face à un problème qui n'a aucune solution. Chez vous, Caton ne souhaite qu'une chose : voir notre cité réduite en cendres. Nous avons eu beau faire preuve de toute la bonne foi possible, il n'en démordra pas : il est persuadé que nous manigançons secrètement notre vengeance.

– Eh bien ? Tu viens de dire que c'était le cas, pourtant.

– Je t'ai parlé de Syphax et de Maharbal, et de personne d'autre. Ni le sénat ni moi ne sommes impliqués dans cette folie.

– Est-ce à dire que tu désapprouves l'initiative de Maharbal ?

– Oui, je la désapprouve. Il n'y a aucun sens à ce que nous continuions à nous faire la guerre. Le temps passera, les générations suivantes oublieront les conflits de nos aïeux. Rome et Carthage peuvent certainement coexister sans s'affronter. Nous n'avons pas, comme les Romains, la volonté de nous étendre toujours plus. »

Il s'éclaircit la gorge et ajouta :

« Bien sûr, il y a encore la menace des Numides, qui empiètent un peu plus sur notre territoire jour après jour.

Avec la bénédiction de Rome. Mais Massinissa[1], leur roi, n'est pas un imbécile. Nous finirons bien par trouver un accord. »

J'enrageai de ne pouvoir prendre part à cette conversation. Toutefois, Elyssa sut donner forme à mes interrogations :

« Si tu désapprouves Maharbal et Syphax, alors, quelque chose m'échappe. Pourquoi ne pas les arrêter, tout simplement ?

– Ce n'est pas aussi simple, jeune fille. La politique n'est certainement pas une affaire de bien et de mal, de blanc et de noir. Maharbal et Syphax sont des personnalités influentes et respectées. Si je les arrêtais de ma propre initiative, je perdrais énormément de soutien au sénat. Et il est probable que tôt ou tard une nouvelle guerre contre Rome serait décidée. »

Il se rembrunit, avant d'ajouter :

« Et la dernière chose dont Carthage a besoin, c'est bien d'une nouvelle guerre. »

Elyssa prit un moment pour assimiler tout ce qui venait de lui être dit. Elle insista :

« Admettons. Tu ne peux agir ouvertement. Mais tu aurais pu négocier secrètement avec Rome.

– Je te l'ai dit : tant qu'il y aura Caton, toute négociation est inutile. Il ne nous croit pas, et ne nous croira jamais.

– Soit. Mais si tu faisais assassiner Syphax ou Maharbal par quelque mercenaire... le problème serait réglé, n'est-ce pas ?

– Certes. Mais dans ma position, il est compliqué d'entreprendre quoi que ce soit qui pourrait se retourner contre le sénat. Si je commandite un assassinat, je cours le risque de voir la vérité éclater un jour ou l'autre : je vois mal un mercenaire tenir sa langue durablement. Et si c'est le cas, nous serons revenus à notre point de départ. Mais heureusement... il y a *vous*.

1. Roi numide et allié des Romains. La Numidie (qui aujourd'hui se trouverait à cheval entre l'Algérie et la Tunisie) a de tout temps cherché à s'étendre au détriment de sa voisine Carthage.

– Nous ? Que veux-tu dire ? Tu nous demandes de tuer Syphax et Maharbal ?

– Syphax suffira. Pour ce que j'en sais, l'autre agit bien peu. Vous repartirez à Rome dès votre mission terminée. Nous n'aurons plus jamais de vos nouvelles. Vous pourrez témoigner de ma bonne volonté au sénat romain, et nous gagnerons un peu de temps. Caton n'est pas immortel, et ses successeurs seront peut-être plus raisonnables. Quant à moi, je ne serai impliqué ni de près ni de loin dans l'élimination de nos ennemis communs. »

Elyssa demeura pensive. Je l'attrapai par le bras, et fis mine de verser quelque chose dans ma paume. Elle comprit et demanda à Bomilcar :

« Que sais-tu de cette arme que préparent Syphax et Maharbal ?

– Je sais qu'elle nécessite un bien que l'on ne trouve que très loin d'ici, au pays des Sères. Chaque expédition coûte une fortune, dure plusieurs mois, et mobilise les navires les plus rapides. Syphax s'est arrangé pour lancer plusieurs expéditions en décalage de quelques semaines, ce qui explique les arrivées régulières de ses navires. Mais il ne va pas tarder à atteindre la limite de ses ressources. Il y a quelque temps, Syphax m'a réclamé des navires de guerre et des soldats pour mener à bien l'un de ces voyages. Je lui ai tout refusé, bien sûr, mais il n'a rien voulu entendre et a continué à me harceler. Maintenant... j'ignore en quoi cette fameuse arme consiste réellement. Syphax prétend qu'aucune armée au monde ne pourrait y résister. Pas même vos légions. »

Je tentai un « Maharbal » qui se transforma en gargouillis. Mais Elyssa, après un petit temps de réflexion, enchaîna :

« Et Maharbal... l'as-tu seulement jamais rencontré ? »

Il secoua la tête.

« Non. Étrangement, non. Je n'ai jamais rencontré personne d'autre que Syphax. Mais je connais des gens qui ont déjà parlé à Maharbal.

– ... ou qui *s'imaginent* lui avoir parlé. Mais passons. Bomilcar, dis-moi... que se passera-t-il si nous refusons ? Nous ne sommes pas venus ici dans l'intention de tuer qui que ce soit.

– Je sais.

– Tu sais ?

– Vous n'avez pas le profil d'assassins. Vous êtes là pour récolter des informations et les transmettre à Rome. Mais la donne a changé. Vous retournerez à Rome pour leur dire que Carthage ne souhaite pas la guerre, qu'il n'y a plus d'arme secrète, et que les comploteurs sont morts. Mais avant ça, vous allez me débarrasser de Syphax. Et si vous refusez... je vous ferai tuer, bien entendu. Je n'ai guère d'autres choix. »

Il se frotta nerveusement les mains et reprit :

« Tout cela devra avoir l'air d'un accident, bien entendu. Elyssa, j'ai eu vent des sentiments que Syphax éprouve à ton endroit.

– Je te demande pardon ?

– Allons... Tout le monde parle de la riche et belle veuve venue de Tyr que Syphax voit secrètement derrière le temple d'Ashtart. »

Elle rougit, mais Bomilcar coupa court à son embarras :

« Une querelle d'amoureux qui tourne mal, qu'en penses-tu ? Tu pourrais le poignarder dans son sommeil... Tu seras arrêtée, bien entendu, mais tu as ma parole d'être libérée rapidement et renvoyée à Rome.

– Ta parole... Est-ce qu'elle vaut quelque chose ?

– En temps normal, rien du tout. Mais je te l'ai dit : il n'est pas dans mon intérêt de te garder ici une fois la besogne accomplie. »

Elyssa se tourna vers moi, à la recherche d'une réponse. Du bout du pied, je traçai un carré dans la terre de la cour, puis deux lignes parallèles. Elyssa les observa, interdite. Alors, je m'accroupis, et avec deux doigts figurai quelqu'un en train de marcher entre les deux lignes, en direction du carré.

« Oh... s'écria Elyssa. Si j'accepte ce que tu me demandes, nous fourniras-tu un moyen d'accéder à l'entrepôt ?

– Quel besoin auras-tu d'y accéder si Syphax est mort ? Sans lui, ce projet d'arme secrète est terminé. Tue Syphax, laisse-moi quelques jours, et retourne à Rome avec ton esclave. Je te donne deux semaines, pas un jour de plus. N'oublie pas dans quelle posture tu te trouves : je crois être plus que clément en te proposant ce marché. Sur ce... *valete.* »

Il rabattit sa capuche et tourna les talons.

« Ganymède, ô mon bon Ganymède, murmura Elyssa quand nous fûmes seuls, que va-t-il advenir de nous ? »

Même si j'avais eu une langue, j'aurais été bien en peine de répondre.

XV

Désespoir

Nous étions tombés de Charybde en Scylla.

Quand je retrouvai Elyssa, au lendemain de notre entrevue avec Bomilcar, j'eus le cœur serré ; tout en elle était froissé, de sa robe à son apparence même. Elle se tenait adossée au puits, les genoux ramenés contre elle, l'âme dérivant dans des eaux glauques. Elle sentit ma présence – ou peut-être se contenta-t-elle de reconnaître mes pas.

« *Hâvé*, Ganymède, fit-elle sans se tourner vers moi. Viens-tu me réveiller ? Car nous dormons, n'est-ce pas ? »

Elle se releva, m'observa, et ajouta :

« Non, nous ne dormons pas. Si nous dormions, tu parlerais. Alors, tout cela va arriver ? Vraiment ? Et quelle vie aurons-nous après ? »

Je lui fis signe de se taire, et tirai de ma ceinture la tablette en cire qui avait précipité notre destin. Elle lut, puis effaça l'écriture avec son pouce.

« Crois-tu vraiment que cela soit possible, Ganymède ? Que nous puissions nous rendre dans l'entrepôt avant d'avoir... enfin, tu sais de quoi je parle. Mais après, comment regagner Rome ? »

Je tapotai l'arrière de mon crâne.

« Ah, Pamphile, bien entendu. Avec tout cela, je ne m'inquiétais plus de lui. Tu penses que ses cheveux auront repoussé ? Peut-être suffisamment, après tout. J'irai vérifier, mais... si Rome nous a envoyés ici, ce n'est certainement pas pour qu'une légion débarque à notre secours. Ganymède, je ne sais plus pourquoi nous sommes ici. Pour éviter la guerre... ou pour fournir à Rome une bonne raison de la débuter ? Peu importe, je n'arrive plus à réfléchir : je ferai comme tu dis. Tiens, que me veut Didobal ? »

L'une de nos esclaves trottait vers nous, l'air grave. Elle se pencha vers Elyssa et lui dit, le souffle court :

« Maîtresse, Syphax est ici.

– Je te demande pardon ? Comment ?

– Il a insisté pour rentrer, je ne pouvais pas...

– Dis-lui que je refuse de le voir.

– Je lui ai dit que tu étais occupée, maîtresse, mais je ne pense pas qu'il s'en ira. »

D'un mouvement de tête, je tentai de faire comprendre à Elyssa qu'il était au contraire important qu'elle voie Syphax ; avec toutes ces complications, le brusquer aurait été la pire des choses. Bien entendu, rien ne m'aurait fait plus plaisir que de lui planter un poignard dans le cœur, de le faire souffrir comme il m'avait fait souffrir. Mais il me fallait remettre à plus tard mes rêves de vengeance.

Elyssa murmura, comme pour elle-même :

« Je ne veux pas, je ne peux pas. »

Mon regard se fit plus insistant ; alors, elle ferma les yeux, respira profondément, et se leva avec résignation. Je lui emboîtai le pas jusqu'à la grande salle, où Syphax, seul, nous attendait en faisant les cent pas. La vue d'Elyssa ébranla son assurance naturelle, et il se dirigea vers elle d'un pas maladroit.

« Elyssa ! Oh, que je suis heureux de te voir, je ne vivais plus...

– Vraiment ? répliqua-t-elle sèchement, en reculant d'un pas.

– As-tu bien reçu...

– ... tes cadeaux ? Oui, je les ai amassés dans un coin en attendant de les brûler. »

Syphax déglutit, le visage entre colère et tristesse.

« Tu ne m'épargnes pas, Elyssa.

– Pourquoi le ferais-je ? M'as-tu épargnée, toi ? »

Il me montra du doigt.

« Ça ne peut pas être seulement à cause de lui ? Tu m'en veux toujours à cause de cet esclave ? Je t'ai dit que j'étais désolé.

– Oui, tu me l'as dit. Mais tu ne l'as pas dit à lui. »

Il s'étrangla.

« À *lui* ? Tu veux que je présente mes excuses à un esclave ?

– Pourquoi pas ? C'est un homme.

– C'est d'abord un esclave.

– Syphax, dis-moi... Il y a des affranchis à Carthage, n'est-ce pas ?

– Bien sûr.

– Peux-tu me dire ce qui différencie un affranchi d'un esclave, à part quelques mots dans le registre d'un fonctionnaire ? »

Syphax eut un geste d'humeur et se rapprocha d'Elyssa.

« J'en ai assez de tes questions ! Je ne suis pas venu ici pour philosopher.

– Pour quoi, alors ? »

Il attrapa sa main et, avec beaucoup de détermination, lui dit :

« Je t'aime, Elyssa. Et je désire t'épouser. »

Dans la bouche de Syphax, ces mots me faisaient l'effet d'un venin craché par un cobra. Je me sentais souillé par de telles paroles, et ne pus m'empêcher d'avoir un mouvement de recul.

Elyssa retira sa main, au grand désarroi de Syphax, puis déclara :

« Écarte-toi.

– Mais...

– Écarte-toi, te dis-je. Syphax... »

Elle hésita, puis poursuivit :

« Je t'ai vu arracher la langue de mon esclave devant une foule entière. Je t'ai entendu menacer cette même foule. Qui crois-tu convaincre ? Tu crois vraiment me faire oublier ça avec du parfum et des objets précieux ? Si c'est le cas, tu as une bien piètre image de moi. »

Syphax, vexé, leva le menton.

« Je ne serais pas là où je suis aujourd'hui si j'avais le cœur faible, Elyssa. Oui, je peux être dur. Impitoyable, même. Mais mes sentiments à ton endroit sont purs et sincères. Et que ferais-tu d'un mari qui ne saurait te protéger ? Je suis jeune, fort, riche... et je t'aime. »

Elyssa eut l'air pensif.

« Jeune, fort, riche... et tu m'aimes. J'imagine... que n'importe quelle femme trouverait cela suffisant.

– Mais tu n'es pas n'importe quelle femme, est-ce bien ce que tu t'apprêtes à me dire ? demanda-t-il les dents serrées.

– Oh, Syphax, je n'ai rien de bien exceptionnel. Mais j'ai toutefois une question à te poser.

– Je t'écoute.

– Tu m'aimes, dis-tu ?

– De tout mon cœur.

– Alors, réponds-moi : m'aimerais-tu si j'étais une esclave ?

– Encore ! Vos esclaves sont donc à ce point importants, à Tyr, là d'où tu viens ?

– Tu ne m'as pas répondu. Je t'écoute. »

Avec un geste de profond agacement, Syphax déclara :

« Ta question n'a aucun sens, et je ne puis lui apporter aucune réponse.

– Quel dommage... »

Elyssa fit quelques pas, puis se retourna vers Syphax.

« Et tous ces cadeaux que tu m'as fait porter... ils sortent de tes bateaux et de ton entrepôt, n'est-ce pas ?

– Bien sûr, pourquoi ?

– Tu avais donc tout cela à portée de main... Comme c'est commode, n'est-ce pas ? Tu mutiles mon esclave, tu me repousses, et tu essaies de te racheter en fouillant dans tes étagères. »

Il eut l'air indigné.

« Mais pas du tout ! Tu ne te rends pas compte de la fortune qu...

– La fortune n'a rien à voir avec tout ça. Crois-tu que ce soient les richesses qui fassent battre mon cœur ? Alors, écoute-moi bien...

– Je t'écoute, oui.

– Quand j'habitais à Tyr, j'ai entendu parler d'un tailleur du nom de Restio qui, à Rome, réalise des *stolae* en apparence toutes simples, mais d'un pourpre pareil à nul autre, qu'il rehausse d'une broderie en fils d'or.

– Eh bien ?

– Si tu m'aimes, fais-moi rapporter l'une de ces robes. Et je veux que mon nom y soit brodé. En alphabet latin. Ainsi, je saurai que ce n'est pas une vulgaire marchandise que tu aurais pu réserver à n'importe qui. »

Syphax passa une main dans ses cheveux.

« Tu veux... que je traite avec Rome ? Notre ennemie ? Et tu veux t'habiller à la mode des Romaines ?

– Si cela te déplaît, n'en parlons plus.

– J'espère que tu mesures ce que cela implique pour moi. »

Elyssa haussa les épaules et répondit :

« Et toi, j'espère que tu mesures ce que cela implique pour *moi*. Passer outre tes préjugés, te mettre en danger pour moi, t'exposer aux reproches, peut-être. »

Il baissa la tête.

« C'est une chose impossible que tu me demandes.

– Tu n'y es pas tenu. Seulement, moi, je saurai à quoi m'en tenir. »

L'œil de Syphax se remit à briller.

« Je *peux* faire l'impossible. Mais je voudrais être sûr que tu n'es pas en train de me faire payer ce qui est arrivé à ton esclave. »

Elyssa posa les mains sur ses hanches.

« Mais bien sûr que si, Syphax. Tout le monde doit payer pour quelque chose, un jour. Tant que tu n'auras pas fait cela pour moi, je considérerais que tu t'en tires à trop bon compte. »

Syphax poussa un soupir dépité.

« Bien, Elyssa. Je ferai selon ta volonté. Je ferai partir un bateau pour Rome dans l'heure, que ton précieux esclave en soit témoin. »

Il s'inclina, claqua des talons, et nous quitta.

Quand il ne fut plus en vue, Elyssa se laissa tomber sur un banc. Pensive, elle murmura, comme pour elle-même :

« C'est l'homme qui a mutilé mon tuteur. C'est l'homme qui a peut-être fait assassiner mon mari. C'est l'homme qu'on m'a demandé de tuer. Et c'est l'homme qui m'a redonné le sourire. »

Et elle éclata d'un rire nerveux, interminable, qui résonna dans toute la maison.

*

Il était peu probable que Syphax ose se montrer à nouveau avant que ses hommes n'aient rapporté la *stola*, et je louai l'habileté avec laquelle Elyssa l'avait écarté, temporairement ou pas. Toutefois, le temps filait, et l'ultimatum de Bomilcar datait déjà d'une bonne semaine.

Un matin, après qu'Artémidoros était venu nous rendre visite, je vis Elyssa se diriger vers moi, en proie à un vif émoi.

« Ganymède ! J'apprends que Bomilcar doit tenir un discours en public à midi. J'ai le sentiment que cela pourrait être important : pourrais-tu t'y rendre ? Pour ma part... je n'ai pas tellement envie de tomber sur Syphax, et je préfère rester ici. »

Cela devait se produire sur l'agora, la grande place dans le prolongement du port, où la justice était d'ordinaire rendue. Le discours de Bomilcar, à n'en pas douter, concernerait le conflit larvé qui opposait la cité à ses voisins Numides. Leur expansion menaçait de plus en plus Carthage, et avec Rome en soutien de la Numidie, les possibilités de riposte étaient limitées.

« Par ailleurs, ajouta Elyssa, j'ai croisé Pamphile, et je crois qu'il présente désormais une longueur de cheveux suffisante. On ne voit plus son tatouage, je te promets. Je m'occuperai de son voyage pendant que tu seras à l'agora, entendu ? »

J'acceptai, et quittai la villa.

L'agora était en bien des points semblable aux forums de Rome – en particulier, hélas, pour ce qui était du vacarme. Chaque commerçant tâchait de couvrir la voix de son voisin, et les badauds n'étaient pas en reste. Toutefois, il s'agissait d'un endroit agréable et chaleureux, qui offrait une belle perspective sur la colline de Byrsa et le temple d'Eshmun en son sommet.

Une petite estrade avait été dressée dans la partie de l'agora la plus éloignée du port, et une foule dense s'y était déjà amassée. Bomilcar ne tarderait sans doute pas à y monter. C'est alors que je remarquai, tout près de l'estrade, l'un des esclaves de confiance de Syphax. Il portait à l'épaule un grand sac de peau, allongé, qui aurait pu contenir un petit javelot. Toutefois, c'est son attitude qui m'intrigua : l'esclave n'avait de cesse que de regarder derrière lui, en direction d'un point en hauteur. J'avais beau l'imiter discrètement, je ne voyais strictement rien, si ce n'était l'imposante demeure d'un notable du nom de Gillimas. Était-ce bien elle qu'il scrutait ainsi ? Je fis en sorte qu'il ne me remarque pas, et l'observai avec intérêt.

Bomilcar parut sur l'estrade, accompagné de dignitaires du sénat, et le silence s'installa peu à peu au sein de l'agora. L'esclave de Syphax se retourna une nouvelle fois, scruta l'horizon, puis tourna les talons et fendit la foule.

Quand Bomilcar eut toute l'attention de ses concitoyens, il débuta son discours d'une manière ferme et solennelle :

« Carthaginois, vous n'ignorez pas que malgré les accords passés avec Rome Massinissa, roi de Numidie, s'est à nouveau lancé de manière insidieuse dans une politique de conquête. Quelques affrontements sans grande gravité entre nos deux armées sont à déplorer à la frontière. Pour le moment, la volonté de Massinissa n'est pas claire, et il ne nous a pas officiellement déclaré la guerre. Mais le sénat est bien entendu sur ses gardes. »

Je ne voyais plus l'esclave de Syphax. Bomilcar, lui, poursuivait :

« ... voilà pourquoi il me semble important que ce soit Rome qui arbitre ce conflit. »

Un murmure de protestations se mit à enfler.

« Rome n'est plus notre ennemie, insista Bomilcar. Et les Romains ont tout pouvoir pour faire pression sur Massinissa. Ce conflit peut se régler sans que le sang des Carthaginois ne soit versé. »

Dans la foule, les avis divergeaient. Aux applaudissements répondirent quelques sifflets ; comment aurait-il pu en être autrement ? Il y aura toujours, dans toute société, des partisans de l'affrontement armé. Mais je constatai, ce jour-là, que ce n'étaient pas eux les plus nombreux.

Je vis alors briller un point sur la terrasse de Gillimas, comme si le soleil se reflétait sur un objet métallique.

Tout se précipita alors.

Le noyau des opposants à Bomilcar s'était densifié, et avait progressé jusqu'à l'estrade en bousculant violemment tous ceux qui se trouvaient sur leur passage. Dans la foule, on réagit par des coups de poing, et quelques rixes se déclenchèrent. Un brouhaha couvrit les paroles de Bomilcar, qui se retrouva contraint à hurler pour se faire entendre. En quelques instants, ce fut le chaos. Exaspéré, Bomilcar fit un pas vers le bord de l'estrade. Un fruit gâté vint alors s'écraser sur son visage ; il grimaça et eut un mouvement de recul. Au même instant, un bruit terrible s'éleva derrière nous. Un grondement de tonnerre, sec, comme celui que j'avais déjà entendu près de l'entrepôt de Syphax. Bomilcar tomba à genoux en se tenant l'épaule. Derrière lui, l'un des sénateurs, les yeux exorbités, fit deux pas en avant alors qu'une tache écarlate grossissait sur sa poitrine. Il s'écroula face contre terre.

Sur la demeure de Gillimas, l'éclat lumineux avait cédé la place à un panache de fumée grise. Je décidai de m'y rendre aussi vite que possible.

La foule commençait à peine à réaliser ce qui venait de se passer, et au silence glacé succéda un même cri d'épouvante. Chacun bougeait de manière de plus en plus désordonnée, et il n'était pas simple pour moi de me frayer un chemin. Une fois sorti de l'agora, après avoir été bousculé de toute part, il me fallut un petit moment avant de trouver mon chemin. Mais la fumée s'élevait encore dans le ciel, bien que plus faiblement, et je courus vers elle.

Le fumet se rétrécissait à chaque clignement d'œil, et disparut bientôt presque entièrement. À cet instant, je vis l'esclave de Syphax surgir d'une ruelle et avancer à pas pressés. Il portait toujours son sac à l'épaule, et je lui emboîtai le pas. La rue pavée me trahit, cependant ; sans même se retourner, il accéléra la cadence, puis se mit à courir. Je l'imitai, mais, une fois encore, ma condition physique se retournait contre moi. Rassemblant toutes mes forces, je parvins à ne pas laisser la distance trop se creuser entre nous. Il tourna au coin d'une rue ; je le perdis de vue plusieurs instants, mais j'étais sûr de le retrouver au prochain angle.

Et pourtant.

Je me retrouvai dans une impasse crasseuse et aveugle, un mur devant moi, sans aucune trace de l'esclave. Je ne voyais ni porte ni fenêtre, et les murs étaient beaucoup trop hauts et lisses pour qu'on les escalade. Le seul décor était un tas d'ordures puant, gisant contre un mur. J'avançai, incrédule et désemparé. Quel était donc ce prodige ?

Après un long moment, je dus admettre ma défaite, et m'en allai, perplexe et essoufflé.

Dans les rues de Carthage, tout le monde parlait de ce qui venait de se passer à l'agora. Ceux qui en venaient en faisaient le récit à leurs amis ou à leur famille, en proie à la terreur et à l'agitation. Chez Hannon, le maraîcher chez qui nous allions d'ordinaire nous approvisionner, c'était un flot ininterrompu de témoignages, délires, et lamentations.

« Je te le dis comme je te vois, expliquait un badaud à un autre client. Le ciel a grondé, et Resheph[1] a frappé le suffète et le sénateur de sa main impitoyable ! Bomilcar a eu de la chance, il n'a été blessé qu'à l'épaule. Mais l'autre est mort sur le coup ! Comme s'il avait été transpercé par une lance invisible !

– Oh, malheur à nous ! rétorqua son interlocuteur. Bomilcar, en se couchant devant les Romains, a provoqué la colère des dieux ! Nous sommes perdus, perdus ! Je vais porter toutes mes amulettes en même temps.

1. Divinité carthaginoise, adorée pour se préserver de son courroux.

– Et en même temps, que veux-tu ? Bomilcar a raison. Entre Rome et Massinissa, je préfère Rome.

– Tais-toi ! s'inquiéta l'autre. Tu vois bien que ton avis n'est pas partagé par Ceux-d'en-Haut. Tu veux être foudroyé, toi aussi ?

– Eh bien… »

Hannon, le maître des lieux, finit par intervenir :

« Arrêtez ! Je suis un marchand honnête et travailleur, je ne veux pas que la même chose arrive à mon magasin ! Ne parlez plus de ça ! »

Sachant que les dieux n'avaient strictement rien à voir avec tout cela, j'aurais pu m'amuser de cet échange. Mais l'heure n'était décidément pas au rire.

Quand je revins à la villa, je fus découragé par avance d'avoir à expliquer tout cela à Elyssa par les moyens qui me restaient. Mais nos esclaves l'avaient déjà mise au courant, et il ne me restait plus qu'à y ajouter ma propre version. Ce que je fis, patiemment, par écrit, une fois que nous fûmes seuls. Quand j'eus terminé, Elyssa se laissa tomber sur un coussin, dans la grande salle. Elle me demanda alors :

« C'est donc ça, n'est-ce pas ? Cette arme terrible… Une arme qui permet de tuer de loin, de manière invisible. Quelle horreur ! Mais comment ? »

Je n'en avais pas moi-même une idée très précise. Le sac que l'esclave de Syphax portait en bandoulière contenait certainement l'instrument qui avait visé Bomilcar. Les deux fois où cette arme avait agi près de moi, j'avais noté la présence de fumée : le feu devait donc avoir un rôle à jouer dans son fonctionnement.

Je demandai à Elyssa si elle avait encore la poudre noire en sa possession. Elle me l'apporta, après quoi j'allumai une lampe en terre que je posai au sol. Je versai un peu de la poudre dans un petit carré d'étoffe, que je nouai ensuite par les quatre coins. Je fis signe à Elyssa de s'abriter derrière une colonne, et jetai le sac dans les flammes. J'allai aussitôt la rejoindre.

Tout d'abord, il ne se passa rien. Puis, alors que les flammes commençaient à lécher l'étoffe, un petit crépitement se fit entendre, et des flammèches se formèrent dans le foyer. Alors, la lampe vola en éclats dans un grand bruit, répandant dans la pièce cette fumée âcre que je ne connaissais désormais que trop bien.

Elyssa toussota, et les esclaves, alertés, parurent en hâte. Elyssa les congédia, et m'invita à la suivre dans la cour, où elle reprit son souffle par généreuses bouffées d'air.

« Si peu de cette poudre pour autant de dégâts, commenta-t-elle. J'imagine ce qui se serait passé si nous avions jeté toute la bourse… Et dire que Syphax en fait apporter des amphores entières ! »

J'expliquai à Elyssa ce que je devinais, du mieux que je le pouvais. Compte tenu de ce que nous venions de voir, j'imaginais qu'il était possible de propulser avec une très grande force un projectile suffisamment petit pour paraître invisible. Une pointe de flèche sans son fût et son empennage, en quelque sorte.

Désormais, nous avions enfin une idée du danger qui menaçait Rome. Une idée encore vague, mais suffisante pour prendre au sérieux les inquiétudes de Marcellus. Elyssa me dit :

« Je suppose que c'est Bomilcar qui était visé par cette arme, et que la mort du sénateur est accidentelle. J'ai cru comprendre qu'on lui avait jeté un fruit pourri au visage peu avant : voilà qui lui a peut-être sauvé la vie. »

Pensive, elle ajouta :

« Ils sont donc désormais prêts à le tuer. Si jamais ils y parvenaient, il y a fort à parier que son successeur serait moins réticent à aider Syphax. Et si c'est ce qu'ils ont décidé, ils finiront par y arriver. »

Elle fit craquer ses doigts, et me demanda :

« Mais, Ganymède… cet esclave que tu as vu s'enfuir… il n'a pas, que je sache, de pouvoirs divins ? Il ne s'est pas envolé ? »

Je secouai la tête.

« Il faut absolument le retrouver. Emmène-moi là où il a disparu. »

J'eus une moue sceptique.

« Je deviens folle, ici. Chaque seconde, je redoute que Syphax ne refasse irruption. Il lui serait très facile de m'épouser sans mon consentement, et je soupçonne que ce moment peut arriver plus vite que prévu. Je le hais, Ganymède, de tout mon cœur. Jamais je ne lui pardonnerai ce qu'il t'a fait, et pourtant… »

Sa voix s'érailla, elle semblait manquer d'air.

« Je ne comprends pas, finit-elle par ajouter. J'ai quand même envie de le voir, d'être avec lui. Je voudrais tellement l'oublier. »

Elle me regarda, les joues roses.

« Je suis désolée, je ne devrais pas dire ça. Pas à toi. Emmène-moi avec toi, que je cesse de penser à tout cela ! Je vais passer des vêtements plus modestes, il ne faudrait pas que l'on nous remarque. »

Elle alla emprunter une robe à l'une de nos esclaves, puis me rejoignit en disant :

« Et dire qu'au fond c'est dans cette tenue que j'ai l'impression d'être moi-même… »

*

Nous fûmes bientôt de retour dans la rue où l'esclave de Syphax avait disparu. Je scrutai à nouveau les murs, et en conclus que nul ne pouvait décidément les escalader. Du moins, pas en si peu de temps, car son avance sur moi, au moment de notre poursuite, n'était pas bien grande. Pourtant, il n'y avait aucun doute pour moi : c'était bien dans cette impasse que l'assassin s'était engouffré.

« Je n'y comprends rien, Ganymède. Il n'y a rien ici qui permette de s'enfuir. Nous ne sommes pas loin de l'entrepôt de Syphax, mais à moins de voler... »

Au moment où nous allions partir, déçus et un peu abattus, il y eut de l'agitation sur la terrasse qui nous surplombait. Une voix de femme s'éleva, et peu après le contenu d'un seau, rempli d'eaux usagées et d'épluchures, se déversa à deux pas de nous. Elyssa protesta, et une insulte lui répondit depuis le toit.

Elyssa poussa alors un petit cri d'étonnement. Elle me montra du doigt l'eau du seau qui filait entre les pavés. Je n'y voyais rien d'extraordinaire, mais elle insista, et nous suivîmes le courant nauséabond jusqu'au tas d'ordures.

C'est alors que je compris.

Les Carthaginois devaient posséder, tout comme les Romains, un réseau d'égouts pour évacuer les eaux usées. Alors qu'à Rome une partie de celui-ci était à ciel ouvert[1], celui de Carthage avait été bâti sous les rues. Près du tas d'ordures, au sol, il y avait une planche sous laquelle l'eau disparaissait. Je la poussai du pied, pour découvrir un trou depuis lequel nous parvenait le son familier d'un écoulement. C'était l'évidence même : nous cherchions une issue telle qu'une porte ou une fenêtre, et jamais nous n'aurions songé à celle-ci. Le trou était assez large pour qu'un homme de corpulence moyenne puisse l'emprunter ; et si je ne l'avais pas vu avant, c'était simplement parce que j'avais considéré cette planche comme faisant partie des détritus.

Elyssa était arrivée à la même conclusion que moi, car elle me dit :

1. Il ne devient totalement souterrain qu'au IIe siècle après J.-C. L'existence d'un réseau d'égouts à Carthage est avérée par les archéologues, même s'il est plus difficile de se faire une idée précise de son étendue et de sa nature exacte.

« L'entrepôt de Syphax et Maharbal communique certainement avec cet égout. Mais cela doit être un véritable labyrinthe. Crois-tu que nous devrions… »

Je l'interrompis d'un geste : il n'était pas question de descendre sans préparation dans un dédale malodorant, qui nous mènerait, au mieux, dans les griffes de notre ennemi. Mais surtout, il me semblait que nous étions arrivés là aux limites de ce que nous pouvions faire. Selon moi, notre mission était terminée : nous connaissions la nature de la menace, nous connaissions ses instigateurs ; la suite des événements ne dépendait plus de nous, mais de Caton. Encore fallait-il que nous puissions fuir Carthage, et sans la tête de Syphax sur un plateau, il était peu probable que Bomilcar se montre très coopérant.

Sur le chemin du retour, pour la première fois depuis notre arrivée, j'eus le cœur serré en voyant ces gens vivre, plaisanter, alors qu'au-delà de leurs murailles le danger grondait. Peut-être Elyssa lut-elle dans mes pensées, car elle brisa le silence de notre marche en disant :

« C'est drôle, tu ne crois pas ? Je vais quitter ma ville natale en donnant à ma patrie d'adoption toutes les raisons de la détruire. »

J'eus un geste d'apaisement.

« Je sais, je sais, Ganymède. Bomilcar est de bonne foi, et ne désire pas la guerre. Mais crois-tu que le sénat de Rome fera une différence ? Pour eux, un Carthaginois est un Carthaginois. Quand Caton saura que l'arme tant redoutée existe, il aura son prétexte pour attaquer. Et peu lui importera que le danger ne vienne pas du gouvernement de Carthage, mais d'une poignée de dissidents. Il ne fera pas de détail. »

J'espérais, bien entendu, convaincre Caton et le sénat d'agir autrement. Mais le pourrais-je seulement ?

XVI

D'entre les flammes

Je fus étonné qu'aucun esclave ne soit là pour nous accueillir à notre retour. Elyssa insista, cogna, frappa de toutes ses forces, mais la porte demeurait close. Toutefois, elle n'était pas fermée. Méfiant, je décidai de passer en premier et, un doigt sur les lèvres, indiquai à Elyssa de ne pas parler. Nous progressâmes prudemment dans le couloir, avant d'atteindre la cour.

« Déserte ? Que se passe-t-il donc ? » s'inquiéta Elyssa.

J'aurais voulu, en cet instant, lui dire de fuir. Je dus me contenter de gestes, mais elle insista pour rester avec moi. Mes mains étaient décidément moins convaincantes que mes paroles ; je m'y résignai, et nous traversâmes la cour.

Dans le salon nous attendait l'esclave nommée Didobal ; elle se tenait debout et immobile, le regard fixe et braqué dans notre direction.

« Eh bien, Didobal, que se passe-t-il ? Où sont les autres ? demanda Elyssa.

– Ils sont partis... en course, maîtresse.

– Tous ? Que me racontes-tu ? »

Je me rendis compte, en me rapprochant, que les yeux de Didobal étaient rouges de larmes, ce qui n'échappa pas non plus à Elyssa.

« Que t'arrive-t-il donc, pourquoi pleures-tu ? Parle !

– Maîtresse...

– Oui ? Qu'as-tu donc ? Dépêche-toi ! »

Alors, l'esclave hurla :

« Maîtresse, partez tout de suite ! »

Aussitôt ces mots prononcés, elle tourna les talons et se mit à courir en direction de la cuisine. L'abominable claquement, ce tonnerre domestiqué que j'avais déjà entendu à deux reprises, retentit dans toute la villa. Didobal fut projetée en avant comme si un taureau invisible l'avait encornée, et elle s'écroula au sol, tuée sur le coup. Elyssa poussa un cri d'effroi, mais ni elle ni moi n'eûmes le temps de nous apitoyer sur le sort de la malheureuse : déjà, quatre hommes surgissaient des pièces voisines. Je ne les avais encore jamais vus ailleurs, mais des individus aussi rapides et solidement charpentés ne pouvaient être de simples esclaves ; il s'agissait, à n'en point douter, d'anciens soldats ou, plus probablement encore, de mercenaires. Chacun portait une cuirasse matelassée, et trois d'entre eux tenaient une courte épée à la main. J'identifiai parmi ces derniers celui qui, à sa manière de se tenir devant les autres, devait être le meneur ; trapu comme un singe, la barbe coupée en pointe, il s'était fendu d'un rictus amusé. Quant au quatrième larron, gros et grand comme un ours, il brandissait un tube métallique muni d'une poignée en bois, d'où s'échappait une épaisse fumée grise. Je compris alors : c'était donc elle, cette arme terrible qui avait visé Bomilcar ! Une arme qui pouvait tuer sans effort, de plus loin qu'un arc ou un javelot, de manière presque invisible...

Les mercenaires échangèrent quelques paroles et s'avancèrent vers nous, avec autant d'assurance que si nous avions été des oisillons. Plutôt que de chercher à fuir, Elyssa fit face au meneur.

« Rendez-vous tout de suite et vous vous en tirerez vivants, déclara ce dernier. Résistez et vous mourrez.

– Si tu me veux, viens me prendre », rétorqua Elyssa.

Le mercenaire ricana et s'approcha encore un peu. Mais quand il fut tout proche, Elyssa lui décocha un coup de pied à l'entrejambe qui le mit à genoux tout net. Aucun de nos assaillants ne s'attendait à pareille résistance, et les trois autres furent frappés de stupeur. Profitant de leur étonnement, Elyssa ramassa l'épée que son agresseur – toujours à geindre de douleur – venait de lâcher.

« Pars, Ganymède ! Je vais les retenir ! » me cria-t-elle.

Elle se mit en garde, les lèvres serrées, prête à frapper. Désarmé, je ne pouvais lui être d'aucune aide ; mais la laisser seule face à ces mercenaires était au-dessus de mes forces.

À peine eurent-ils repris leurs esprits que l'un d'eux plongea sur Elyssa, épée en avant. Elle fit un pas de côté, rentra dans l'attaque adverse, et riposta d'une pique à l'épaule. L'homme grimaça en constatant qu'il saignait, et héla ses compagnons :

« Je m'occupe d'elle. Maîtrisez son esclave, en attendant. Il nous en faut au moins un des deux vivant. »

Il observa Elyssa, avec beaucoup de méfiance cette fois, et déclara :

« Tu as eu de la chance, nous n'étions pas sur nos gardes. Je ne sais pas qui t'a appris à te battre comme ça, mais c'est fini pour toi. »

Elyssa me lança un regard ferme : je n'avais sans doute plus d'autre choix que de lui obéir, et cette décision m'était insupportable. Le mercenaire qui portait l'arme inconnue et le quatrième combattant, les yeux fous, se dirigèrent vers moi. Je m'élançai alors en direction de la cuisine, dans l'espoir d'y trouver de quoi me défendre. Pendant ma fuite, derrière le bruit des pas de mes poursuivants, j'entendis encore le choc du métal ; je priai tous les dieux que je connaissais – grecs, romains ou phéniciens – pour qu'ils viennent en aide à Elyssa.

En arrivant dans la cuisine, le cœur battant à tout rompre, je fus accueilli par un spectacle d'horreur. Les corps sans vie de tous nos esclaves jonchaient le sol, leur visage figé à jamais dans une expression de détresse. Faisant mille efforts pour ne pas céder à la panique, j'attrapai un large hachoir à viande, et me retournai pour faire face à mes poursuivants.

Les deux hommes me considérèrent en ricanant, alors que je brandissais mon arme dans leur direction. La lame fendit l'air une fois, deux fois, mais cela n'entama nullement leur hilarité. Au troisième coup, l'un d'eux se déplaça vers moi en faisant un pas de côté, et me saisit le poignet. L'autre me désarma sans mal, et abattit le pommeau de son épée sur ma mâchoire.

Je sombrai dans l'inconscience.

*

Une belle lumière orangée m'enveloppait ; la vue encore trouble, je vis des étoiles devenir de simples flammes, et des taches colorées se changer en visages. La douleur se réveilla dans ma mâchoire, et hâta mon réveil.

Je me trouvais dans une salle immense, coiffée d'une haute voûte et baignant dans une chaleur intense. J'entendais des martèlements de métal, des grincements, et la respiration caractéristique d'un soufflet de forge. Je pouvais sentir une certaine agitation derrière moi, mais j'étais face à un mur et trop proche de lui pour avoir une vue d'ensemble.

Les mains liées derrière mon dos, je reposais contre une caisse. Finalement, mon regard se posa sur les deux individus qui observaient mon retour à la conscience. Le premier était un homme mûr, les cheveux ras et le visage carré ; le second paraissait bien plus âgé, et ressemblait à un pourceau auquel on aurait passé une toge. Tous deux étaient vêtus à la mode carthaginoise, mais quelque chose dans leur allure n'était pas à sa place. C'étaient eux, à n'en pas douter, qui avaient commandité notre enlèvement.

Le plus grand s'adressa à moi dans un latin si impeccable qu'il ne pouvait être qu'un Romain.

« Tu es réveillé, Grec ? Bien. Nous n'avons pas de temps à perdre. Où est la fille ?

– Tout doux, Murena, fit le plus âgé, il ne risque pas de te répondre. Tu oublies que… »

Il sortit sa langue et fit mine de la couper avec ses doigts, ce qui le fit ricaner goulûment.

« Ah, c'est vrai, reprit le grand, Syphax s'est montré un peu impulsif. Nous allons faire avec. Je reprends donc. Tu as été amené ici par deux de mes hommes. Les deux autres auraient dû revenir avec la fille, mais on ne les trouve nulle part. Bouge la tête pour me répondre : sais-tu ce qui s'est passé ? »

Je souris intérieurement : Elyssa leur avait échappé, sans quoi cette question n'aurait pas lieu d'être. Toutefois, je refusai de montrer le moindre signe de coopération, et demeurai immobile.

« Ah, évidemment, fit le nommé Murena. Tu avais raison, mon bon Luscinus, ça ne va pas être facile. Les Grecs peuvent être de vraies mules… Bien, je vais te montrer quelque chose. »

Il claqua des doigts, et il y eut du mouvement derrière lui. On lança quelque chose de flasque et d'humide sur mes genoux. Il me fallut un petit moment pour comprendre de quoi il s'agissait ; après quoi, je fus révulsé de dégoût.

J'avais sous les yeux une peau tatouée, fraîchement arrachée au crâne de son propriétaire.

Je reconnus le tatouage de Pamphile.

Je luttai pour ne pas vomir, et Luscinus me débarrassa de la dépouille.

« L'idée était astucieuse, mon ami, fit Murena. Mais tu n'as pas eu beaucoup de chance : ton esclave a embarqué sur un navire qui m'appartenait. Bien sûr, tout aurait pu bien se passer, mais il se trouve que nous tondons tous nos passagers esclaves depuis quelques jours à cause d'une recrudescence de poux.

– Ton Pamphile s'est montré bien plus coopératif que toi, enchaîna Luscinus. Je crois qu'il recherchait une mort rapide.

Je te rassure, nous avons prélevé ce petit souvenir *après* l'avoir tué. »

Murena posa un genou à terre pour se placer à ma hauteur.

« Résumons la situation : ton messager est mort avant d'avoir quitté Carthage. Tu es notre prisonnier, et que tu nous aides ou pas, nous allons finir par retrouver la fille. Vous êtes isolés, et je sais pertinemment que vous n'avez pas pu prévenir Rome autrement. C'est *nous* qui contrôlons Carthage, pas ce traître de Bomilcar. Alors, tu ne perds rien à nous aider. Si tu ne le fais pas, nous ferons tuer tous ceux que vous avez pu approcher depuis votre arrivée, sans exception. Tu ne voudrais pas causer la mort d'innocents ? »

Je détournai le regard.

« Non, bien sûr, tu ne veux pas, tu as un cœur pur, grinça Murena. Puisque tu ne veux rien dire au sujet de ta maîtresse, réponds à ceci : quelqu'un d'autre est-il au courant pour les *pyrobélos* ? »

Pyrobélos... Dans ma langue, cela signifiait « flèches de feu ». J'aurais pu être flatté que ce Romain ait choisi le grec pour nommer son arme infernale. Mais compte tenu des circonstances, cet hommage à mon peuple ne me procura qu'une médiocre satisfaction, et je ne lui fis grâce d'aucune réponse.

Luscinus soupira à mon silence.

« Cela ne sert à rien, Murena. Il ne nous aidera pas. Tuons-le tout de suite. Nos hommes finiront bien par ramener la fille. »

Murena réfléchit, puis tira une dague de sa ceinture.

« Tu as raison, Luscinus. Ah, voilà un moment que je n'ai pas fait ça : cela ira peut-être moins vite que tu ne l'espères, esclave. »

C'était fini. J'allais mourir dans cet entrepôt, loin de Rome et d'Athènes, et, comble de l'ironie, tué par deux Romains. On retrouverait sans doute mon corps flottant dans le port, à moitié dévoré par les poissons. Jamais je ne saurais pourquoi ces deux individus vouaient une telle haine à leur cité natale. Je fermai les yeux, résigné, attendant le baiser mortel du fer.

C'est alors qu'une voix que je pensais ne plus jamais entendre s'éleva derrière Luscinus.

« Jette cette dague immédiatement, ou je te fais goûter à ta propre médecine ! »

Elyssa, maculée de boue, ses bras et jambes couverts d'écorchures, visait Murena avec l'un des *pyrobélos*, qu'elle tenait appuyé sur son épaule droite. Dans sa main gauche brûlait une mèche, qu'elle menaçait d'approcher du tube.

Murena se releva avec le plus grand calme, et fit face à Elyssa.

« Comment es-tu arrivée ici ? Où sont mes hommes ?

– Ce n'est plus à toi de poser les questions.

– Je t'ordonne de me répondre !

– Change de ton, et jette ta dague. »

Elle eut un mouvement de tête vers Luscinus.

« Et toi aussi. »

Ils s'exécutèrent tous deux de mauvaise grâce. Je ne pouvais voir ce qui se passait derrière moi, mais je supposai que le personnel de Murena et Luscinus était désormais alerté. Elyssa regarda droit devant elle et cria :

« Vous tous ! Reculez, ou je tue vos patrons ! Plus vite que ça ! »

Luscinus ricana.

« Tu peux peut-être tuer l'un d'entre nous, mais pas les deux. À quoi cela te servira-t-il ? Tire, et la seconde suivante tu seras à terre et désarmée.

– Peut-être bien, répondit Elyssa. Mais as-tu envie d'être celui qui se sacrifiera ? »

Luscinus proféra une insulte et se tut.

Murena, lui, fit un pas en avant.

« Recule ! lui ordonna Elyssa en approchant la flamme un peu plus près du *pyrobélos*.

– Tu es la femme de Marcellus, n'est-ce pas ? demanda Murena. Oui, bien sûr... Je comprends mieux, maintenant. Tu étais là quand il est mort ? Je me demande comment ça s'est passé. A-t-il gémi comme un porc ? Ou est-il resté digne et arrogant ?

– Ne prononce pas le nom de mon mari, qui que tu sois.

– Pourquoi ? Tu penses que son fantôme va venir me harceler ?

– Dis un mot de plus, et tu pourras en discuter avec lui dans les Enfers.

– Es-tu sûre de comprendre comment fonctionne cette arme, jeune femme ? La tiens-tu seulement du bon côté ?

– Je ne suis pas stupide.

– Oui. Moins que ton chien de mari, de toute évidence. »

Un son pitoyable jaillit de ma gorge. Alors qu'Elyssa aurait pu profiter de son avantage pour que nous prenions la fuite, elle cédait à une provocation grossière. Elle posa la flamme sur le *pyrobélos*, et en dirigea l'extrémité vers la tête de Murena.

Il y eut un gargouillis curieux dans les entrailles de l'arme, et une fumée timide s'en dégagea. Ni bruit ni choc : Murena se tenait toujours debout.

« Cela arrive de temps en temps, dit-il. Il y a un petit coup de main à prendre. »

Il s'approcha d'elle, lui arracha le *pyrobélos* des mains, et la gifla si fort qu'elle tomba à genoux.

Luscinus me dépassa en vociférant.

« Comment a-t-elle pu se procurer une arme chargée ? Qui d'entre vous a commis cette imprudence ? Que le coupable se dénonce immédiatement ! »

Un murmure lui répondit, et Luscinus grommela :

« Nous réglerons cela plus tard... Si personne n'avoue, ce sera comme dans l'armée romaine : j'en ferai tuer un sur dix parmi vous ! La décimation, c'est une méthode qui a fait ses preuves ! »

Murena avait relevé Elyssa par les cheveux, et la secouait sans ménagement.

« Tu as osé me menacer, sorcière ? Moi, le grand Publius Dexius Murena ? »

Il la jeta contre moi, cracha sur nous, et fit signe à Luscinus de lui apporter quelque chose. Bientôt, il eut dans les mains un autre *pyrobélos*, et nous visa.

« Cette fois, je vous le garantis, cela va fonctionner ! lança-t-il avec un air de charognard. Vous avez encore quelques instants pour prier vos dieux.

– Non ! »

Murena se figea et Luscinus ouvrit une bouche toute ronde.

Il y eut des bruits de pas décidés. Le visage de Murena trahissait l'embarras, mais pas la peur : sans doute connaissait-il bien celui qui venait de différer notre exécution. Murena baissa la gueule du *pyrobélos*, et demanda sèchement :

« Puis-je connaître la raison de cette intervention, Syphax ? Où étais-tu passé ? »

Syphax se pencha vers Elyssa, et l'aida à se relever. Puis, quand elle fut stable sur ses jambes, il s'écarta.

« J'étais passé chez elle. Qu'est-ce que cela signifie ?

– De quoi parles-tu ? rétorqua Murena avec colère.

– De tous ces morts ! Étiez-vous vraiment obligés de faire assassiner tout leur personnel ? »

Murena haussa les épaules.

« On n'est jamais trop prudent. Et cesse un peu cette hypocrisie : tu ne vas quand même pas t'offusquer de la mort de quelques esclaves ? Au fait… qu'allais-tu faire chez elle ? »

Syphax, la mâchoire crispée, fixa Elyssa.

« C'est que j'avais quelque chose pour toi, Elyssa. »

Il jeta à ses pieds une étoffe roulée en boule.

« Allez, ramasse-la ! Et regarde de quoi il s'agit !

– Syphax… commença Elyssa.

– Ne parle pas, regarde ! Allez ! »

Elle prit l'étoffe entre ses mains et la déplia. C'était une *stola* pourpre rehaussée de fils d'or.

« Est-ce bien ce que tu voulais ? Est-ce bien ce que tu m'avais demandé ? »

Murena enrageait.

« Syphax, vas-tu nous expliquer, oui ou non ? Serais-tu devenu fou ? »

Syphax ne tint aucun compte des questions de Murena, et s'époumona :

« Est-ce ce que tu m'avais demandé ? Réponds !

– Ou… Oui, fit Elyssa. C'est ce que je t'avais demandé. »

Luscinus posa une main sur l'épaule de Syphax, qui la dégagea d'un geste agressif.

« Elyssa, tu ne veux pas l'essayer ?

– Syphax… »

Il se tourna vers Murena et Luscinus, la bouche déformée par un sourire forcé.

« Vous savez d'où vient cette *stola* ? De Rome ! Elle m'a demandé de la lui faire rapporter. J'y ai consacré un équipage entier. Rien que pour cette robe. Mais regarde, Elyssa, il y a ton nom brodé, comme tu le voulais ! Ça te plaît, j'espère ? »

Murena secoua vigoureusement Syphax.

« Syphax, vas-tu te taire ? Tu sais qui ils sont, maintenant ?

– Oh oui, je le sais ! »

Il s'approcha d'Elyssa. Leurs visages se touchaient presque. Alors, il se mit à hurler, à rugir, même, les veines du cou saillantes et le teint cramoisi :

« Je n'ai jamais été autant humilié ! Tu n'as jamais été sincère avec moi, n'est-ce pas ? Tout ce que tu voulais, c'était me trahir, depuis le début ! »

Elyssa n'osait rien dire, et ployait sous les cris comme le roseau sous la tempête.

« Je devrais te tuer, t'étrangler de mes mains, maintenant !

– Ce serait une excellente idée, rétorqua Murena. Ne t'en prive pas, mais, surtout, dépêche-toi. »

Syphax fit un pas en arrière et s'épongea le front.

« Non. Elle doit vivre. »

Murena grogna :

« Tu ne songes tout de même pas à l'épargner ? Pas après ce que tu as appris, pas après ce qu'elle t'a fait ?

– Ce matin encore, je pensais qu'elle allait accepter de m'épouser. »

Il lança un regard oblique à Elyssa, et croisa le sien. Je pus voir sa colère s'effacer, ne laissant plus devant nous qu'un homme malheureux et perdu. Murena, lui, s'impatientait :

« Et cet après-midi, tu as appris que c'était une espionne à la solde de Caton. Pardonne-moi si je ne comprends pas ton obstination à la laisser respirer. »

Syphax tâcha de reprendre une contenance. Il bomba le torse, leva le menton, raidit la nuque et, cachant à grand-peine son émotion, il dit :

« Je crois... que nous pouvons retourner tout cela en notre faveur.

– Oh, vraiment ? ironisa Murena.

– Oui, elle sait beaucoup de choses, et elle pourrait nous être utile. Pour envoyer de fausses informations à Caton, justement. »

Luscinus couina :

« Je ne vois absolument pas comment nous pourrions lui faire confiance. Et puis, quoi que nous décidions, il y a quand même quelque chose qui n'est pas résolu : comment s'est-elle débarrassée de nos hommes ? Elle est sans doute coriace, très coriace, même, mais ça n'explique pas tout. »

Murena se caressa le menton.

« Tu as raison... Dans ma rage, j'avais oublié ce détail. Réponds, femme : comment as-tu fait pour échapper à mes hommes et pénétrer ici seule ? »

Elyssa eut une moue de dédain.

« Je suis venue ici par le même chemin que ton esclave... Celui qui a tenté de tuer Bomilcar. Par les égouts !

– Mais comment as-tu... » commença Murena.

Elle l'interrompit :

« Peu importe *comment* je suis venue. Mais tu fais erreur sur un point.

– Lequel ? Je t'écoute.

– Je ne suis pas venue seule. »

Syphax, Luscinus et Murena se figèrent. Elyssa regarda quelque chose derrière moi, au loin, hocha la tête, puis se jeta sur moi.

Un instant plus tard à peine, je crus que la terre s'ouvrait en deux, ou qu'un volcan était entré en éruption à quelques pas de nous. Un bruit monstrueux retentit, suivi d'un souffle d'une force inouïe qui balayait tout autour de nous. Des objets et des débris volaient en tous sens, et je sentis une langue de feu lécher mon crâne. La solide caisse contre laquelle j'étais adossé assurait cependant un abri inespéré pour Elyssa et moi-même ; Luscinus et Syphax, eux, furent projetés en arrière, en plein sur Murena.

Au tonnerre répondirent des cris de panique. Je me redressai et fis face à la scène. Elyssa m'imita, et en profita pour détacher mes liens.

Devant nous, un rideau de fumée noire allait en s'épaississant ; et derrière ce voile, des ombres gesticulaient, couraient, et tâchaient d'échapper aux flammes qui continuaient de jaillir d'un peu partout.

L'air était devenu presque irrespirable, et je me mis à tousser. Derrière moi, nos agresseurs, encore affaiblis par la déflagration, ne respiraient eux aussi qu'à grand-peine. À mes côtés, Elyssa se frottait les yeux, suffoquant.

Le temps ne s'écoula plus pendant un bon moment. Chaque bouffée d'air était comme un fer chauffé à blanc plongé dans notre gorge. Je luttai pour ne pas perdre connaissance à nouveau, économisant mon souffle du mieux que je pouvais. Elyssa se tenait à moi en chancelant, régulièrement pliée en deux par une quinte de toux.

La fumée commença à se dissiper, lentement, grâce aux soupiraux percés en hauteur, et l'air redevint plus facilement respirable.

J'observai alors une silhouette se détacher des volutes grises : un homme se dirigeait vers nous d'un pas décidé. Quand il fut proche, je vis qu'il ruisselait d'eau. Je peinai tout d'abord à le reconnaître, car il portait un carré d'étoffe autour de sa bouche et de son nez pour se protéger. Mais sa carrure, ses déplacements et son regard m'étaient familiers.

C'était Quintus.

Que faisait-il donc à Carthage ? Comment avait-il été prévenu de nos malheurs ? Je remis ces questions à plus tard, pour savourer le salut qu'il nous offrait.

« Enfin ! Qu'attendais-tu ? demanda Elyssa, le visage soudain lumineux.

– Je prenais la mesure du danger », répondit Quintus d'une voix neutre.

Syphax était encore à genoux, le souffle court. Je notai de nombreuses estafilades sur ses membres nus, et à la manière dont il tenait sa main contre sa poitrine, je soupçonnai qu'il ait une ou plusieurs côtes brisées. Murena, lui, avait eu l'épaule déboîtée et serrait les dents de douleur. La graisse de Luscinus avait probablement atténué l'intensité du choc, mais une partie de son cuir chevelu s'était retrouvée arrachée, et du sang lui coulait en filet devant les yeux.

« Ces deux-là sont romains. Qui sont-ils ? tonna Quintus.

– Et toi, qui es-tu donc ? maugréa Murena entre deux toussotements. Est-ce là ton œuvre ?

– C'est mon œuvre, oui. Je n'ai eu qu'à jeter une torche à l'endroit où tes hommes manipulent cette poudre.

– Pauvre fou, tu aurais pu tous nous tuer !

– Je te crois : Caton avait raison, c'est une arme terrifiante que vous tenez là. Dommage qu'elle se soit retournée contre vous. »

Murena scruta le sol.

« Tu cherches ta dague ? demanda Quintus. Je ne te le conseille pas. »

Et comme pour donner corps à sa menace, il dégaina son glaive.

Syphax, dans un hoquet douloureux, dit alors :

« Que croyais-tu en venant seul ici ? Dès que la fumée sera totalement dissipée, nos gardes seront là.

– Tu parles des fillettes à l'entrée, là-haut ? Je suis allé leur rendre une petite visite dès mon arrivée. Ils n'iront plus nulle part. »

Luscinus et Murena firent la grimace.

« Nous sommes trois contre toi, répliqua Syphax.

– Il en faudrait cent comme vous pour que je commence à m'inquiéter. Elyssa, Ganymède... tout va bien pour vous ?

– Je crois, oui, répondit Elyssa.

– Bien. Maintenant, je veux savoir qui sont ces Romains.

– Et où est Maharbal ? ajouta Elyssa. Est-ce l'un d'entre vous ? »

Syphax choisit cet instant pour se jeter sur Quintus. Un battement de cils plus tard, il gisait au sol, la semelle du soldat appuyant sur sa gorge.

« Dois-je le tuer ? demanda Quintus d'un ton neutre.

– Surtout pas ! s'écria Elyssa.

– Comme tu voudras. À présent, je veux des réponses. Mais tant que ces deux-là penseront avoir une chance de s'en tirer, nous n'avancerons pas. »

Quintus souleva son pied, et asséna un violent coup de talon à Syphax.

« Elyssa, Ganymède, commanda-t-il, prenez cette corde et attachez-les. Vous autres, ne cherchez pas à vous débattre. Surtout pas. »

De fait, personne n'osa bouger. Quand Elyssa lia les poignets de Syphax, celui-ci lui jeta un regard suppliant ; elle se contenta de détourner les yeux.

Une fois nos ennemis ligotés, Quintus saisit Murena par le cou, et le traîna jusqu'au centre de la salle. Les blessés y gisaient nombreux ; les morts aussi, probablement. Et ceux qui tenaient encore debout n'avaient plus guère le courage de s'opposer à quoi que ce soit. Quintus s'adressa à eux en ces termes :

« Vous avez la chance d'être encore vivants : ne la gâchez pas. Partez maintenant. Il en va de la vie de votre maître, mais aussi de la vôtre. »

Les ouvriers hésitèrent, s'échangeant des regards inquiets, puis s'éloignèrent – à reculons pour certains – vers l'immense double porte métallique qui menait à la partie supérieure de l'entrepôt. Ils écartèrent les battants avant de s'engouffrer dans les escaliers sans demander leur reste.

« Les lâches... siffla Murena entre ses dents.

– Nous verrons dans quelques instants si tu vaux mieux qu'eux, répondit calmement Quintus. Ganymède, Elyssa, amenez-les ici ! »

Nous avançâmes tous les quatre jusqu'à Quintus et Murena.

« Maintenant, fit Quintus, je crois que nous allons pouvoir discuter. »

XVII

Maharbal

Après les avoir obligés à remettre en place la barre de bois qui permettait de bloquer la porte depuis l'intérieur, Quintus ordonna à Syphax, Luscinus et Murena de s'agenouiller devant nous. Murena, n'y tenant plus, demanda :

« Dis-nous au moins une chose, légionnaire. Nous surveillons tous les échanges qu'il peut y avoir entre Carthage et nos ennemis potentiels. Comment, alors ? Comment cette sorcière a-t-elle fait pour te prévenir ? Caton ne t'aurait jamais envoyé spontanément. »

La question n'intéressait nullement Quintus. Mais Elyssa fit un pas en avant, montra Syphax du doigt et annonça :

« C'est lui qui a prévenu Quintus. »

Syphax blêmit.

« Que racontes-tu ? Moi ?

– Oui, poursuivit Elyssa. Toi. Avant que nous quittions Rome, Quintus ici présent m'a confié une chose, dont même Ganymède n'était pas au courant. Il m'avait dit : "Si jamais la situation vous échappait, débrouille-toi pour faire passer un message à un ami à moi, un tailleur du nom de Restio. Il me contactera immédiatement. Alors, avec ou sans l'aide de Caton, j'agirai." »

Je me rappelai tout à coup la scène. J'étais loin de penser que ces mots chuchotés à l'oreille d'Elyssa revêtiraient une telle importance.

Syphax, lui, en tremblait.

« Tu veux dire que...

– Oui, Syphax. Tu as toi-même fait passer notre appel à l'aide à Restio en lui commandant cette robe brodée à mon nom. C'était le moyen le plus sûr pour que mon message ne soit pas intercepté : faire de toi mon messager, à ton insu.

– Espèce de sale pe... » commença Murena, avant que la semelle de Quintus ne s'écrase sur son nez.

Syphax, muet, observait Elyssa dans un bouillonnement d'admiration, de chagrin et de colère. Quintus poursuivit :

« Dès que j'ai été prévenu par Restio, je me suis arrangé pour retarder l'équipage de Syphax. J'ai ainsi pu embarquer pour Carthage avec une bonne journée d'avance sur lui. Une fois sur place, je n'ai pas eu de mal à localiser la villa d'Elyssa et Ganymède. »

Il fronça les sourcils, et reprit :

« Quand je suis arrivé, tous les esclaves avaient déjà été tués par vos mercenaires. Heureusement, Elyssa et Ganymède n'étaient pas encore là. Je me suis alors dissimulé, en attendant de voir ce qui allait se passer.

– Je n'aurais pas pu tenir longtemps contre eux, intervint Elyssa. Juste après que Ganymède a essayé de s'enfuir, je me suis précipitée vers l'extérieur pour appeler à l'aide. C'est alors que Quintus est intervenu, et m'a débarrassé d'eux. Mais Ganymède avait déjà été capturé. »

Je me demandai l'espace d'un instant pourquoi, dans ces conditions, Quintus n'était pas intervenu plus tôt, et ne m'était pas venu en aide. Mais sans doute ma capture avait-elle mieux servi ses plans.

Murena grinça des dents et leva la tête vers Quintus.

« Soldat, comment as-tu su pour...

– ... pour la poudre ? Pour vos "*pyrobélos*" ? Une fois que j'eus expliqué aux deux mercenaires qui couraient après Elyssa ce qui les attendait s'ils ne m'expliquaient pas tout, je peux te dire qu'ils se sont montrés très bavards. »

Luscinus grogna de rage, et Murena se réfugia dans le silence.

Quant à moi, à présent que j'avais une vue dégagée des lieux, je pris conscience dans toute son ampleur du projet de nos ennemis. Bien sûr, le terrible souffle avait détruit une bonne partie des installations. Mais je pouvais encore voir, intacte, une forge colossale ; un bassin, sans doute alimenté par l'eau du port, pour le refroidissement des métaux ; des tables immenses où les ouvriers de Murena, Syphax et Luscinus assemblaient les *pyrobélos*. Dans un angle, les fameuses amphores de poudre noire formaient une masse menaçante : il y avait là de quoi réduire en cendres tout un faubourg en quelques instants. Tout près, la vue de trois immenses fûts d'acier, parallèles au sol et montés sur un chariot, me fit frissonner : je n'osais imaginer à quoi ils pouvaient bien servir.

« Vos mercenaires nous ont confirmé que les égouts communiquaient avec les entrepôts, et Elyssa s'est portée volontaire pour emprunter ce chemin. Je n'étais pas rassuré de la laisser y aller seule, mais j'ai eu raison de lui faire confiance, au final. Quant à moi, me glisser ici discrètement a été un jeu d'enfants. Je vous ai observés un moment, puis j'ai lancé une torche enflammée à l'endroit où les esclaves manipulaient cette poudre noire. J'ai juste eu le temps de me jeter dans le bassin pour me protéger, sans quoi j'aurais été tué moi aussi. »

Il fit craquer les os de ses doigts et continua :

« Mais cela suffit. Maintenant que votre curiosité est étanchée, à nous. Première question : où est le nommé Maharbal ? »

Nos trois prisonniers demeurèrent silencieux. Patiemment, Quintus reprit :

« Ne jouez pas aux héros. Vous n'en êtes pas. Aucun d'entre vous.

– Quoi qu'il advienne, nous tuer ne t'avancera à rien, siffla Luscinus.

– Cela me donnera au contraire une immense satisfaction. Alors, cessons ce petit jeu, veux-tu ? Commençons par toi. Réponds : où est Maharbal ? »

Luscinus soupira et, d'une voix lasse, déclara :

« Tu l'as devant toi.

– Tais-toi, traître ! protesta Murena.

– Peu importe, maintenant, le sort en est jeté. Oui, soldat, tu as devant toi Maharbal.

– Est-ce donc toi ? l'interrogea Quintus.

– C'est moi... Mais c'est lui aussi, fit-il en désignant Murena du menton. Nous sommes Maharbal, du moins ce qu'il en reste. »

Quintus leva un sourcil. Elyssa et moi attendîmes la suite.

« Il serait trop long de tout t'expliquer, mais sache que "Maharbal" n'a jamais existé en tant que personne. Derrière cet être imaginaire, il y avait Murena, un certain Buteo aujourd'hui décédé et moi-même, Luscinus. M, B et L. »

Voilà donc pourquoi personne n'était jamais capable de fournir un portrait exact de ce fameux Maharbal : il n'existait tout simplement pas. Les choses paraissaient désormais un peu plus claires. Un peu seulement.

« Vous êtes romains tous les deux, poursuivit Quintus. Je ne comprends pas ce que vous faites ici.

– Tu ne comprends pas ? ricana Luscinus. Mais depuis quand les soldats devraient-ils *comprendre* ? On leur demande d'obéir, et c'est tout. Sache juste une chose : nous avons toutes les raisons de haïr Rome, et plus particulièrement Caton. Peut-être plus encore que les Carthaginois eux-mêmes. »

Nous demeurâmes silencieux, et ce silence incita Luscinus à délier encore un peu plus sa langue :

« Caton veut la guerre, n'est-ce pas ? Il va l'avoir. Mais cette fois, c'est Rome qui ne s'en relèvera pas. Les projectiles crachés par notre *pyrobélos* peuvent traverser n'importe quelle armure.

Ils peuvent faire voler en éclats un bouclier. Et il n'y a besoin d'aucune force pour les utiliser. Mais il y a mieux ! »

L'écume aux lèvres, comme une bête enragée, il nous désigna de la tête les énormes fûts montés sur chariot.

« Nous les appelons "*ora ardentes*[1]", continua-t-il avec empressement. Ils tirent des projectiles d'une coudée[2] de diamètre. Deux ou trois tirs sur une coque peuvent envoyer une trirème par le fond. Cette fois, l'armée romaine n'a plus aucune chance.

– Peut-être, convint Quintus. Mais Bomilcar...

– Oh, l'interrompit Luscinus, Bomilcar s'accroche à l'idée de paix comme une tique au ventre d'un chien, c'est vrai. Mais écoute donc ceci ! Une délégation d'ambassadeurs carthaginois est partie à Rome ce matin. Ils comptent demander à Rome d'arbitrer le conflit qui oppose en ce moment Carthage à la Numidie. Ils remettront alors un cadeau aux consuls : une statuette en or à l'effigie de la déesse Tanit. Sa coiffe est munie d'une mèche, que l'un des ambassadeurs allumera comme symbole de l'entente entre Rome et Carthage. »

Quintus attrapa Luscinus à la gorge.

« Misérable charogne ! Es-tu en train de me dire...

– Luscinus, n'en dis pas plus ! tonna Murena.

– Peu importe qu'ils sachent, il est trop tard ! triompha Luscinus. Oui, soldat, tu as parfaitement compris. Nous sommes parvenus, au port, à échanger la statuette de la délégation avec une réplique de notre invention. Celle-ci est recouverte d'une feuille d'or, à l'imitation de l'originale, mais faite en réalité de terre cuite... Et comme tu sembles l'avoir compris, elle est remplie de poudre noire. Dès que la flamme brûlera, le tonnerre se déchaînera dans le sénat romain. Tu viens de voir quels

1. En latin : « Bouches enflammées ».
2. Environ 44 centimètres.

dégâts cette poudre pouvait causer. Bien entendu, la quantité de poudre n'est pas suffisante pour tuer tous les Romains présents, mais… avec un peu de chance, Caton sera du nombre. Et quand bien même : après cet incident diplomatique, la guerre sera de toutes les manières inévitable. Bomilcar devra alors accepter nos armes, quoi qu'il en pense. »

J'observai Elyssa, tâchant d'imaginer quels sentiments pouvaient bien être les siens en un moment pareil. Son regard croisa celui de Syphax. Il avait beau être le complice de Murena et Luscinus, je ne le croyais pas animé des mêmes intentions. Syphax pensait agir comme le libérateur de son peuple ; les deux autres, je le devinais, réglaient seulement leurs comptes avec Caton. J'ignorais quel pouvait bien être leur différend, mais ce dont j'étais sûr, c'est qu'il ne justifiait pas une guerre entre les deux cités les plus puissantes au monde.

Je sentis Elyssa plus perdue que jamais, et en proie à des sentiments aussi violents que contrastés. Elle explosa soudain :

« Mais de quoi vous réjouissez-vous, pauvres fous ? Vous êtes à notre merci, et nous allons faire disparaître ces armes maudites ! Si votre crime a bel et bien lieu, alors, oui, vous aurez votre guerre… mais Carthage devra lutter à armes égales avec Rome. Et comprenez-vous que cette fois Rome ne laissera rien de vivant de la mer jusqu'au désert ? »

Murena et Luscinus se turent. Peut-être venaient-ils seulement de réaliser que leurs rêves de vengeance – quelle qu'en soit la motivation – s'étaient écroulés là, dans cet entrepôt sordide.

Des pas, nombreux et décidés, résonnèrent derrière la porte : on venait au secours de nos prisonniers. La porte trembla sous un premier assaut, mais tint bon.

Quintus ferma un moment les yeux, puis déclara :

« Bien, ne perdons pas de temps. En temps normal, vous devriez être ramenés à Rome et jugés, mais c'est un luxe que nous ne pouvons nous permettre. Vous savez ce qui va arriver, je suppose. »

Murena soupira :

« Oui, soldat. Épargne-nous tes discours, et finissons-en rapidement.

– Nous ne savons toujours pas pourquoi ils en voulaient autant à Rome », intervint Elyssa.

Murena regarda Elyssa droit dans les yeux et lui dit :

« Il vaut mieux pour ton propre confort que tu ne l'apprennes jamais... Sache tout de même une chose : tu es autant une traîtresse envers Carthage que nous le sommes envers Rome. Comme nous, tu as placé ta cité d'adoption au-dessus de celle qui t'a vue naître. Mais on n'échappe pas à ce que l'on est. Il y aura toujours quelqu'un pour te le rappeler. Toujours ! Rendez-vous aux Enfers, sorcière. »

Le visage d'Elyssa était semblable à un masque de cire. Les yeux fixes, les lèvres mortes, elle affronta silencieusement Murena. Finalement, celui-ci expira bruyamment en levant la tête vers Quintus.

« Allez, soldat, je crois que le moment est venu. Tranche vite et profond, si tu n'y vois pas d'inconvénient.

– Pas le moindre. Tout ira vite, n'aie crainte », affirma Quintus d'une voix apaisante.

L'ancien centurion nous invita, Elyssa et moi, à tourner le dos à la scène.

Il y eut un bruit de pas, puis celui d'un glaive que l'on retire de son fourreau ; peu après, on entendit un corps frapper mollement le sol. Alors, Luscinus poussa un « Non ! » indistinct, flétri de désespoir. Malgré tout ce que je pouvais penser de lui, sa supplique me glaça les sangs. Un autre corps s'effondra.

« Syphax, c'est ton tour », annonça Quintus.

À ces mots, Elyssa se retourna et retint le bras de Quintus.

« Attends, Quintus ! s'écria-t-elle. Ne le tue pas. »

Quintus se raidit.

« Elyssa, tes sentiments ne d...

– Il ne s'agit pas de ça. De ce que je sais, c'est Syphax qui se chargeait d'approvisionner Carthage en poudre noire. Si nous le tuons, c'est tout le secret de cette poudre que nous perdons. Je ne pense pas que Caton serait ravi que nous revenions sans cette information. Rome pourrait en tirer bénéfice, tu ne crois pas ? »

Quintus demeura pensif, alors que Murena et Luscinus, face contre terre, se vidaient petit à petit de leur sang. À côté d'eux, Syphax, toujours à genoux, gardait les yeux fermés, attendant la mort ou la grâce. Finalement, Quintus rengaina son glaive. Le glissement de la lame dans le fourreau était probablement la plus belle musique que Syphax ait entendue depuis longtemps.

« Relève-toi, Syphax, commanda le centurion, et remercie cette jeune femme. Je pense que nous faisons une erreur, mais j'assumerai ce risque. Je vais défaire tes liens. Si tu tentes quoi que ce soit, je te tuerai. Tu n'as aucune chance. Est-ce que tu m'as bien compris ?

– J'ai bien compris, oui », grinça le prisonnier.

À nouveau, un choc ébranla la porte, plus durement cette fois. Nos assaillants étaient probablement allés quérir un bélier.

« Nous allons repartir par les égouts, affirma Quintus. Elyssa nous aidera à nous repérer. Mais avant cela, il faut nous assurer que cette poudre et ces armes ne pourront pas être utilisées contre Rome. »

Je fis de grands gestes de protestation. Si Quintus avait l'intention de mettre le feu à toute la poudre restante, nous serions tous tués avant d'avoir pu nous mettre à l'abri. Mais le soldat avait vraisemblablement d'autres projets.

« Syphax, l'eau du bassin, là-bas... vient-elle du port ? »

Syphax eut une moue haineuse.

« Trouve la réponse tout seul, Romain... »

Quintus, sans un mot, décocha un coup de pied dans le genou droit de Syphax, qui perdit l'équilibre. Il le retint par les cheveux, et serra sa mâchoire comme pour la broyer.

« Tu ne veux pas répondre ? Fort bien. Alors, notre accord s'achève ici, et Elyssa ne te sauvera plus. Prie tes dieux, et vite. »

Syphax protesta, et Quintus relâcha son étreinte. La voix brisée, les yeux brillant de haine, il déclara :

« Oui, Romain, c'est bien l'eau du port. Nous avons fait aménager un conduit d'eau au moment où l'entrepôt souterrain a été transformé en forge.

– Et si le conduit venait à céder ?

– L'eau se répandrait dans tout l'entrepôt », concéda Syphax entre ses dents.

Quintus hocha la tête.

« Voilà qui me semble parfait. Sais-tu où passe ce conduit ?

– Parfait ? Cela te semble parfait ? Mais...

– Ne discute pas, et réponds ! Où est l'arrivée de ce conduit ?

– Juste derrière le mur du bassin. »

Pendant ce temps, la barre de bois qui maintenait la porte fermée était en train de se fendre. Quintus observa le mur, puis son regard se porta sur l'un des *ora ardentes*.

« Sais-tu utiliser cet engin de mort ? » demanda-t-il soudain.

Syphax hésita, puis lâcha, d'un ton las :

« Oui. Évidemment.

– Alors, tu vas nous le prouver tout de suite.

– Quoi ?

– Luscinus a dit que vos *ora ardentes* pouvaient couler un navire. Alors, ils pourraient aussi faire voler en éclats ce mur, et la canalisation qui se trouve derrière, n'est-ce pas ? Arme cette chose. Immédiatement.

– Tu veux donc que nous mourions noyés ?

– La seule chose que je désire noyer, ce sont ces armes et cette poudre. Dépêche-toi.

– Romain, tu as tort de croire que la peur de la mort me ferait faire n'importe quoi. Je refuse, et je crache sur toi, ta cité et les tiens. »

Quintus le jaugea du regard, se retourna vers nous, et annonça :

« Il ne nous aidera pas. »

Elyssa s'avança vers le soldat.

« Alors, Quintus, je vais essayer moi-même. Partez maintenant. Vite. »

Syphax, aux abois, s'empressa de dire :

« Tu n'y arriveras jamais, les projectiles sont bien trop lourds ! Enfuyons-nous, et c'est tout.

– Oui, vous allez vous enfuir. Mais moi, je reste ici. Je trouverai un moyen de faire disparaître tout cela, coûte que coûte. »

J'attrapai la main d'Elyssa ; elle couvrit mes doigts de son autre main, puis se retira doucement.

« Quintus ? Est-ce entendu ? demanda-t-elle.

– C'est entendu, répliqua le soldat. Ganymède, Syphax, dépêchez-vous, l'entrée des égouts est par ici. Rome t'est à jamais reconnaissante, Elyssa. *Vale !* »

Elle répondit d'un signe de la main, et Quintus nous força à tourner les talons. Alors, Syphax fit volte-face, attrapa Elyssa par les épaules, et cria :

« Tu l'aurais fait, n'est-ce pas ? Tu te serais sacrifiée ? Oh, par Baal Hammon, pourquoi t'ai-je rencontrée ? Romain, aide-moi, j'aurai du mal à le faire seul. »

Quintus et Syphax coururent ensemble vers les *ora ardentes*, tandis que la porte s'apprêtait à céder sous les assauts répétés.

Syphax versa une partie d'une amphore de poudre noire dans l'un des fûts de métal et, avec l'aide de Quintus, il le chargea d'une boule de métal. Après quoi, ils le déplacèrent afin qu'il soit dirigé face au mur arrière du bassin.

Un craquement résonna sous la voûte de l'entrepôt : la porte allait s'ouvrir d'un instant à l'autre. Quintus enflamma un morceau de bois, et l'approcha de l'*os ardens*. Dès les premiers crépitements, nous courûmes tous en direction de l'entrée des égouts ; cependant, nous n'avions pas encore parcouru la moitié de la distance quand l'arme cracha son venin dans un vacarme désormais familier. Tout d'abord, il ne se passa rien. Il n'y eut qu'un nuage noir et âcre, et un écho sans fin. Mais alors que nous nous apprêtions à entrer dans les égouts, par une petite ouverture percée à même une paroi, un bruit terrifiant nous parvint. Je jetai un dernier coup d'œil par-dessus mon épaule : le mur du bassin était en train de s'effondrer, brisant en même temps la canalisation qu'il abritait. Aussitôt, une vague terrifiante déferla dans tout l'entrepôt, à l'instant même où nos assaillants venaient à bout de la porte d'entrée. On ne pouvait espérer meilleure alliée : tel le sanglier de Calydon libéré de ses chaînes, l'eau emportait tout dans sa fureur, repoussant les quelques hommes armés qui avaient pu faire un pas dans la salle, et noyant à jamais les machines de destruction de Murena et Luscinus.

« Hâtons-nous, ordonna Quintus. Sinon, nous allons finir comme eux. »

Nous sautâmes chacun notre tour à travers l'ouverture, pour atterrir, quelques coudées plus bas, dans un boyau étroit, baigné d'une eau à l'odeur abjecte. Il y régnait une obscurité digne du royaume d'Hadès et, faute de lanterne, il fallut se contenter de la torche improvisée que Quintus tenait encore à la main. Nous fîmes quelques pas, mal assurés, et bientôt la progression ne fut plus possible qu'à quatre pattes. Quintus confia la torche à Elyssa, en disant :

« Je me méfie de ce chien galeux, je préfère être derrière lui. Passe devant, Elyssa. Je suivrai Syphax de près, et Ganymède fermera la file. »

Nous obéîmes sans rien objecter. Alors que nous rampions au milieu des immondices, suffoquant de toute cette puanteur, un grondement inquiétant s'éleva derrière nous : l'inondation de l'entrepôt nous rattrapait. J'avais l'espoir que l'eau se disperse rapidement dans le réseau d'égouts, sans nous engloutir tout à fait, mais nous ne pûmes y échapper. Elle se déversa en torrent dans le boyau, nous emportant comme n'importe quel détritus. Le froid nous transperçait jusqu'aux os. Et à chaque respiration, nous ignorions si c'était de l'air ou de l'eau qui remplirait nos poumons. Malgré cela, envers et contre tout, Elyssa tâchait de garder la flamme en hauteur.

« Je n'y arrive pas, je vais la lâcher ! cria-t-elle. Quintus, à l'aide !

– Tiens bon ! lui lança-t-il.

– La torche me brûle les doigts !

– Ne la lâche pas ou nous sommes perdus ! »

Petit à petit, le courant perdit de sa force ; quand il eut disparu et que nous pûmes, enfin, reprendre notre souffle, l'eau grimpait encore à hauteur de nos épaules. Il nous fallait tenir la tête bien droite pour ne pas avaler de l'eau salée.

J'entendis Elyssa pousser un cri de douleur ; l'instant suivant, nous étions plongés dans le noir complet.

« Je suis désolée ! hoqueta-t-elle dans un demi-sanglot. Je l'ai lâchée, je viens de nous tuer ! »

Il y eut un silence. Nos perspectives de survie venaient en effet de se rétrécir considérablement. Je pouvais accepter ma propre disparition, mais il m'était odieux d'imaginer qu'Elyssa trouve elle aussi la mort en ce lieu sordide.

« Suivons la paroi avec la main, finit par répliquer Quintus. De toutes les manières, pour le moment, il n'y a qu'un chemin possible. »

C'était vrai, mais cela ne le demeura pas longtemps. Je sentis, lors de notre progression, que le conduit s'élargissait considérablement. Elyssa poussa un gémissement de douleur.

« Elyssa, que se passe-t-il ? demanda Quintus.

– Je viens de me cogner la tête. Il y a un mur devant nous, répondit-elle. Je crois que c'est un embranchement. »

Le soldat poussa un juron.

« Syphax, tonna-t-il, tu connais forcément ce souterrain ! Sais-tu si nous devons partir à droite ou à gauche ? »

Personne ne lui répondit.

« Syphax ? » insista le soldat.

Toujours rien.

J'entendis des clapotements ; Quintus cherchait sans doute Syphax à l'aveugle.

« Maudit soit-il ! Comment a-t-il pu ?

– Il était juste derrière moi ! cria Elyssa. Il a dû profiter du moment où je me suis cognée, le conduit était plus large. »

Le niveau de l'eau avait encore monté, et atteignait désormais notre menton : nous serions bientôt noyés.

C'est alors que je sentis quelque chose me frôler. J'essayai de m'en saisir au jugé, et sentis une vive douleur au bout du doigt : je venais d'être mordu.

Des rats ! Sans doute leur instinct les guidait-il vers la sortie. Je vins précautionneusement me placer entre Quintus et Elyssa. Puis, à tâtons, je trouvai l'épaule du soldat, son bras et enfin sa main, et l'incitai à attraper ma cheville. Après quoi, je saisis celle d'Elyssa. Je me concentrai sur le son émis par les rats, et par de petites pressions indiquai à Elyssa la direction à prendre. Ainsi reprîmes-nous notre périple.

Ces animaux nuisibles mais ô combien ingénieux étaient en train de nous sauver. Cependant, nous devions désormais coller notre joue à la paroi supérieure du conduit pour respirer. Rats ou pas, tout cela ne pourrait durer longtemps.

Après un temps interminable à suivre les rats – qui ne nous épargnèrent aucun coup de dents quand nous les approchions de trop près –, Elyssa poussa un soupir de soulagement : nous étions parvenus à une section plus haute, où nous pûmes nous mettre debout. Les couinements se firent plus rares, et Elyssa annonça, la voix plus sûre :

« Je... Je crois que nous ne sommes plus très loin. Tâtons les murs. »

Il nous fallut encore un peu de patience pour trouver notre chemin dans ce ventre obscur. Et ce fut moi, tout à fait par hasard, qui entrai en contact avec les cavités pratiquées dans la pierre qui faisaient office d'échelle.

Quand nous atteignîmes le monde extérieur, le calme de la nuit régnait dans les rues, sans le moindre signe de panique.

« Je dois un sacrifice à Minerve, s'empressa de dire Quintus. Peut-être même deux. Comment vous sentez-vous ?

– Tu seras peut-être étonné de l'apprendre, mais j'ai vu pire », répliqua Elyssa.

Je fis signe que j'allais bien ; c'était en partie un mensonge. Quintus enchaîna :

« Dans ce cas, courons au port ! Vite ! »

Quintus s'élança de sa foulée de soldat. Ses semblables pouvaient marcher plus de dix lieues en une journée, et après cela se tenir prêts au combat. Ni Elyssa ni moi n'avions un tel entraînement, mais l'urgence de notre situation nous fit oublier, un temps, nos limites.

Cependant, en arrivant au port, une bien mauvaise surprise nous attendait.

Une douzaine de soldats carthaginois barraient l'accès aux quais ; il était rare de voir des hommes armés en pleine ville, et leur présence ne présageait rien de bon. Quintus songea à faire demi-tour, mais cinq autres soldats avaient surgi de nulle part, nous interdisant toute retraite.

« Je doute de pouvoir venir à bout de tous, grinça Quintus. Mais croyez bien que j'en tuerai la moitié avant que nous tombions.

– Ça ne sera pas nécessaire », fit une voix familière.

À notre grande stupeur, Bomilcar s'arracha aux ténèbres du port. Deux soldats le suivaient, qui tiraient un homme par les bras. C'était Syphax.

Bomilcar s'approcha d'Elyssa. Il lui montra Syphax et dit :

« Ce n'est pas ce dont nous avions convenu.

– Beaucoup de choses se sont produites depuis notre dernière entrevue, noble Bomilcar.

– C'est ce qu'il me semble, oui. Où alliez-vous ainsi ?

– À Rome, répondit sèchement Elyssa.

– Tiens donc ! Vous alliez fuir Carthage après avoir tenté d'inonder tout un quartier. Car c'est bien vous, n'est-ce pas ?

– Tu sais ce qui est en jeu. Si tu nous empêches de partir, dans une semaine, dix légions se jetteront contre tes remparts. »

Bomilcar tordit la bouche, puis déclara :

« Parle, et vite. »

Elyssa lui résuma la situation. Bomilcar l'écouta avec la plus grande concentration. Enfin, il dit :

« Ma carrière politique ne s'en remettra pas si on sait que j'ai aidé des espions romains à s'enfuir... Mais si insupportable que me soit cette idée, nous avons le même objectif : empêcher que n'éclate une nouvelle guerre contre Rome. Et en ce moment, vous êtes les seuls à pouvoir l'éviter. »

Elyssa ne put réfréner un sourire, et Bomilcar eut un rictus amusé.

« Bien. Je vais faire équiper une trirème sur-le-champ, et vous pourrez y embarquer. Seulement, vous savez les risques que vous courez si une galère romaine croise un navire de guerre carthaginois faisant cap sur Ostie.

– Nous serons prudents, assura Quintus.

– Je n'en doute pas, concéda Bomilcar. Quant à lui... »

Il observait Syphax, l'air mauvais.

« Je préférerais le savoir mort. C'est ce qui était convenu, n'est-ce pas ?

– Mort ou prisonnier de Rome, cela change quoi pour toi ? répliqua Elyssa, empressée. Il ne remettra plus jamais un pied à Carthage. Laisse-le partir avec nous !

– Il sait beaucoup de choses. Des choses qui pourraient se retourner contre nous.

– Bomilcar, tu l'as dit toi-même : nous voulons la même chose. La paix. Rien de ce que dira ou fera Syphax ne sera utilisé contre Carthage. Tu as ma parole.

– Ta parole... répéta Bomilcar. Peut-être puis-je y croire, mais qu'en sera-t-il de Caton ? C'est de lui que viendront toutes les décisions, désormais.

– Je t'assure qu...

– Tu ne peux m'assurer de rien. On n'infléchit pas la volonté de Caton. S'il fait parler Syphax... »

À ces mots, ce dernier s'agita alors, comme s'il voulait échapper à l'étreinte des soldats.

« Parler, moi ? Comment oses-tu le penser ! C'est toi, le traître, Bomilcar, pas moi ! Caton n'obtiendra jamais rien de moi. »

Syphax cracha en direction de Bomilcar, et les deux hommes se toisèrent en silence. Le suffète, je le voyais, était en proie au doute. Peut-être l'évidente détermination de son concitoyen à garder le silence l'emporta-t-elle finalement sur les craintes que lui inspirait Caton. Mais plus certainement, Bomilcar se savait acculé. S'il n'avait pu faire exécuter Syphax avant ce soir, ce n'était pas sans raison ; le tuer sur ce quai – ou même le lendemain – pouvait avoir des répercussions politiques incontrôlables.

De guerre lasse, il annonça :

« Partez avec ce fou. Tout de suite, allez, avant que je ne change d'avis. Et faites en sorte que je n'aie pas à le regretter... »

Elyssa ne put dissimuler son soulagement. Bomilcar fit signe à ses soldats de libérer Syphax, et nous fûmes escortés jusqu'au port militaire.

Quand la trirème prit la mer, nous vîmes que Bomilcar s'était rendu seul en bout de quai.

Était-ce notre navire qu'il regardait s'éloigner, ou ses rêves de paix ?

XVIII

Rome

Le navire filait dans la nuit, ses deux voiles gonflées. Les rameurs ne ménageaient pas leurs efforts : Bomilcar avait fait donner des instructions fermes. Syphax, des fers aux pieds, avait été jeté au fond de la cale. Nous ne savions toujours pas ce qui avait pu pousser Luscinus et Murena à nourrir une telle haine envers leur patrie ; Syphax, seul, connaissait les réponses aux nombreuses questions que nous nous posions.

« Il parlera, de gré ou de force, nous lança Quintus alors que nous nous reposions sur le pont. Il fait le bravache, mais je vois bien qu'il est à bout de force. Il n'y aura qu'à le pousser un peu. Ce n'est pas un couard, mais ce n'est pas un héros non plus. Je vais m'en occuper. »

Mais cette perspective ne réjouissait guère Elyssa.

« Quintus, je pense que la douceur fera plus que la force. Si tu me le permets, j'aimerais l'interroger à ta place.

– De la douceur ? Comment peux-tu être encore capable de douceur ?

– Je ne crois pas que la menace et la torture soient aussi efficaces que tu le penses. Pas dans ces circonstances. »

Quintus baissa la tête.

« Soit. Mais je veux que tu y ailles avec Ganymède : si Syphax te ment, il le saura. Et par ailleurs, si ton entrevue n'est pas satisfaisante, nous passerons à ma méthode. Est-ce entendu ?

– C'est entendu, oui. Allons-y immédiatement. Ganymède ? »

Je suivis Elyssa sous le pont, et nous avançâmes dans l'étroit passage qui séparait les deux lignes de rameurs, chacune composée de trois rangées superposées. J'eus une pensée de compassion pour ceux qui se trouvaient en dessous.

Nous trouvâmes Syphax prostré, recroquevillé, et quand Elyssa s'approcha, il la chassa d'un geste de la main. Elle n'en tint pas compte et s'assit devant lui.

« Que veux-tu ? demanda-t-il. M'humilier encore un peu plus ? C'est bien cela ? Pars, maintenant. Tu as ruiné ma vie.

– Dans ce cas, je ne peux pas la ruiner davantage encore en te parlant.

– Mais tu peux la rendre plus amère et plus douloureuse. Je ne veux plus te voir.

– Syphax, je te connais un peu, désormais. Tu es jeune, tu es intelligent... tu ne veux certainement pas mourir. Et ta mort n'est pas nécessaire. »

Syphax ferma les yeux et lança :

« Va-t'en, *Romaine.* »

Il avait prononcé ce dernier mot avec tout le mépris que l'on pouvait imaginer. C'était là, pour lui, l'insulte suprême. Toutefois, sans le savoir, il fournit ainsi à Elyssa le levier qu'elle recherchait.

« Crois-tu donc que Carthage soit au-dessus de Rome, Syphax ? Après ce que nous avons découvert ?

– Tu t'es donnée à un peuple de bouchers sanguinaires, ma pauvre Elyssa. Ils t'ont acceptée parce que tu es riche. Sans cela...

– Oh, mais penses-tu que je sois née riche ? Je suis arrivée à Rome dans une cage, Syphax, pas sur un tapis brodé. »

Il sursauta.

« Que dis-tu ? Tu n'es pas...

– Je te l'ai presque avoué, il y a de cela quelque temps. J'étais une esclave, Syphax. Une esclave que tu n'aurais même pas regardée, si j'en juge par tes paroles d'alors. Et pourtant, c'est un Romain, un *ennemi*, selon toi, qui a su me protéger. Puis m'aimer. »

Syphax l'observa pendant un moment interminable, les yeux rougis. La gorge serrée, il annonça, calmement :

« Alors, c'est pire que ce que je pensais. Pauvre naïve que tu es ! Je me mets à ta place, et au fond je ne t'en veux pas : tu nais pauvre, tu deviens riche d'un claquement de doigts... Comment aurais-tu trouvé la force de te méfier, quand il était si simple d'échapper à ton sort sans te poser de questions ?

– Me méfier de quoi, je te prie ? »

Il secoua la tête.

« Elyssa, ne comprends-tu pas que tu n'es qu'un jouet ? Qu'on te manipule ?

– Jamais Marcellus ne m'a manipulée, rétorqua-t-elle avec froideur.

– Oh, peut-être pas directement. Mais ton mari, pardonne-moi, était à la botte de Caton. Et ce Caton, dont tu n'as pas l'air de te méfier, sais-tu exactement qui il est ? Ce qu'il va te faire ? Il n'est pas trop tard pour renoncer à tout cela, Elyssa. Ne retourne pas à Rome !

– Sinon ?

– Sinon, tu finiras comme Luscinus et Murena. Abandonnée. Brisée. Et folle, sans doute. »

Elyssa haussa les épaules.

« Je ne comprends rien à ce que tu racontes. Que viennent faire Luscinus et Murena ici ? »

Elyssa, avec une habileté que je n'aurais su égaler, avait amené Syphax au sujet qui nous intéressait, tout en endormant sa méfiance. Le poisson était ferré, désormais. Syphax se redressa, poussa un long soupir, et commença :

« Tu n'as certainement aucune envie d'entendre ce que je vais te dire. Parce que dans quelques instants tu comprendras que celui à qui tu as donné ta confiance n'est qu'un monstre sans pitié. Tu considères Luscinus et Murena comme des traîtres, n'est-ce pas ? Alors, attends de savoir ce que Caton leur a fait, et tu comprendras mieux.

– Admettons que je veuille t'écouter. Poursuis.

– Te rappelles-tu ce premier voyage que j'ai fait au pays des Sères, Elyssa ?

– Tu l'as mentionné à plusieurs reprises, oui.

– Comme tu l'imagines, c'est au cours de ce séjour que j'ai eu connaissance de la poudre noire. Mon hôte s'en servait pour amuser ses invités, lors de petits spectacles. À ce qu'il me disait, cette poudre était l'invention d'un prêtre, et son existence n'était encore connue que de très peu d'individus. Je ne savais pas encore quoi en faire, mais je pressentais que son intérêt dépassait celui de la soie que j'étais venu chercher. Je suis donc revenu à Carthage avec plusieurs jarres. »

Elyssa soupira bruyamment.

« Tout cela est très intéressant, mais je croyais que tu voulais m'ouvrir les yeux à propos de Caton. En réalité, tu ne voulais que te vanter encore un peu. Je suis lasse, et le récit de tes prétendus exploits ne m'intéresse guère.

– Patience, j'y viens ! Une fois de retour, j'avais décidé de ne pas faire grand cas de la poudre noire, n'en parlant qu'à un petit nombre de mes proches. C'est peu après que j'ai croisé la route de Luscinus, Murena, et d'un certain Buteo. Ces trois riches Romains s'étaient installés à Carthage depuis une bonne dizaine d'années et, bien entendu, je n'avais que méfiance et mépris à leur égard : c'était à des hommes comme eux que nous devions, nous, Carthaginois, de ramper devant Rome. Mais malgré mes réticences, ces trois Romains se sont finalement révélés plutôt sympathiques, et le discours qu'ils tenaient sur Rome n'était pas celui auquel je m'attendais. Loin de nous vanter la supériorité de leur cité, ils se montraient plutôt compatissants envers la situation de Carthage, et nous incitaient à nous émanciper de la tutelle romaine.

– Si tu comptes rédiger tes mémoires, le coupa sèchement Elyssa, on te fera apporter de quoi écrire. Pour l'heure, je ne vois toujours pas en quoi tout cela me concerne. »

Je craignais que Syphax ne finisse par comprendre qu'Elyssa l'aiguillonnait à dessein. Mais il était trop absorbé par son récit pour s'en rendre compte.

« Un beau jour, Luscinus, Buteo et Murena m'ont appris qu'ils devaient rentrer à Rome pour une affaire urgente. Quelques heures après leur départ, leur navire sombrait au large de Carthage. J'étais peiné de perdre ces précieux alliés qui, au fil du temps, avaient fini par devenir aussi de bons camarades. C'est peu de temps après qu'un certain Maharbal a commencé à faire parler de lui. Son nom était sur toutes les lèvres, mais personne ne savait vraiment à quoi il ressemblait, ni où il habitait. Mais tu sais tout cela. Je ne me suis guère préoccupé de ce mystère, accaparé que j'étais par le financement d'une nouvelle expédition vers le pays des Sères. Et un soir, un messager est venu me dire que Maharbal désirait s'entretenir avec moi. Je me suis rendu au mystérieux rendez-vous, qui avait lieu dans l'entrepôt que vous connaissez. Avec stupeur, je me suis retrouvé non pas face à un marchand carthaginois, mais à Luscinus, Murena et Buteo, bien vivants ! Je n'en croyais pas mes yeux. Les trois Romains m'ont alors appris ce qu'ils faisaient réellement à Carthage et ce qu'ils attendaient de moi. Es-tu prête à l'entendre, Elyssa ? Parce que quand j'aurai parlé, plus jamais tu ne viendras me louer la grandeur de Caton.

– Tu as toute mon attention.

– Bien. Alors, sache qu'à l'origine c'est Caton – oui, *votre* Caton – qui les avait envoyés en mission parmi nous. Caton n'a jamais eu qu'un seul rêve : réduire notre cité en cendres. Seulement, il fallait pour cela une bonne occasion, et cette occasion semblait ne plus vouloir venir. Nous autres, Carthaginois, prospérions sans menacer la sûreté de Rome. Mon peuple apprenait à vivre après la défaite, et à être heureux malgré le joug romain. C'est précisément pour mettre du désordre dans cette harmonie que Caton avait envoyé ses trois émissaires. Leur objectif était de déstabiliser les relations entre Rome et Carthage, et de pousser cette dernière à la faute. Le faux pas qui aurait donné aux Romains l'occasion de nous attaquer, sans passer pour des monstres aux yeux de leurs alliés. Voilà pourquoi, pendant plusieurs années, ces trois Romains avaient monté la tête aux plus riches Carthaginois pour qu'ils se rebellent contre Rome. Avec un succès plus que limité.

– Tu mens ! » le coupa Elyssa.

Syphax fut agité d'un rire nerveux.

« Oh non, je ne mens pas, et tu n'as encore rien entendu, ma pauvre Elyssa ! Constatant que les manœuvres de Luscinus, Murena et Buteo n'aboutissaient pas, ou du moins pas assez vite à son goût, Caton leur avait signifié la fin de leur mission. Mais craignant que son plan ne soit exposé au moment de leur retour, Caton les avait en plus *bannis* de Rome, après avoir confisqué tous leurs biens et écarté leurs proches. Voilà comment Caton traite les espions dont il n'a plus besoin : en vulgaires traîtres. On peut facilement comprendre leur extrême rancœur, n'est-ce pas ? Si vous aviez encore un doute à ce sujet, voilà la nature réelle de votre bien-aimé Caton, le "plus grand des Romains" ! »

Elyssa ne disait plus rien. Syphax, tout heureux de son effet, poursuivit :

« Dès lors, Luscinus, Murena et Buteo n'ont plus eu qu'un seul désir : se venger de Caton et de Rome, à qui ils avaient tout donné, et pour rien. Au fond, leur mission ne changeait pas : il s'agissait toujours de provoquer une troisième guerre entre Rome et Carthage. Seulement, en temps normal, Carthage n'aurait pas eu la moindre chance. Il fallait donc, avant que cette guerre n'éclate, une arme capable d'anéantir les puissantes troupes romaines. Luscinus, Murena et Buteo ont d'abord simulé leur propre mort, avec le naufrage de ce navire dont ils n'avaient en réalité jamais foulé le pont. Puis ils se sont inventé une nouvelle identité collective : Maharbal. En tant que Maharbal, ils pouvaient voir sans être vus, entendre sans être entendus. Tout ce qu'ils avaient à faire, c'était opérer dans l'ombre, depuis le secret de leur entrepôt. Il leur restait à trouver une arme capable de renverser les échelles de force. Or, par le bouche-à-oreille, les trois Romains avaient eu vent de cette poudre noire rapportée du pays des Sères. Je leur en ai donc fait une démonstration à leur demande, et c'est Buteo qui a eu l'idée de l'utiliser à des fins militaires. C'était le plus intelligent des trois, et de loin : il a créé les *pyrobélos*, puis les *ora ardentes*. Hélas, un accident de manipulation l'a tué il y a de cela un an. Quant à moi, j'étais bien entendu conquis par leur projet : tout comme eux, je ne rêvais que d'écraser Rome. »

Elyssa, de rage, frappa une poutre.

« Mais pourquoi, Syphax ? De qui avais-tu à te venger, toi ? Tu es né, comme moi, en temps de paix !

– Elyssa, nous sommes un peuple soumis ! Nous sommes à la botte de Rome, que tu l'admettes ou non. Depuis que je suis né, je rêve d'être celui qui brisera les chaînes romaines. Alors, oui, je me suis associé à eux, et j'ai profité des immenses ressources dont ils disposaient encore sur place. Quelle ironie, n'est-ce pas ? M'associer à des Romains pour détruire Rome, alors qu'eux-mêmes étaient venus à Carthage pour précipiter notre perte. Mais la fin justifie les moyens... »

Il se frotta les tempes et ajouta :

« Marcellus est venu fouiner ici sur les ordres de Caton, et il a compris ce que nous fabriquions. Et puis, vous êtes arrivés... »

Il marqua une pause, puis reprit :

« Alors, persistes-tu à faire confiance à Rome ? Maintenant, tu sais qui tu sers ! Et ce qui t'attend... »

Ces révélations sur Caton ne me surprenaient guère : depuis le temps que le vieillard s'époumonait au sénat, je pouvais fort bien imaginer qu'il avait conçu quelque plan insidieux pour provoquer la guerre coûte que coûte. Mais cette fois, il semblait que ses manigances avaient, bien malgré lui, engendré un véritable monstre.

Elyssa, comme à son habitude, prenait sur elle pour ne rien laisser paraître. Toutefois, quand bien même elle n'avait jamais été dupe de Caton, je la sentais quelque peu ébranlée par tous ces détails. Une fois qu'elle eut retrouvé un peu d'assurance, elle déclara :

« Ce qui est fait est fait. Maintenant, il nous appartient de rétablir l'ordre des choses. »

Syphax eut l'air outré.

« Pardon ? De quoi parles-tu ? Rétablir quoi ? »

Elyssa frissonna et releva la nuque.

« Je réprouve tout ce que tu viens de me raconter. Et je regrette de t'avoir piégé avec la *stola*, Syphax, car je sais que tu l'as fait par amour. Un amour authentique. Il n'y a qu'à regarder tes yeux pour comprendre que tu es sincère. Mais je n'en exècre pas moins ta soif de vengeance. Si ton plan vient à aboutir, qu'une guerre éclate à nouveau… Au fond, tu n'auras été que l'instrument de Caton. Carthage est à nouveau militairement inférieure à Rome : provoquer une nouvelle guerre est ce que Caton recherche depuis des années. »

Syphax ricana.

« Tu es habile, Elyssa, mais… je n'ai pas fait tout cela pour rien. Même sans poudre noire, Carthage a failli renverser Rome, dans le passé. Nous le pouvons encore. »

Les lèvres d'Elyssa tremblèrent.

« Syphax, ne sois pas stupide : dis-m'en plus sur cette statuette piégée.

– Il n'y a rien de plus à dire que ce que tu sais déjà. Le plan se déroulera comme prévu.

– Ton orgueil est-il à ce point démesuré ? Tu veux provoquer la mort de milliers de Carthaginois parce que tu veux, simplement, mener ton plan jusqu'au bout ?

– Au moins, ils ne mourront pas en esclaves. »

À ma grande surprise, Elyssa se rapprocha de Syphax et le gifla de toutes ses forces. Lui-même en fut tout abasourdi. Puis elle recula et, les joues rouges, s'écria :

« Comment oses-tu décider à la place de ton peuple ? Les Carthaginois que j'ai vus n'ont pas envie de faire la guerre ; la plupart des Romains que je croisais jour après jour non plus. C'est de paix et de tranquillité dont ils rêvent. Syphax, ni toi ni moi n'avons connu la guerre ! La rivalité entre Rome et Carthage mourra en même temps que Caton et...

– Et ? Et moi, c'est bien cela ? »

Elyssa ne répondit rien. Syphax frotta sa joue, puis, d'une voix faible, déclara :

« Elyssa, je t'en prie... laisse-moi, maintenant. Que tu le veuilles ou non, j'ai agi par amour de mon pays, je ne regrette rien. Alors, continue à croire à la paix, si cela t'amuse. Mais dans quelques jours, quelques heures... une statuette bourrée de poudre noire va ravager le sénat romain. Et rien ne l'empêchera. Je veux voir Rome souffrir, Elyssa. Je veux la voir humiliée comme elle nous a humiliés. Je veux que le sénat sache que Carthage a pu le frapper en plein cœur, chez lui. Sur ce bateau, je suis impuissant. Mais prenez gare à vous dès que nous serons sur la terre ferme. »

Elyssa ferma les yeux un court instant, puis tourna les talons en me faisant signe de la suivre. Alors que nous avions fait quelques pas, Syphax appela :

« Elyssa ! Tu sais ce qu'il m'arrivera, quand nous serons à Rome ? »

Elle sursauta, puis, la nuque raide, répondit :

« Tu seras jugé.

– Équitablement ?

– Je le suppose, oui.

– Je vais te dire, moi, ce qui va se passer. Les Romains exigeront d'abord que je leur explique comment je me suis procuré la poudre noire. Après tout, c'est pour cette raison que je suis encore en vie, n'est-ce pas ? Et comme je refuserai, on va me jeter dans un cachot, où je vais croupir en mourant à moitié de faim et de soif. Et puis, un matin, un soir... ou au milieu de la nuit, quelqu'un viendra, et me passera un glaive à travers le corps. Voilà ce que me réservent Rome et sa grandeur. »

Elyssa attendit d'être remontée sur le pont pour verser la larme qu'elle retenait. Une larme unique, qui brilla sur sa joue si longtemps que je me demandai si les Héliades ne l'avaient pas transformée en ambre.

*

Nous avions navigué près de trois jours, et Ostie n'était plus bien loin. Mais Bomilcar avait raison : une galère carthaginoise dans les eaux romaines risquait de créer une véritable catastrophe diplomatique. Quintus estima donc que la meilleure solution était de rejoindre la terre en chaloupe une fois en approche d'Ostie. Ce que nous fîmes, laissant le navire carthaginois quitter le plus vite possible un territoire hostile.

À Ostie, Quintus se procura trois chevaux. Elyssa et moi-même avions chacun le nôtre, et Quintus monta le troisième après avoir jeté Syphax en travers de la croupe. Une corde passée sous le ventre du cheval tenait ses pieds et poings liés.

« Je me serais passé de ce fardeau, déclara le soldat. Mais ce qu'il sait a trop d'importance. »

Il scruta l'horizon, et ajouta :

« La délégation avait une journée d'avance sur nous, mais notre trirème était sans doute plus rapide. Si nous arrivons trop tard, Rome sera en état de guerre. Il faut nous y préparer.

– Moi, je suis prête, Quintus. »

Le soldat sourit – ce qui ne lui arrivait guère souvent.

« Je n'en doutais pas. Partons immédiatement. »

Quintus se révéla être, sans surprise, un excellent cavalier ; je n'étais pas ignorant en la matière non plus, mais Elyssa avait plus de mal à nous suivre.

La route n'était pas si longue jusqu'à Rome, mais nos chevaux, poussés à bout, risquaient de ne pas tenir, au rythme où nous les menions. Il nous fallut donc faire plusieurs haltes, prenant chaque fois le risque de laisser la délégation nous prendre de vitesse. Quintus ne disait plus un mot : sous sa carapace impassible, je sentais qu'il était tout autant inquiet que nous, et que notre relative impuissance le rendait enragé.

En route, nous croisâmes un détachement de légionnaires, qui rejoignaient très certainement leur camp après un exercice. Quintus alla à la rencontre de leur centurion, échangea quelques mots, puis se hâta de revenir vers nous.

« Tout n'est peut-être pas perdu. Dépêchons-nous. »

Nous reprîmes notre route de plus belle. Quintus labourait de coups de talons le flanc de sa monture, qui n'allait probablement pas pouvoir tenir longtemps à une telle allure. Pas plus que les nôtres, du reste. Quand nous arrivâmes, enfin, aux abords du *pomerium*[1], je vis le visage d'Elyssa se tendre comme jamais. Dans peu de temps, tout serait fini… ou ne ferait que commencer.

1. Le *pomerium* est la limite (plus ou moins virtuelle, d'ailleurs) qui sépare Rome de son territoire.

Soudain, avec horreur, nous vîmes que Syphax était parvenu à libérer ses mains. Il attrapa Quintus par la taille, et tous deux tombèrent à la renverse alors que leur cheval s'enfuyait devant nous.

« Ganymède ! Il faut l'aider ! » cria Elyssa, épouvantée, alors que nous les avions déjà dépassés.

J'hésitai sur la conduite à tenir, puis lui indiquai de poursuivre son galop : chaque instant nous était compté. Et si Quintus avait survécu à cette chute, il était très certainement de taille à maîtriser Syphax – dont la fuite n'était plus, au fond, notre véritable problème.

Nos chevaux étaient lancés comme des flèches sur la *via* Appia. Nous obliquâmes en direction du forum où se dressait la *Curia Hostilia*, siège du sénat.

Tout autour du nous, la foule était devenue trop dense pour nos chevaux. Nous dûmes les abandonner et, à pied, nous frayer un chemin entre les marchands et les badauds, qui prenaient fort mal qu'on les bouscule ainsi.

Pour un habitué de la vie romaine, il paraissait limpide que l'agitation de ce jour revêtait un caractère inhabituel. Il planait sur le forum comme un murmure, d'où le mot « Carthage » ressortait régulièrement. Toutefois, les visages que nous croisions ne laissaient paraître ni crainte ni colère. Il ne s'agissait, pour l'heure, que de curiosité, bien naturelle compte tenu de notre histoire avec ces visiteurs.

Enfin, la *Curia* fut en vue.

J'avais la poitrine en feu, et Elyssa, de son côté, tenait à peine debout. La séance avait déjà dû commencer, car je ne voyais plus personne pénétrer dans l'enceinte. Une masse importante, toutefois, s'était formée devant l'entrée ; nombreux étaient ceux qui voulaient entendre sans intermédiaire les revendications de cette délégation carthaginoise.

« Laissez-nous passer ! cria Elyssa. C'est important !

– Doucement, ma petite, lui rétorqua un citoyen. Tu restes à ta place comme tout le monde. Nous aussi, on a envie de voir. Et d'abord… d'où sors-tu comme ça ? »

Il faut dire que les longs cheveux d'Elyssa, encore maculés de boue par endroits, formaient désormais une crinière ; le manque de sommeil avait creusé des sillons sous ses yeux, brillant de nervosité, et ses bras étaient couverts d'éraflures. Quant à sa robe, même les esclaves que l'on vendait au marché, en cage, en avaient de plus propres. Je pouvais m'expliquer la méfiance de ce citoyen.

« Il faut que je passe ! Immédiatement ! » insista Elyssa.

Agacé, l'homme la repoussa du plat de la main. Avant que j'aie pu intervenir, Elyssa revint à la charge et le frappa au nez d'un coup de tête. Il émit un son aigu en tenant son visage à deux mains, et Elyssa continua à fendre la foule.

Je la suivais de près, et entendis, avec une grande anxiété, que les salutations entre le sénat et la délégation prenaient fin.

Mais la foule se referma devant moi, laissant Elyssa s'échapper seule. J'entendis un murmure de protestation, et compris qu'elle avait dû atteindre la travée centrale. Je me débattis, progressai encore, pour découvrir ceci :

Les trois ambassadeurs carthaginois s'étaient avancés jusqu'à l'estrade, au fond de la salle, où siégeaient les magistrats. L'un d'eux tenait déjà en main la statuette de Tanit offerte par la délégation, tandis que l'ambassadeur le plus proche s'était vu remettre une torche enflammée. Ô pauvre déesse aux bras ouverts et à l'air généreux : il fallait être bien cruel pour te transformer en une arme mortelle !

« Sénat de Rome, accepte ce témoignage de l'amitié qui nous unit désormais, annonça le Carthaginois en approchant la torche de la statuette.

– *Ne faites pas ça !* » s'époumona Elyssa en punique.

Les ambassadeurs se retournèrent vers elle, perplexes et un peu inquiets, mais poursuivirent la cérémonie. Elyssa courut dans la travée, et je vis quelques sénateurs, de part et d'autre, se lever en signe d'indignation. Alors qu'elle s'approchait de l'estrade, certains, au premier rang, tentèrent même de l'arrêter, mais trop timidement : elle leur fila entre les doigts comme une anguille.

Désormais, la mèche brûlait.

Elyssa vola au-dessus des quelques marches et, profitant de la surprise des magistrats et des ambassadeurs, se saisit de la statuette.

Je ne respirais plus, et les veines de mon crâne étaient sur le point de céder. Je vis Elyssa tâcher d'éteindre la mèche avec ses doigts, alors que les sénateurs, scandalisés, s'approchaient d'elle pour la maîtriser. Mais même pour cela, il était trop tard : la flamme avait désormais atteint la partie intérieure de la statuette.

« N'approchez pas ! » hurla Elyssa aux sénateurs qui l'entouraient. Je tentai pour ma part d'échapper à la barrière humaine qui me retenait, mais, consciente d'un danger, la foule recula, m'emportant avec elle.

Elyssa, désespérée, serra la statuette contre son ventre et se coucha au sol en la recouvrant, face contre terre.

Je compris que quelqu'un cherchait à passer, violemment, car derrière moi on poussait des jurons. Je fermai les yeux, attendant le bruit de mort, et me refusant à regarder ce qui allait se passer.

Mais rien ne se produisit.

Quand j'eus, enfin, le courage de rouvrir les yeux, Elyssa gisait sur le dos, la statuette près d'elle, au milieu d'une immense flaque d'eau.

Près d'elle, un seau à la main, se tenait Quintus, couvert de coups et d'écorchures.

Il sourit et s'écroula à ses côtés.

XIX

Caton

Tout Rome parlait de la jeune fille qui, prise de folie, avait créé la panique pendant que le sénat recevait la délégation carthaginoise. Certains s'en offusquaient, bien sûr, mais la plupart des citoyens avaient vu dans cet acte une plaisanterie dont on riait encore à table deux jours plus tard. Pensez : il avait fallu l'asperger d'eau froide pour la calmer ! Nul, toutefois, ne réalisait quel danger avait pesé sur le sénat. Pas même les sénateurs présents. Pas même les ambassadeurs.

Aussi, après quelques jours, on passa à un autre sujet de plaisanterie, et on oublia la délégation, la jeune femme, le seau et tout l'incident.

Elyssa avait été mise aux arrêts sous mes yeux, alors qu'elle était encore inconsciente, et jetée dans un cachot au Tullianum. Une mesure temporaire pour assurer sa protection, selon Caton. Mais il était évident que le rusé vieillard cherchait avant tout à étouffer dans l'œuf le tort que cette histoire, si la vérité éclatait, pouvait maintenant lui causer.

Je pris de ses nouvelles tous les jours, et trompai mon angoisse en reprenant les rênes du domaine. Je n'étais plus esclave de qui que ce soit, certes, mais comment profiter de ma liberté quand Elyssa, elle, en était privée ? L'amertume et l'angoisse me rongeaient, mais je ne pouvais faire autre chose qu'attendre, patiemment, son retour.

Cela arriva une nuit, à l'improviste, alors que je venais enfin de trouver le sommeil. Et Elyssa ne revenait pas seule : le grand Caton lui-même l'accompagnait. Ce n'était pas bon signe.

Elyssa se jeta dans mes bras, des larmes de joie au coin des yeux.

« Ganymède, je suis si heureuse de te revoir ! Ne t'inquiète pas, je n'ai pas été maltraitée. J'étais juste un peu étonnée de me réveiller sur un lit de paille.

– Vous aurez tout loisir d'échanger vos impressions plus tard, grogna Caton. Il faut que nous parlions. J'aurais préféré m'adresser au Grec, mais si je comprends bien, le chat a mangé sa langue. Alors, je vais te parler à toi. »

Elyssa et Caton prirent place sur l'un des tricliniums, et j'occupai celui qui lui faisait face.

« Vous m'avez placé dans une situation très embarrassante, commença Caton.

– Je te demande pardon ? s'offusqua Elyssa.

– Ne m'interromps pas, femme, veux-tu ? Oui, une situation très embarrassante. Peux-tu me rappeler quelle était votre mission ?

– Je ne comprends pas... »

Il eut une mine agacée.

« Je ne vois pas ce qu'il y a de si difficile à comprendre dans cette question. Quelle était votre mission ? Réponds !

– Notre... mission était de te rapporter des informations sur l'arme que préparaient les Carthaginois. Et de découvrir ce que Marcellus n'a pu te dire.

– Nous sommes d'accord. T'ai-je, à aucun moment, demandé autre chose ? »

Elyssa le fixa, puis, sèchement, répondit :

« Non.

– En particulier, t'ai-je demandé de veiller à éviter tout conflit entre Rome et Carthage ?

– Il me semble que cela en est la conséquence logique.

– Petite imbécile ! se mit à hurler Caton. Nous la voulons, cette guerre ! Nous l'appelons de nos vœux ! Depuis des années !

Pourquoi es-tu intervenue au sénat ? Nous allions avoir notre prétexte ! Enfin ! »

Elyssa eut un mouvement de recul, livide.

« Mais, Caton, comment peux-tu...

– Ganymède m'a tout raconté par écrit. Vous saviez que leurs armes reposaient au fond de l'eau, inutilisables ! Vous saviez que, Syphax capturé, il n'y avait plus aucun moyen pour Carthage de s'approvisionner à nouveau en poudre noire ! Alors, pourquoi es-tu intervenue !

– Caton, est-ce la sénilité ou... »

Le vieillard, les yeux injectés de sang, gifla Elyssa avec une vigueur telle qu'elle manqua tomber de son assise. Elle reprit place, une main sur sa joue.

« Ne me manque plus jamais de respect... Elyssa de Carthage ! Sans mon intervention, tu croupirais dans une geôle jusqu'à la fin de tes jours. »

Elyssa le dévisagea avec une moue de mépris.

« Alors, c'est ainsi, Caton... Tu es suffisamment lâche pour...

– Ne me traite JAMAIS de lâche ! Des années que je répète que Carthage doit être détruite... Nous avions l'occasion rêvée, et tant pis pour les quelques vies romaines que cela aurait coûtées. Maintenant, nous allons devoir attendre encore, arbitrer une rivalité stupide entre la Numidie et ton peuple, et autres foutaises.

– Caton, tu sembles oublier l'essentiel : le sénat de Carthage, lui, ne veut pas la guerre.

– Ah, oui, bien sûr : tu as cru aux mensonges de ce serpent à sonnette de Bomilcar ?

– J'ai bien cru aux tiens. Bomilcar n'a rien à voir avec Syphax et... “Maharbal”. Ils agissaient pour leur propre compte... Comme tu agis pour le tien. »

Caton observa le silence, puis reprit :

« Petite sotte. Maintenant, écoute-moi bien.

– Je ne fais que ça depuis ton arrivée, répliqua Elyssa avec dignité.

– Tu vas quitter Rome. Ne t'inquiète pas, je ne serai pas ingrat. Je n'oublie pas une chose : si Ganymède s'est attaché à ne point trop enjoliver la réalité, c'est grâce à toi que les armes de ces traîtres ont été détruites, et je t'en suis reconnaissant. Oui, reconnaissant, malgré tout ce que je peux penser par ailleurs. Tu auras une belle maison à la campagne, tu pourras disposer de la part d'héritage qui te revient. Mais je te veux loin de Rome. Pour toujours.

– Sinon ?

– Sinon ? J'en appelle à ton imagination. »

Je me levai, indigné, mais Caton me fit signe de me rasseoir.

« Ne te mêle pas de ça, Grec. Marcellus te faisait confiance, et si j'ai un temps douté de toi, je te fais confiance aussi, maintenant. Et puis, tu n'as plus de langue, après tout, hé hé. Toi, tu resteras ici. Et c'est également un ordre. Avec les mêmes conséquences en cas de désobéissance. »

Elyssa se leva, et marcha en rond pour tromper sa nervosité. Caton l'observa sans rien dire. Alors, elle lui demanda :

« Et Syphax ?

– Quoi ?

– J'ai cru comprendre qu'il avait été rattrapé...

– En effet. »

Pensive, elle ajouta :

« Et... il a refusé de collaborer ?

– Bien évidemment. Nous lui avons demandé de faire venir cette poudre pour le compte de Rome, mais il n'a pas cru bon de coopérer. Mais peut-être est-il mieux que cette invention disparaisse pour longtemps, pour toujours si possible.

– Quand Syphax sera-t-il jugé ?

– C'est fait. »

Elyssa se figea, la bouche entrouverte.

« Il a été jugé, condamné et exécuté », ajouta Caton.

Elle eut un rire nerveux. C'était la seconde fois, en fort peu de temps, qu'un être pour lequel elle avait nourri de l'amour disparaissait.

« Comme prévu... dit-elle d'une voix faible.

– Comme prévu par qui ?

– Ce n'est pas important. Et Quintus ?

– Il va bien, ne t'inquiète pas pour lui.

– Et moi ?

– Toi ?

– Oui, moi : quand dois-je partir ?

– Maintenant, annonça sèchement Caton. Mes hommes t'attendent dehors. Je te ferai porter tes affaires plus tard.

– Bien. »

Elyssa avança jusqu'à moi, me tendit ses mains et demanda :

« Peux-tu les serrer, Ganymède ? Une dernière fois ? »

Sa peau était aussi douce que quand je l'avais connue enfant. Je contemplai ses beaux cheveux d'ébène, ses yeux profonds, et cherchai, au fond de son regard, ce courage qui ne lui avait encore jamais fait défaut. La lueur était toujours là ; il faudrait bien plus qu'un vieillard aigri pour l'abattre.

Elle se détourna de moi avec un dernier sourire, et avant de passer la porte qui ouvrait sur sa nouvelle vie, elle s'adressa ainsi à Caton :

« La guerre a été évitée, Caton. J'ai gagné. Tu as perdu. »

La porte se referma, et je demeurai seul avec le vieil homme. Il croqua dans un fruit, et resta longtemps sans rien dire. Puis il s'essuya bruyamment la bouche, se leva à son tour, et me dit :

« S'il y avait un peu de justice en ce monde, je devrais lui faire dresser une statue, tu sais. C'est la femme la plus extraordinaire que j'aie jamais rencontrée, Ganymède. Qu'importe où elle est née : c'est une vraie Romaine, et tu peux être fier d'elle. Mais je ne peux pas faire autrement. Tu me comprends, n'est-ce pas ? »

Je me contentai de l'observer, sans bouger un cil, jusqu'à ce qu'il détourne le regard. Il grogna et s'en alla sans dire un mot de plus.

Ma solitude débutait.

XX

Le sage et le soldat

On n'attendait de moi qu'une seule chose : prospérer, sans gêner personne. Et c'est ce que je fis. Je m'étais occupé des affaires de Marcellus tout au long de sa vie, et les reprendre là où je les avais laissées n'était pas bien compliqué. En tant qu'affranchi, je ne pouvais me mêler de politique, mais je m'en moquais : il ne me restait qu'à savourer, enfin, l'existence d'homme libre, et à profiter de cette fortune que, jour après jour, je faisais fructifier par des placements habiles. Faire des affaires sans sa langue : voilà qui pourrait sembler insurmontable à quiconque. Mais je sus faire de cette infirmité un avantage. Les Romains aiment parler – beaucoup trop, même – et s'enlisent volontiers dans leurs propres conversations. Mes partenaires trouvaient en face d'eux un mur impassible, qui n'avait que sa tête et ses doigts pour acquiescer ou réfuter. Dès lors, je décourageais tout marchandage inutile.

Il ne me fut pas évident d'être appelé « maître » à mon tour. Je songeai même, quelque temps, à dispenser mes esclaves de s'adresser à moi de cette manière. Mais ce n'est pas un seul homme qui peut ébranler les institutions romaines ; du moins, pas un homme comme moi. Les convenances et la tradition nous rattrapent toujours un jour ou l'autre. Je devins donc un « maître » parmi d'autres, et tâchai seulement de faire preuve d'une bienveillance redoublée envers mon personnel.

Il ne se passait pas une semaine sans qu'un client ou un associé ne me propose sa fille en mariage. Toujours, je déclinais poliment l'offre. La perspective de finir mes jours seul ne me ravissait guère, mais depuis notre séjour à Carthage j'avais développé un mal qui me rongeait petit à petit : je savais mes jours comptés, et n'avais nulle envie de laisser derrière moi une jeune veuve et, peut-être, un enfant en bas âge. Il me devenait de plus en plus difficile de respirer, et des quintes de toux, d'une violence croissante, me volaient chaque jour un peu de vie. Notre séjour dans les égouts de Carthage n'y était très certainement pas étranger. Je priai les dieux pour qu'Elyssa, où qu'elle soit, soit épargnée par cette maladie.

J'avais bien essayé de retrouver sa trace, après avoir laissé filer suffisamment de temps pour ne pas éveiller la méfiance de Caton. Mais personne ne put me renseigner : Elyssa s'était envolée, et je redoutais le pire.

Caton, de son côté, finit par convaincre le sénat de déclencher les hostilités contre Carthage. Le courage d'Elyssa avait retardé ce conflit de quelques années, mais sans doute était-il, dès le début, inévitable. Le vieillard mourut peu de temps après le début de la guerre, probablement ravi de quitter ce monde sur un nouveau carnage. On dit qu'il eut des funérailles de héros ; je ne m'y rendis pas.

Il y a plusieurs jours, une crise plus violente encore que les précédentes me fit comprendre que je ne verrai sans doute pas la prochaine pleine lune. J'entrepris alors de rédiger ces mémoires avec le peu de ressources dont je disposais encore, écrivant jour et nuit en crachant mon sang. Ce matin, alors que j'étais encore en proie à un sommeil fiévreux, l'un de mes esclaves vint me trouver.

« Maître, me dit-il, quelqu'un demande à te voir. C'est très urgent. »

Je lui fis signe de partir, mais il insista :

« Je ne crois pas que ton visiteur partira, maître. Il pense que tu accepteras de le recevoir si je te donne son nom : Quintus. »

Se pouvait-il que ce soit *notre* Quintus ? Je le pensais, lui aussi, disparu pour toujours. Trop intrigué pour me ménager, je l'envoyai chercher.

Peu après, j'entendis des pas irréguliers monter jusqu'à ma chambre, ainsi qu'un son plus dur. Quelques instants plus tard, un homme apparut dans la lumière timide de l'embrasure. Il marchait en s'aidant d'une canne, et à la place de son œil droit se trouvait à présent une pièce de cuir. Par Gaïa, c'était bien lui ! Il fit encore un pas, et je vis que de nouvelles cicatrices labouraient ses joues, et qu'un bandage et une attelle enserraient l'une de ses chevilles. Quintus ! Je n'avais guère pensé à lui tout ce temps. Mais revoir cet homme tellement sûr de lui, ce roc, m'emplit d'une joie inattendue. Ce n'était certainement pas par amitié qu'il me faisait cette visite : il avait quelque chose à m'apprendre. Je pensai à Elyssa, et un curieux espoir – une prémonition, peut-être – s'empara de moi.

Il claudiqua dans ma direction et lança :

« Salut à toi, Ganymède. »

Je tâchai de lui rendre son salut comme je pus. Il observa mes draps tachés de sang, et eut un air triste que je ne lui connaissais pas.

« Je suis désolé, Ganymède. Tu ne méritais pas une telle fin. »

Je reconnaissais bien là sa manière de parler de toutes choses, graves ou bénignes, sur le même ton neutre. Il tapota sa cheville avec le bout de sa canne.

« J'ai eu des problèmes aussi, comme tu le vois, mais cela finira par guérir. Une simple mauvaise chute à cheval. En ce qui concerne mon œil... »

Il regarda autour de lui, et poursuivit :

« Allons droit au fait, car le temps presse pour toi comme pour moi. Je te dois des explications, Ganymède. Je sais que depuis des années tu te demandes ce qu'il est advenu d'Elyssa. »

Je me raidis. Allais-je savoir ? Les dieux allaient-ils m'accorder cette faveur avant de me rappeler ?

« J'aurais pu venir te voir il y a bien longtemps, Ganymède, mais, que veux-tu ? Je suis et reste un soldat. Les soldats obéissent. J'avais des ordres à respecter, un secret à garder, je m'y suis tenu. La sûreté de Rome avant tout. »

Il s'interrompit, puis demanda :

« Puis-je m'asseoir ? »

Il attendit mon assentiment et prit place sur un banc, près de mon lit.

« Te rappelles-tu le jour où Elyssa est partie ? Des soldats devaient l'escorter dans sa nouvelle demeure, avec une partie de ses possessions. Caton avait été très clair sur le sujet : elle pourrait jouir de ses biens, mais en exil. Avec l'interdiction formelle de revenir à Rome. Mais tu sais tout cela. Ce que tu ignores... »

L'un de mes esclaves choisit cet instant pour entrer et s'assurer que mon visiteur ne m'importunait pas. Je le rassurai et le chassai du même geste. Quintus reprit :

« Ce que tu ignores, donc, c'est que c'est moi qui devais conduire cette escorte. Mais mes ordres étaient différents de ceux que tu connaissais. »

Mon cœur se serra ; je savais ce qu'il allait me confier.

« Oui, Ganymède, j'avais l'ordre secret de tuer Elyssa. Une fois que nous serions loin de Rome. Caton ne voulait pas que tu l'apprennes, bien entendu. Il aurait pu te faire tuer aussi, mais tu représentais un danger moindre et, dans une certaine mesure, un allié. »

J'étais écrasé, brisé par cette révélation. Le peu de forces que j'avais encore me fuyait. Pourquoi n'étais-je pas mort plus tôt ? Pourquoi fallait-il que je quitte ce monde avec le poids de ce chagrin ? Mais Quintus coupa court à ma détresse :

« Tu comprends, un jour ou l'autre, Elyssa aurait pu rompre sa promesse, revenir à Rome et accuser Caton. Cela, il ne pouvait l'envisager. Mais ce n'est pas ce qui s'est passé, Ganymède. »

Il grogna, étira sa jambe blessée, et continua son récit :

« Quand Elyssa a quitté ces murs, qu'elle m'a vu avec les autres soldats, elle a compris. Je n'oublierai jamais son regard, Ganymède ! On y lisait de la peur, bien sûr, mais aussi de la résignation et beaucoup de dignité. Je ne sais combien d'hommes et de femmes j'ai tué au cours de ma vie, mais jamais, jamais je n'avais eu l'impression de commettre un acte aussi ignoble. Et veux-tu que je te dise le pire, Ganymède ? En montant à cheval, Elyssa s'est tournée vers moi et m'a dit doucement : "Ce n'est rien, ne t'inquiète pas..." Te rends-tu compte ? Elle savait, elle me pardonnait... et elle me rassurait. Comme si elle voulait me donner le courage d'aller jusqu'au bout. À moi, son bourreau ! »

Il cogna sa canne sur le sol et reprit :

« Je l'ai observée pendant tout notre trajet, tu sais. Elle est demeurée royale, la nuque droite, sans qu'une seule larme ne lui échappe. Et puis, nous avons traversé un sous-bois, baigné d'une clarté splendide. Il y soufflait un vent frais bien agréable. Elyssa s'est tournée vers moi et m'a dit : "C'est très beau, ici. J'aimerais que ce soit là." J'ai fait signe aux deux légionnaires qui nous accompagnaient de s'arrêter, et nous sommes tous descendus de cheval. Vois-tu, Ganymède, au moment où j'ai mis pied à terre, je n'avais encore rien décidé. Mais quand j'ai vu mes hommes s'avancer, le glaive à la main, l'air idiot, prêts à tuer Elyssa comme si... »

Il s'arrêta un instant. Se pouvait-il qu'il y ait un sanglot dans sa voix ? Si c'était le cas, il le chassa bien vite.

« Je ne pouvais pas supporter l'idée qu'elle soit égorgée sous mes yeux comme une bête, à la va-vite, après tout ce qu'elle avait enduré. »

Quintus prit une grande bouffée d'air, et déclara :

« J'ai tué mes deux hommes, Ganymède. Rapidement, proprement, sans qu'ils ne voient venir quoi que ce soit : je leur devais au moins ça. Elyssa, elle, ne comprenait pas. Un instant plus tôt, elle se pensait morte, et j'avais l'impression qu'elle ne savait si elle devait accepter ce sursis. Mais l'heure n'était ni aux explications ni à la philosophie. Je lui ai conseillé de remonter à cheval, et de fuir aussi loin qu'elle le pourrait avec son paquetage. Elle m'a obéi en silence. Il y avait de la reconnaissance dans ses yeux, cela me suffisait. Je l'ai regardée s'éloigner, soudain soulagé d'un énorme poids. Je venais d'assassiner deux Romains, deux frères d'armes, et pourtant, Ganymède, j'avais l'impression d'avoir agi au mieux. Hélas, je ne pouvais pas rentrer à Rome ainsi. Je comptais évoquer une embuscade, mais Caton était d'une intelligence rare, et il aurait très vite compris la supercherie si... »

Il soupira.

« ... si j'étais rentré indemne. J'ai préparé un feu, rassemblé quelques herbes... Après quoi, j'ai chauffé la pointe de mon glaive, et l'ai tournée contre mon propre œil. »

Beaucoup d'autres se seraient évanouis et vidés de leur sang, pensais-je, mais après des années en campagne les vieux soldats connaissent quelques recettes de sorcière pour panser leurs plaies. Quintus caressa le bandeau qui dissimulait son orbite vide, pensif, puis continua :

« Une fois à Rome, j'ai donné à Caton ma version des faits, et je ne peux imaginer qu'il n'ait pas eu quelques doutes. Mais je crois que pour lui il était impensable qu'un soldat de ma trempe en vienne à se mutiler pour protéger une jeune fille comme Elyssa. Je ne peux lui en vouloir ; avant de connaître Elyssa, j'ignorais, moi aussi, qu'il puisse y avoir tant de grandeur dans une femme. »

Quant à moi, sans doute avais-je négligé celle de Quintus.

« J'ai été soigné en secret, et n'ai pas tardé à reprendre du service. Si Caton a cherché à retrouver Elyssa, ce fut sans succès. Puis la guerre qu'il appelait de ses vœux a fini par éclater, et il est passé à autre chose. Elyssa ne pouvait plus lui nuire d'aucune manière. »

Il se leva du banc, et s'approcha de la fenêtre.

« C'est vraiment une belle demeure que tu as là, Ganymède. Tu peux être fier de tout ce que tu as accompli. Marcellus n'aurait sans doute pas fait mieux que toi. »

Je pressentais que Quintus n'avait pas encore tout dit ; aussi avais-je du mal à cacher mon impatience. Quintus la perçut, et enchaîna :

« Il y a trois semaines, j'ai été chargé d'escorter une délégation d'ambassadeurs qui se rendait chez nos alliés Numides. Leur nouveau vice-roi, Gulussa, entendait entamer une médiation entre Rome et Carthage. Pas plus que les ambassadeurs que j'accompagnais je ne comprenais pourquoi Gulussa tenait tant à ce que la guerre se termine au plus vite : après tout, un peu plus tôt, il avait lui-même pris les armes contre Carthage. Mais quand il nous a reçus dans son palais, tout est devenu clair. »

Je ne pensais pas que mon vieux cœur était encore capable de battre aussi vite. J'essayai de me redresser, mais Quintus me dit :

« Calme-toi, reste à ta place. Et écoute-moi bien. L'épouse de Gulussa, cette reine qui nous a accueillis et qui n'a pas perdu un mot de tout ce qui s'est dit ce jour-là, c'était Elyssa. Je l'ai reconnue au premier regard. Nous sommes restés un long moment à nous dévisager, aussi étonnés l'un que l'autre d'être à nouveau face à face. Et puis, sans prononcer une parole, nous avons convenu que chacun devait rester à sa place. Je ne sais comment elle a fait, Ganymède, et je n'ose imaginer les épreuves qu'elle a endurées pour rejoindre la Numidie. Ses ressources étaient bien maigres quand elle a fui l'Italie... »

Je vis un sourire se dessiner sur le visage de Quintus.

« Elle n'a jamais renoncé, Ganymède, te rends-tu compte ? C'est grâce à elle, j'en suis sûr, que Gulussa a décidé de raisonner les deux adversaires. Qu'elle ait pu l'approcher, le séduire et l'épouser relève du prodige... mais elle y est arrivée. Et à présent elle poursuit son œuvre de paix. Si une trêve est déclarée, les honneurs en reviendront à Gulussa, c'est entendu. Mais toi, moi, nous saurons que c'est à Elyssa, quel que soit le nom qu'elle se donne aujourd'hui, que nous la devons. »

Je fus secoué par une crise de toux, et souillai encore un peu plus les draps. Quintus s'approcha de mon lit, tira un petit paquet de toile de sa ceinture, et ajouta :

« Avant de quitter le palais de Gulussa, une esclave m'a discrètement remis ceci. Aucun mot ne l'accompagnait. Mais je sais que c'était pour toi. »

Il me tendit le paquet, que je défis.

L'étoffe dissimulait un anneau en métal tout simple, ce *pronobum* que les fiancés s'échangent, à Rome. À l'intérieur, on pouvait lire, finement gravé, le prénom « Marcellus ».

Pendant un moment, ma maladie parut s'envoler. Je n'avais plus de corps : il n'y avait plus que le bonheur de savoir mon Elyssa vivante. Je serrai l'anneau dans mon poing.

« Voilà ce que j'avais à te dire, Ganymède. Il fallait que tu saches avant qu'il ne soit trop tard. Je ne peux pas m'attarder ici, et je dois maintenant reprendre ma route. »

La mine sombre, Quintus se dirigea vers la porte en claudiquant. Mais à l'instant où il allait en franchir le seuil, il s'arrêta, hésitant. Je devinais qu'il aurait aimé me laisser sur d'autres paroles, d'autres confessions, peut-être, mais les bons mots ne lui venaient pas. Alors, il fit volte-face, revint à mon chevet, et serra mon épaule comme il l'aurait fait avec l'un de ses frères d'armes. Puis il se détourna et s'en alla pour de bon, sans un regard de plus.

À peine fus-je à nouveau seul que j'attrapai de quoi écrire, afin de finir ces mémoires.

*

Ô Elyssa ! Après la guerre, et maintenant que Caton est mort, tu chercheras sans doute à revenir ici. Je ne serai plus là, mais qu'importe : tu trouveras une partie de moi à travers ce récit. Et tu sauras que je pars soulagé et fier. La petite esclave que j'ai élevée est devenue une reine ! Tu ne méritais rien de moins.

Je souhaite que tes rêves de paix deviennent réalité. Et si ce n'est pas le cas, n'aie aucune honte : personne, dans ce conflit, n'aura eu plus de détermination ou montré plus de force que toi.

Je ne m'en vais pas seul : ton anneau est posé tout près de moi, et il sera la dernière chose que je verrai quand mes paupières se fermeront. Alors, pour une dernière fois, ces murs résonneront de l'écho de tes pleurs et de tes rires, et de tous ces moments que nous avons vécus ensemble.

Combien je t'admire !
Et combien je t'aime, Elyssa de Carthage.

Table des matières

Postface

Elyssa se situe à la frontière d'un sous-genre de la littérature d'imaginaire appelé « uchronie ». Dans une uchronie, on part d'une base historique solide, dans laquelle on introduit une « singularité » ; c'est-à-dire un événement fictif – anachronique si besoin – qui va modifier le cours de l'histoire telle qu'on la connaît.

La poudre à canon et les armes à feu en général n'existaient pas à l'époque d'Elyssa et Ganymède : voilà donc notre singularité ! Mais là où *Elyssa* diffère de l'uchronie classique, c'est que le cours de l'histoire, de la « Grande Histoire » telle que les manuels scolaires l'enseignent, ne s'en trouve pas modifié pour autant. De notre singularité, on fait un secret bien gardé plutôt que le point de départ d'une histoire parallèle.

Reste à savoir une chose : singularité ou pas, est-ce que tout cela demeure plausible ? Est-ce que quelqu'un n'aurait pas pu, aux environs de 150 avant Jésus-Christ, inventer la poudre à canon pour de bon ? À cela, j'ai très envie de répondre : « Mais si ! ». Voici pourquoi.

Les deux ingrédients principaux de la poudre à canon sont le soufre et le salpêtre. Et ce mélange était déjà couramment utilisé en Chine dès le IIe siècle avant Jésus-Christ – soit à peu près à l'époque des aventures d'Elyssa. À des fins médicales, certes... Mais beaucoup d'inventions sont nées de petits accidents, et il n'y a rien de fondamentalement impossible à ce que quelqu'un ait essayé d'y approcher une flamme. Juste « pour voir ». Selon certaines écoles, la composition de la poudre et ses vertus explosives ont été couchées par écrit dès le IIe siècle après Jésus-Christ par l'alchimiste Wei Boyang. Mais cela est très contesté, et on retient plutôt le VIIe siècle après Jésus-Christ pour la découverte « officielle », et le XIIIe siècle pour la première utilisation militaire.

Bien. Les Chinois *auraient pu* inventer la poudre avant la date reconnue officiellement. Mais de là à l'exporter ? Les Romains, les Grecs ou les

Carthaginois connaissaient-ils vraiment l'existence de la Chine ? À cela, on peut répondre « oui », sans crainte. Les échanges entre l'Asie et l'Europe sont bien plus anciens que notre récit, et s'appuyaient généralement sur l'intermédiaire des peuples du Moyen-Orient (Arabes, Parthes, etc.). Aucun Grec ou aucun Romain n'avait sans doute mis les pieds en Chine à l'époque des guerres puniques, mais le commerce de la soie allait bon train. Et puis, Alexandre le Grand se serait rendu jusqu'aux rives de l'Indus. Cela fait plutôt loin de chez lui... mais pas très loin de la Chine ! Cent cinquante ans plus tard, quelqu'un comme Syphax, mieux équipé, aurait très bien pu tenter l'aventure à son tour.

Si l'on s'en tient à l'histoire officielle, il s'est tout de même passé six cents ans entre le moment où la poudre a été découverte et celui où on en a eu une utilisation guerrière. Tout cela en Chine. Mais nos ancêtres du bassin méditerranéen étaient de nature agitée, pour dire le moins, et je me suis toujours dit que si cette invention était tombée dans les mains des Grecs ou des Romains, l'idée d'en faire une arme de guerre leur serait venue assez vite. D'ailleurs, Thucydide, dans *La Guerre du Péloponnèse* (livre 4, paragraphe 100), décrit un assaut mené par les Béotiens à l'aide d'une arme ressemblant très fortement à un lance-flammes. Et là, nous sommes deux cent soixante-quinze ans *avant* Elyssa et Ganymède ! Quelques siècles plus tard, les Byzantins iront plus loin dans ce sens avec leur « feu grégeois » – plus ou moins l'ancêtre du napalm.

Que les historiens se rassurent : *Elyssa* n'a pas pour ambition de chambouler sérieusement nos connaissances au sujet de la poudre à canon. Ce n'est pas une thèse, à peine une supposition. L'histoire officielle nous offre toutefois de petites brèches, de petites fenêtres d'incertitude, dans lesquelles le rêveur ne peut s'empêcher de se glisser. En clair, il ne s'agit que de l'élucubration – innocente, mais pas totalement infondée, toutefois – de quelqu'un qui préférera toujours s'entendre répondre « peut-être » qu'un « non » ferme et définitif.

L'ouvrage de Danielle Gourevitch et Marie-Thérèse Raepsaet-Charlier, *La Femme dans la Rome antique*, m'a été d'une grande aide. Ces deux dames ont en plus eu la gentillesse de répondre à quelques questions dont je ne trouvais pas les réponses... et même de me recadrer avec tact. Qu'elles en soient remerciées.

Antoine Bourguilleau, comme toujours dès qu'il s'agit d'histoire ou d'arts militaires, m'a guidé avec bienveillance pendant toute ma phase de recherches. *Cheers, mate.*

Je me répète, sans doute... Il n'empêche que sans tout ce travail avec Aurélie et Michèle, *Elyssa* n'en serait pas là. Le jour n'est pas encore arrivé où je pourrai me passer d'elles !

Et puis, bien évidemment, merci (dans le désordre) à Rose Mary Sheldon, Tite-Live, Yann Le Bohec, Polybe, Hédi Dridi, C. E. Paoli... J'en oublie sans doute, mais le cœur y est.

Valete !

E. S.

Né en 1973 en région parisienne, **Eric Senabre** est journaliste depuis plus de dix ans. Lorsqu'il n'écrit pas, il joue du rock, se passionne pour les arts martiaux, dévore les films de série B et aime surtout la littérature fantastique du XIXe siècle. Dans sa bibliothèque, on peut trouver de grands romans d'aventure écrits par Robert Louis Stevenson ou Sir Arthur Conan Doyle, mais, en cherchant bien, on trouvera aussi des *comics* des X-Men et des *Mickey Parade*. Car ce qu'il apprécie par-dessus tout, ce sont les histoires pleines d'imagination, les mystères à résoudre, et ce que l'on peut découvrir derrière la surface des choses connues.

Du même auteur
chez Didier Jeunesse

Les enquêtes de Banerjee, détective des rêves !

Eric Senabre

Suivez les aventures d'un duo de détectives qui enquête… en rêvant ! Aussi doués que Sherlock et Watson, ils sont prêts à résoudre les mystères les plus cauchemardesques d'Angleterre.

Extrait du roman *Le Vallon du sommeil sans fin* :
Je m'appelle Christopher Carandini et, il y a deux ans encore, j'étais un jeune journaliste que l'on disait plein d'avenir. Hélas ! Ma curiosité avait fini par me jouer des tours. En apprenant que j'enquêtais à son sujet, un puissant industriel me fit perdre mon emploi, et tout espoir de pouvoir exercer à nouveau ma profession. Avait suivi une pénible période d'errance, à l'issue de laquelle j'en fus réduit à dormir dehors.
C'est alors que la providence me mit sur la route d'Arjuna Banerjee, grâce à une petite annonce au message sibyllin : « Gentleman cherche secrétaire particulier pour surveiller son sommeil. » Arjuna Banerjee était ce gentleman. Mais j'étais loin de me douter qu'il s'agissait d'un détective privé, et encore plus loin de pouvoir imaginer qu'il avait la faculté de résoudre ses enquêtes… en rêvant. Non, je ne plaisante pas : en rêvant ! Arjuna Banerjee a rapporté de son Inde natale une foule de secrets qui, pour l'Occidental que je suis, s'apparentent quasiment à de la magie. Ainsi, après avoir accumulé suffisamment d'informations, Arjuna Banerjee est capable de se placer dans un état de transe – de « rêve lucide » – durant lequel, tout en restant allongé, il va pouvoir commenter à haute voix le rêve qu'il est en train de faire. Et ce rêve, correctement interprété, contient la solution à l'énigme qui lui a été soumise.

Le Dernier Songe de Lord Scriven
a remporté
de nombreux prix :

Prix Saint-Exupéry

Prix les Mordus du polar

Prix Durance Ados

Prix des collégiens de l'Hérault

Prix du Jury littéraire
du Giennois

Prix 12-14 –Foire du livre de Brive

Prix Lire dans le 20e

La trilogie SUBLUTETIA

Eric Senabre

Une saga trépidante, mêlant histoire et fiction dans un univers passionnant.

Nathan et Keren ne pouvaient détacher leur regard de ce ciel improbable, ce fragment d'infini mystérieusement emprisonné dans le ventre de la capitale. Après des heures de fuite dans des dédales obscurs, ce bain de lumière était pour eux bien plus qu'un repas copieux ou une boisson fraîche – dont ils mouraient pourtant d'envie. Sans même s'en rendre compte, Keren serra un peu plus fort la main de Nathan. Ils n'avaient fait que descendre, toujours plus profondément : comment le ciel pouvait-il être au-dessus de leur tête ?

La Révolte de Hutan
Tome 1

Le Dernier Secret de maître Houdin
Tome 2

Le Ventre de Londres
Tome 3

Rendez-vous sur **www.sublutetia.com** pour des infos exclusives !

Megumi et le fantôme

Eric Senabre

Une belle histoire d'amitié entre un fantôme et une petite fille intrépide déterminée à enquêter sur son passé.

Hamish allait tourner les talons quand Megumi s'écria :
– Attends ! Est-ce que tu connais la maison qui se trouve au 66 Canavan Street ?
On aurait cru que tout à coup, le petit garçon avait vu le diable en personne.
– Pourquoi tu veux savoir ça ? fit-il en tremblant à moitié.
– Ma mère dit que c'est la maison de nos ancêtres.
– De vos ancêtres ? Mais...
– Ma mère a un ancêtre irlandais. Je viens de l'apprendre !
– C'est fou ! Qui aurait pu deviner ? Tu as l'air tellement euh... japonaise.
Megumi, amusée, insista :
– Alors, cette maison ?
Hamish fourra les mains dans ses poches et déclara avec une grande nervosité :
– Je peux te dire où elle est. Mais je te préviens...
Il regarda autour de lui, baissa la voix, avant d'ajouter :
– Elle est hantée.

Star Trip

Eric Senabre

Un road trip sur fond de série TV, bourré d'humour et de personnages décapants !

Le nouveau roman d'Eric Senabre dans l'Amérique des sixties !

Sam ouvrit un deuxième œil et scruta la pièce. « Il » était toujours là. Le capitaine Burke, son héros, le plus grand capitaine de l'univers, se trouvait chez lui ! Il ne voyait aucune suite normale à donner à ce constat. Sam aurait voulu hurler, se lever, courir – s'il avait pu –, mais en vérité, rien n'aurait pu exprimer son état d'esprit réel. Spike approcha du garçon et lui tendit la main.

– Ravi de faire ta connaissance. J'ai cru comprendre que tu étais mon plus grand fan. Et pourtant, des fans, j'en ai beaucoup.

Sam serra la main qui s'offrait à lui, sans force. Puis il bredouilla :

– Pourquoi vous êtes là ? [...]

– Notre téléporteur est en panne. J'ai décidé de venir sur Terre pour trouver un moyen de le réparer.

C'était terminé. Dans l'esprit du garçon, Benjamin Spike cessa d'être l'interprète du capitaine Burke. Il était devenu le véritable capitaine Burke et, soudain, tout ce qu'il avait vu, lu, collectionné depuis un an fit une entrée fracassante dans le monde réel. C'est qu'on ne pouvait pas empêcher de croire quelqu'un qui avait à ce point l'envie, le besoin de croire.

D'autres romans à découvrir chez Didier Jeunesse

Le Dossier Handle

David Moitet

Avec des meurtriers à ses trousses, Thomas fait tout pour rester en vie. Il n'a qu'une solution, utiliser son don !

Une trouée au cœur des nuages laisse filtrer un peu de la clarté de la lune, qui éclaire un bref instant notre cuisine d'une lueur fantomatique. Comme je m'y attendais, il n'y a pas la moindre trace de sang dans la pièce, ce qui était loin d'être le cas quelques heures auparavant. Les événements de la veille me reviennent en mémoire. Je revois la position exacte de mes parents, les coups de feu, le sang... J'ai la tête qui tourne. Je me retiens au plan de travail. Il faut que je quitte cette pièce au plus vite. Ma vie en dépend...

Telle une ombre vacillante, je prends la direction de l'étage. J'essaie de ne pas faire craquer les marches, notamment la cinquième, qui fait toujours du bruit. Arrivé dans ma chambre, j'ouvre mon placard quand un bruit de moteur me coupe dans mon élan. Le crissement caractéristique des pneus dans l'allée de graviers efface mes derniers doutes. Je m'attendais à voir la berline noire. Avec soulagement, je constate que c'est la voiture du shérif. D- Bill est de retour. Et il n'est pas seul. Un type gigantesque, qui semble être le résultat d'un croisement entre un ours et un repris de justice, s'extirpe maladroitement du véhicule. Le type observe la maison quelques secondes, avant de lever les yeux vers moi. In extremis, *je me replonge dans l'obscurité. J'espère qu'il ne m'a pas vu. Je les entends s'approcher de la maison. Quelques coups frappés à la porte.*

Le Complot du trident

Tristan Koëgel

Une enquête menée tambour battant pour déjouer un complot qui met en péril tout l'Empire romain. Un polar haletant au cœur de la Rome antique !

Publius se figea brusquement. Son regard s'était posé sur le corps d'un des marins. Il s'approcha de lui et se pencha tout près de son cou. Puis, il se dirigea hâtivement vers les autres cadavres et fit de même jusqu'à ce que, d'un geste vif, il arrache du dernier mort qu'il observait un petit pendentif.

« Regarde, Lucius ! s'exclama-t-il. Ça, c'est intéressant ! Tous nos pestiférés portent autour du cou le même pendentif !

– On dirait un petit trident…

– Exactement ! Un petit trident d'or. Plus petit que celui qui a transpercé la cuisse de ce pauvre capitaine, mais un trident quand même ! »

Les Secrets de Tharanis

David Moitet

Ambre de Volontas voit sa vie basculer lorsque les soldats de l'Empereur envahissent le duché de son père. Contrainte de laisser derrière elle ses privilèges, la jeune fille, sans cesse traquée, change d'identité. Le danger est partout, d'autant qu'une épidémie meurtrière sévit dans le royaume de Tharanis. Ses protecteurs la conduisent vers un lieu aussi mystérieux qu'effrayant : l'île Sans Nom. Ambre doit maintenant prendre en main son destin…

Entrez dans la légende de Tharanis !

L'Île Sans Nom
Tome 1

La Voleuse de Flux
Tome 2

Tome 2 à paraître en août 2019 !

60-62, rue Saint-André-des-Arts – 75006 Paris
Conception graphique de couverture : Benjamin Carré
Composition, mise en pages et photogravure : IGS-CP (16)
ISBN : 978-2-278-08994-9 • Dépôt légal : 8994/01
N° d'impression : 1900492
Loi n° 49-956 du 16 juillet 1949 sur les publications destinées à la jeunesse

Achevé d'imprimer en France en février 2019 chez Normandie Roto Impression s.a.s. (Alençon), imprimeur labellisé Imprim'Vert, sur papier composé de fibres naturelles renouvelables, recyclables, fabriquées à partir de bois issus de forêts gérées durablement.